蔡晓璐 ■ 著

RESEARCH ON THE DEVELOPMENT OF CHINESE ONLINE LITERATURE AND ART (2020)

中国网络文艺发展研究

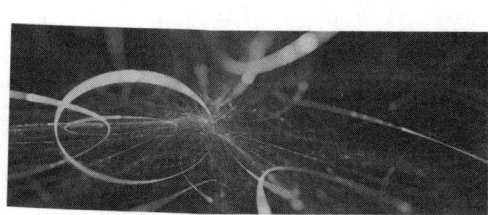

中国传媒大学青年学者文丛 第四辑

中国传媒大学出版社

·北京·

中国现代文学研究

总　序

时值中国传媒大学成立60周年之际，中国传媒大学人文社会科学青年学者资助项目正式选定了十部支持专著，这是我校在人文社科研究方面所取得的又一成绩。

这套丛书的出版不仅是为了落实学校科研支持政策，更是为了响应国家的号召。2014年，李克强总理与历年国家杰出青年科研基金获得者代表座谈交流时曾提到，人才特别是优秀青年人才是国家科技实力、创新能力和竞争力的重要体现，代表着国家创新的未来。做好这方面的工作，对加快转变发展方式、实施创新驱动战略具有重大意义。作为教育部直属的国家"211工程"重点建设大学和国家985"优势学科创新平台"项目重点建设高校，中国传媒大学在信息传播领域的学术发展也是我国高校人文社科研究发展的一个重要组成部分。

建校60年来，我校在科学研究方面产出了大量的优秀成果。特别是在信息传播领域，我校广大教师正确面对我国信息传播事业飞速发展过程中机遇和挑战并存的复杂形势，迎难而上、克难攻坚，始终保持着饱满的科研热情，坚守着学校的殷切期望，及时、准确地把握国家提供的战略契机，以充分的准备和足够的信心面对挑战、迎接挑战，积极开展多领域、内容丰富的科研工作，收获了累累硕果。在2012年教育部组织的全国学科评估中，我校新闻传播学、戏剧影视学两个学科均排名第一。

目前我校的3个学部（新闻传播学部、艺术学部、文法学部）、1个中心（协同创新中心）和5个直属学院（播音主持艺术学院、广告学院、经济与管理学院、外国语学院、MBA学院）是文科科研和艺术创作的主要力量源泉。同时，学校文科方面还拥有新闻学、广播电视艺术学2个国家重点学科，传播学

1个国家重点培育学科,新闻传播学、艺术学理论、戏剧与影视学3个一级学科北京市重点学科,语言学及应用语言学、动画学2个二级学科北京市重点学科;拥有教育部人文社会科学重点研究基地广播电视研究中心等部级研究机构13个和校级科研机构40个,在我国人文社科领域具有相当重要的地位和影响力。

近年来,我校在人文社科领域先后有2人入选"长江学者"特聘教授、2人入选"长江学者"讲座教授、3人入选"新世纪百千万人才工程"国家级人选、25人入选教育部"新(跨)世纪优秀人才支持计划"、2人次荣获国家级教学名师奖、2人次荣获全国优秀教师荣誉称号。更有越来越多的青年教师荣获教育部科学研究优秀成果奖、北京市哲学社会科学优秀成果奖等含金量较高的奖项。众多奖项和数字的背后,凝聚的正是全校思想活跃、朝气十足的广大青年教师夜以继日、笔耕不辍的成果,他们是真正帮助我校文科科研日益发展壮大的薪火相传的主力军。这支主力军的成长得益于两个方面:

一方面,我校立足长远,着力于对广大青年教师进行有计划、有目标的专业培训,加大对青年教师科研项目的经费投入,鼓励青年教师进行交叉学科项目的科学研究。中国传媒大学科研培育项目的设立,有效调动了青年教师的科研积极性,整体提升了我校人文社科的科研氛围与科研能力;邀请国内外专家学者来校开展社会科学研究系列讲座,积极拓展广大师生的学术视野;研究《艺术创作与获奖评价体系》,将科研与艺术创作有效结合,激发广大教师艺术创作的热情;研究《重点学科指标评测体系》,将我校的优质学科与国内外顶尖高校的相应学科进行深层对比,巩固我校两个优势学科在全国的领先地位;打造《中国传媒大学文科科研手册》,方便教师全面了解科研工作情况;建设完成文科科研成果库(一期工程),共收集信息传播领域论文15 500余篇、著作3 258册、研究报告730余篇,形成了我校自建校以来最为完整的科研成果文献体系;本着"高标准、精投入"的原则,集中一批优秀科研人才,引导广大教师特别是青年教师围绕全媒体、大数据等热点领域积极开展科研工作,营造了一个砥砺切磋的良好学术环境,促成了更多高水平科研成果的产生。

另一方面,我校广大青年教师努力开拓创新,将现代理论有机融合于具体实践之中,在变化中求发展,在发展中谋变化,不断寻找立意新颖的科研课题,以蓬勃向上和不断进取的青春锐气,以孜孜不倦和奋力前行的勇气,扎根于文科科研工作,并不断茁壮成长。青年教师在学校"钻研、精研、深研"的方针指导下,凭借着旺盛的科研热情,在一系列科研、教学比赛和国际学术拓展中取得了令人瞩目的成绩。

此次青年学者出版资助项目就是这些科研成果中的一部分。也正是在优渥的科研鼓励政策的鼎力支撑下,才有了一批30～45岁的优秀青年学者倾心无忧,精心钻研,用心谋划,专心致学,大胆施展才华,安心科研工作,最终促成了"中国传媒大学青年学者文丛"的顺利面世。

学校文科科研的发展离不开青年教师的成长,学校管理机制的完善助力于青年教师的进步。希望我校广大青年教师在科学研究的道路上不畏艰险、勇于创新,不断探索前行!

是为序。

中国传媒大学副校长、教授
廖祥忠
2015年12月8日

前　言

作为21世纪第二个十年开端的2020年,在人类历史进程上注定是令人难以忘却的一年。2020年伊始,突如其来的新冠肺炎疫情使全球经济发展遭受严重打击,文化产业发展也被迫陷入僵局。但在整体低迷的文化产业发展中,网络文艺行业逆势上扬,凭借互联网的强大力量,顺应新兴"宅经济"发展之势,不断孕育出新生业态。在疫情困境中,网络文艺与时代同频、与祖国共鸣,层出不穷的正能量内容给予人民极大的精神支持,以浓厚的家国情怀凝聚起伟大的精神力量。

本书正是基于以上背景,对网络文艺进行整体性、系统性研究,梳理了网络自制剧、网络综艺、网络电影、网络音乐、网络演艺、网络短视频、网络直播、网络文学和网络动漫在2020年新冠疫情影响下的总体发展概况。

随着我国网络信息技术的不断发展、数字技术的不断进步、移动互联网的普及,我国网络文艺产业的内容、生产、制作、传播等发生了翻天覆地的变化。本书也将结合这些发展新特征,分别对政策、市场、行业以及用户等多个维度进行分析,并对其未来发展趋势进行研判。

总体来看,2020年我国网络文艺发展呈现出以下几方面的显著特征。

第一,以青年群体为主的用户特征。2020年数据显示,不论是网络电影、网络文学还是网络音乐等业态,其中以年轻人为代表的"Z世代"成为消费主力军。网络文艺行业占据着相当的文化消费市场份额,消费前景广阔,且年轻化趋势明显,这为整个行业后续的发展奠定了良好的市场基础和群众基础。

第二,付费意愿明显的行为特征。受到新冠疫情影响,网络文艺行业呈现线上新格局,为线上付费、知识付费提供了新平台。以爱奇艺、优酷、腾讯三家视频网站为例,2020年第一季度国内主流视频平台中,爱奇艺会员数量达1.19亿,腾讯视频达1.12亿,芒果TV为0.25亿,正片内容VIP专享已成为常态,优质内容付费观看已经被大众接受,消费升级成为视频行业的发展趋势。数量庞大的会员数背后是用户黏性的增强、消费规模的增加以及消费者付费习惯的养成。线上付费极大地释放了网络文艺行业的潜能,激励着网络文艺优质内容的生产,助推网络文艺的精品化和经典化,助力全面消费发展。

第三,线下业态上"云"的传播特征。演艺行业通常为线下活动,因受疫情影响,线下演艺场馆大量关闭,原本陷入停滞的行业借助"云平台"重新回归大众视线,一系列如"云戏剧""云蹦迪""云演唱会"等项目应运而生。"云"演艺的出现,不但延续了线下演艺产业的生命力,并且填补了以现场为主的演艺行业在互联网领域的空白,为线下演艺活动的发展创造了新形式,增添了新内容,扩大了传播力。

第四,核心价值引领的内容特征。纵观网络文艺作品,价值取向明确,用凡人小事歌颂了凡间大爱,鼓舞了全国人民抗疫的斗志,凝聚了全国上下风雨同舟、砥砺前行的精神力量,描绘了一幅波澜壮阔的抗击疫情的全景图,展现了全国人民守望相助的家国情怀。正是这些有内容、有思想、有温度、有情怀的艺术作品,给予了坚守在一线的抗疫人员极大的精神支持,也为普通大众传递着温暖。

第五,全链整合开发的产业特征。网络文艺借助于互联网所构建的虚拟空间,创新了文化生产的方式,打破了传统文化产业单线传播的资源壁垒,推动全行业加速关联和整合,开启"众创"的网络化时代。依托于互联网技术发展的网络文艺行业具有多元、融合的特性,尤其是生产者和消费者的关系转化,实现了线上线下资源的互相连通,推动线上线下经济效益的相互渗透,从而打造出自己独有的内容创作和消费体系。

总而言之,在疫情期间,面对困难与危机,网络文艺在困境中另辟蹊径。以生动的文艺作品、多彩的艺术世界、真挚的家国情怀,构筑了疫情期间网络文艺的风采,展现出对生命的关怀和对未来的期望。疫情常态化背景下,在技术迭代的更新中,网络文艺将持续发挥其文化力量,不断朝精品化、产业化、生态化方向发展,推动文化市场繁荣,满足大众精神需求,实现经济效益和社会效益的双效统一。

CONTENTS 目录

第一章　网络文艺总览：以"艺"战"疫"，云上汇聚 ·················· 1
　第一节　关于"网络文艺"的研究综述 / 1
　第二节　2020年特殊形势下"网络文艺"发展的总体概况 / 3
　第三节　2020年特殊形势下"网络文艺"的发展特征 / 8
　第四节　后疫情时代"网络文艺"的发展趋势 / 13
　结　语 / 18

第二章　网络自制剧：转"疫"为"益"，助剧前行 ·················· 20
　第一节　关于"网络自制剧"的研究综述 / 20
　第二节　2020年特殊形势下"网络自制剧"的总体概况 / 22
　第三节　2020年特殊形势下"网络自制剧"的发展特征 / 35
　第四节　后疫情时代"网络自制剧"的发展趋势 / 47
　结　语 / 50

第三章　网络电影：如"影"随"疫"，百花齐放 ·················· 52
　第一节　关于"网络电影"的研究综述 / 52
　第二节　2020年特殊形势下"网络电影"的总体概况 / 55
　第三节　2020年特殊形势下"网络电影"的发展特征 / 60
　第四节　后疫情时代"网络电影"的发展趋势 / 69
　结　语 / 74

第四章　网络综艺:以"艺"抗"疫",传递能量 ……………… 75

 第一节　"网络综艺"的研究综述　/ 75
 第二节　2020年特殊形势下"网络综艺"的总体概况　/ 77
 第三节　2020年特殊形势下"网络综艺"的发展特征　/ 83
 第四节　后疫情时代"网络综艺"的发展趋势　/ 93
 结　语　/ 97

第五章　网络演艺:双轨互补,克"疫"前行 ……………… 98

 第一节　关于"网络演艺"的研究综述　/ 98
 第二节　2020年特殊形势下"网络演艺"的总体概况　/ 100
 第三节　2020年特殊形势下"网络演艺"的发展特征　/ 103
 第四节　后疫情时代"网络演艺"的发展趋势　/ 109
 结　语　/ 114

第六章　网络音乐:稳中有新,抗"疫"有"乐" ……………… 115

 第一节　关于"网络音乐"的研究综述　/ 115
 第二节　2020年特殊形势下"网络音乐"的总体概况　/ 116
 第三节　2020年特殊形势下"网络音乐"的发展特征　/ 122
 第四节　后疫情时代"网络音乐"的发展趋势　/ 134
 结　语　/ 141

第七章　网络短视频:"短"中取胜,"疫"路上扬 ……………… 142

 第一节　关于"网络短视频"的研究综述　/ 142
 第二节　2020年特殊形势下"网络短视频"的总体概况　/ 144
 第三节　2020年特殊形势下"网络短视频"的发展特征　/ 152
 第四节　后疫情时代"网络短视频"的发展趋势　/ 159
 结　语　/ 162

第八章　网络直播:泡沫褪去,内容沉淀 ……………… 163

 第一节　关于"网络直播"的文献综述　/ 163
 第二节　2020年特殊形势下"网络直播"的总体概况　/ 168

第三节　2020年特殊形势下"网络直播"的发展特征　/ 174
　　第四节　后疫情时代"网络直播"的发展趋势　/ 180
　　结　语　/ 183

第九章　网络文学：以"文"战"疫"，降速提质 …………………… 184
　　第一节　关于"网络文学"的文献综述　/ 184
　　第二节　2020年特殊形势下"网络文学"的总体概况　/ 188
　　第三节　2020年特殊形势下"网络文学"的发展特征　/ 194
　　第四节　后疫情时代"网络文学"的发展趋势　/ 207
　　结　语　/ 213

第十章　网络动漫：逆风飞翔，破元向前 …………………… 215
　　第一节　关于"网络动漫"的文献综述　/ 215
　　第二节　2020年特殊形势下"网络动漫"的总体概况　/ 217
　　第三节　2020年特殊形势下"网络动漫"的发展特征　/ 228
　　第四节　后疫情时代"网络动漫"的发展趋势　/ 235
　　结　语　/ 238

参考文献　/ 239

后　记　/ 242

第一章　网络文艺总览：
　　　　以"艺"战"疫"，云上汇聚

党的十八大以来，习近平总书记围绕网络强国建设提出了一系列新思想、新观点、新论断，由此形成了网络强国战略，该战略是实现"两个一百年"奋斗目标、全面开启建设社会主义现代化国家新征程的关键环节。网络空间是亿万中国民众共同的精神家园，在全面落实网络强国战略的过程中，网络文艺的健康与蓬勃发展，对于丰富网络文化内涵、营造天朗气清、积极向上的网络文化空间，具有十分重要的现实意义。

第一节　关于"网络文艺"的研究综述

以"网络文艺"为关键词在中国知网主流核心期刊上进行检索，共获得文献219篇。据此，相关研究大致可以分为两个阶段，第一阶段是2000—2014年，这一时期的研究主要集中于网络文艺的理论研究；第二阶段是2015年至今，主要探讨网络文艺与社会主义文艺的关系、网络文艺发展面临的问题、发展路径及其时代精神等。

一、关于"网络文艺"的批评研究

网络文艺批评是文艺批评场域中的一个重要组成部分，可以划分为以网民为主体的游戏式批评、以企业为主体的商业化批评、以媒体为主体的价值论批评和以学院派为主体的艺术性批评四个部分（韩模永，2021）。它从

批评原则的建立出发,以"艺术真实论"为核心,阐述网络文艺的形态及批评原则,解读网络文艺的新特质。网络文艺批评要遵循三大原则,一是要把握互联网的技术及文化特征,二是要与社会环境相联系,三是要结合文艺活动的普遍性规律,由此强化网络文艺创作及批评的"现实感""审美感"等(杨柏岭、张泉泉,2018)。此外,由于互联网技术的发展颠覆了传统文本的书写方式、传播方式,网络文艺批评在赛博空间诞生,这使得网络文艺批评打破了封闭的、静止的状态,呈现出超文本化状态,走向了一个多样的、开放的、互动的时代(周旭,2020)。

二、关于"网络文艺"的价值观及其发展路径研究

网络文艺作为一种大众文艺,应当做到发挥艺术个性与满足社会需要相结合、加强文艺创新与锻造文艺精品相结合、反映人民生活与激发社会正能量相结合、坚持行业自律与加强制度监管相结合,以更好地满足人民群众的精神文化需求(张圆梦,2020)。作为网络数字时代的产物,网络文艺的发展遵循着以技术为中心的媒介融合逻辑。在新旧媒介融合的过程中,网络文艺积极主动运用平台,推动不同社会主体在网络文化空间的互动中开展对话,最终促使网络文艺走向文化融合(郑焕钊,2020)。

三、关于"网络文艺"具体形态的研究

作为网络文艺的主要形态之一,网络剧能成功制作出爆款,主要有美学逻辑、审美逻辑和产业逻辑三方面原因。首先,"爆款"的内生动力是对于典型人物的塑造,人物立体化是十分重要的一个特征。其次,"爆款"生成的前提保障是借助审美符号,遵循观众的观看喜好,并设置大量的网络话题和社会话题与广大受众进行互动。最后,网络剧自己独特的产业逻辑是"爆款"生成的决定性因素(马一川,2021)。网络综艺作为网络文艺的另一重要形态,其相较于其他网综的最显著特点就是高流量,但也存在致瘾性、同质化和"三唯"的问题。因此,需要从创作理论、创作伦理和创作法理三个方面来应对其问题,使得网络综艺能够朝向低碳文化开拓创新(马立新,2021)。此外,基于抖音短视频的非遗传播具有交互式内容策展的重要特征,短视频这

种机制能够为非遗传播赋能,进而重塑了一种新的网络文艺生态——网络短视频(袁梦倩,2021)。

第二节 2020年特殊形势下"网络文艺"发展的总体概况

一、概念辨析:媒介特性、数字交互

近年来,理论界对于"网络文艺"的内涵进行了深入讨论,综合起来可以概括为以下三方面:其一,强调网络的媒介属性,把网络上"存在"的文艺统称为网络文艺。其二,从是否能够表现网络文化或精神、气质的层面来认知网络文艺。[①] 其三,着重突出网络新媒体的技术性,如认为网络文艺是"电脑网络技术催生出的全新数字艺术形式"[②],是"在网络媒体上传播、以数码技术为基础,具有交互特征的多媒体艺术形式"[③],是"离开网络便无法存在的文学艺术,其代表形态就是借助网络超链接和多媒体技术创作的文艺作品"[④]。

综上所述,首先,从艺术形态来说,网络文艺不仅包括以网络媒介为载体而产生的特有的文艺形态,例如网络直播、网络演艺等,也包括经数字化转换、在网络媒介传播的传统文艺形态,例如数字化的文学、音乐等。其次,从艺术特征来看,"参与、分享、互动和个性化"是网络文艺艺术思维的显著特点。在交互、沉浸的网络世界里,在互联网思维作用下,网络文艺的生产者与消费者互为彼此。网络文艺的创作者已不再是说一不二的主宰者,欣赏者也不再是被动的接受者,由分体走向合体是两者内涵互动的明显趋向。最后,网络文艺的外延还包括网络文学、网络剧、网络综艺、网络电影、网络

---

① 向志强,高雪.网络文艺不会取代传统文艺[J].中国广播,2016(7):95.
② 石恒利,王春光,徐明君.网络艺术教育[M].北京:人民出版社,2008:74-75.
③ 汪代明.网络艺术概论[M].成都:四川民族出版社,2006:46.
④ 王卓斐.我国网络文艺学研究热点的回顾与反思[J].甘肃理论学刊,2007(2):116-121.

音乐、网络动漫、网络游戏、网络演艺等形式。① 值得注意的是,在理解网络文艺时要明确网络文艺不等同于传统文艺的网络化移置,网络环境对于文艺作品特性的影响也至关重要,不能忽略。

二、行业分析:逆势上扬、迎接挑战

庚子年伊始,一场突如其来的新冠肺炎疫情给全世界都带来了巨大冲击:人们的日常生活遭受影响,社会的生产运行也陷入停滞状态,在此背景下,传统的人员密集型的线下文艺活动均被迫按下暂停键,诸如电影、戏剧、音乐会等。根据国家统计局发布的数据,2020年第一季度,在文化及相关产业的9个行业中,文化娱乐休闲服务营业收入降幅最大,比上年同期下降59.1%,其中娱乐服务下降62.2%,文化传播渠道下降31.6%,作为线下场馆消费的典型代表——艺术表演下降46.2%。据不完全统计,2020年第一季度,全国已取消或延期的演出所导致的直接票房损失超过20亿元(见表1-1)。

表1-1 2020年第一季度全国规模以上文化及相关产业企业营业收入情况

	绝对额(亿元)	比上年同期增长(%)	所占比重(%)
总计	16,889	−13.9	100.0
按行业类别分			
新闻信息服务	1739	11.6	10.3
内容创作生产	3823	−7.7	22.6
创意设计服务	2736	−2.5	16.2
文化传播渠道	1841	−31.6	10.9
文化投资运营	47	−10.0	0.3
文化娱乐休闲服务	119	−59.1	0.7
文化辅助生产和中介服务	2419	−21.7	14.3
文化装备生产	1029	−19.8	6.1
文化消费终端生产	3136	−15.1	18.6

---

① 彭文祥,付李琢.何谓"网络文艺"?[J].现代传播(中国传媒大学学报),2017(12):76-82.

续表

	绝对额(亿元)	比上年同期增长(%)	所占比重(%)
按产业类型分			
文化制造业	6596	－18.5	39.1
文化批发和零售业	2648	－27.3	15.7
文化服务业	7645	－2.9	45.3
按领域分			
文化核心领域	10,305	－10.7	61.0
文化相关领域	6584	－18.4	39.0
按区域分			
东部地区	12,741	－13.9	75.4
中部地区	2366	－15.3	14.0
西部地区	1620	－9.6	9.6
东北地区	162	－24.8	1.0

数据来源：国家统计局

与此同时，网络文艺作为文化艺术与科技产业相结合的代表，在疫情期间异军突起、逆势上扬。由于居民宅家时间和网络用户规模日益增加，"宅"经济使得网络文艺的多个子领域出现明显的经济收益增长。2020年，中国移动游戏市场实际销售收入达到2096.76亿元，同比增长32.61%；2020年上半年，阅文集团单用户月均付费达到了34.1元，同比增幅高达51.6%。网络直播、网络演艺、网络音乐等大众娱乐的重要方式更是展现出了巨大的成长潜力，在疫情防控和经济社会发展中发挥了积极作用。其中，网络演艺作为一项以新媒体传播为主的新业态，依托特殊时期呈现出了飞速发展的形势：400多场群众文化活动录播被搬上云端，优秀剧目网络演播的观看互动人次超11.7亿。

作为宅家居民获取外界信息的重要窗口，网络短视频行业把握住了疫情与超长假期叠加带来的发展机遇，迎来了爆发式的增长。截至2020年12月，短视频用户规模为8.73亿，较2020年3月增长1亿，占网民整体的88.3%。一方面，短视频用户的软件使用时长大幅提升，在春节期间甚至超过了手机游戏用户；另一方面，全国范围内的短视频发布量远超同期，大部

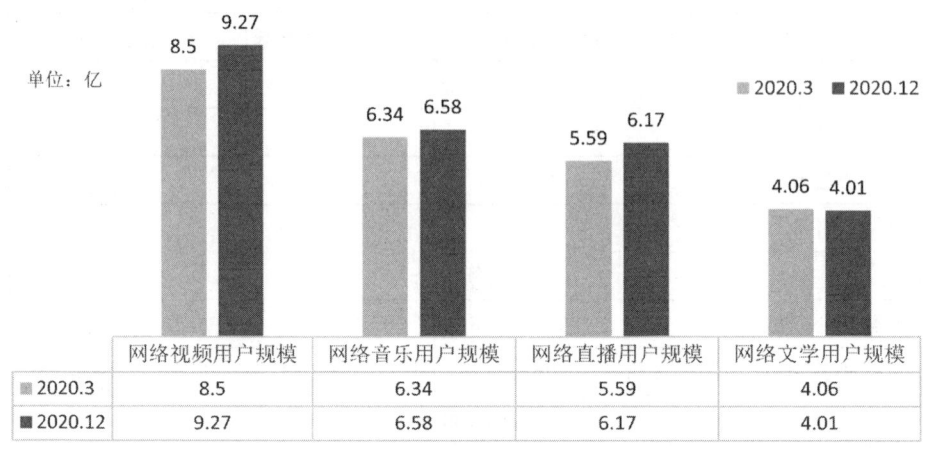

图 1-1　2020 年 3 月—2020 年 12 月网络文艺部分领域用户规模

分的作品都围绕"疫情"这一话题展开。近年来,在市场流量热度褪去后,网络文艺的制作方开始以内容作为创作核心,越来越多的精品诚意之作呈现在大众眼前。网络视频行业更是以匠心精制的制作理念逐渐得到了大众的认可和支持,其中,爱奇艺凭借以《隐秘的角落》为代表的迷雾剧场系列短剧实现了流量和口碑的双丰收。在内容的强大支撑下,视频网站也开始有更大的底气尝试商业化运作,通过优化现有变现方式、开辟新的商业模式实现产出的多元化。在短视频领域,各大平台纷纷试水符合传播特性的"微综艺""微剧",通过不断提升作品质量和内容占比以增加用户黏性,最终进入长视频领域。

尽管新冠肺炎疫情期间网络文艺得到了前所未有的发展,但随之而来的挑战也不容忽视。首先,疫情对网络文艺行业的整体经济发展影响较大,使得文艺相关企业资金链运转困难。加之大部分的网络文艺制作公司体量为中小型企业,新冠肺炎疫情所带来的不确定性增加了企业经营生产的风险,不利于现金流的良好运行和行业的长期发展。其次,对于网络综艺、网络自制剧等网络文艺类型而言,线下的生产活动是必不可少的。2020 年第一季度网络综艺"云系列"的创作缺乏专业的打磨,且受限于时间,精致程度、主题立意等均无法与传统形式的综艺节目相比,只能作为特殊时期的替代品存在。最后,疫情期间大量新用户涌入网络平台,造成部分低俗、媚俗、庸俗的作品出现在市场中。对于平台和监管部门而言,满足不同群众的欣赏需求和维护网络环境的健康发展绝非易事。

三、用户特征：Z世代的消费观念

Z世代一词起源于美国，指的是在1995—2009年出生的人，也就是我们所说的"95后"，他们一出生就与网络信息时代无缝对接，受互联网、即时通信、智能手机和平板电脑产品等影响较大，作为数字时代的原住民，他们拥有和前几代人截然不同的生活态度和思想观念。他们生活在互联网去中心化的环境中，注重自我表达和分享讨论；网络社会的日新月异使他们充满新奇想法、极具创造力；他们活在表达自由、尊重个性的社会环境下，不愿随波逐流，更喜欢彰显自己的独特气质。在消费上，Z世代也表现出特定的消费观念、偏好与方式。笔者通过自身观察以及对相关消费报告的整理提炼，总结发现独特的互联网使用群体——Z世代在消费上拥有以下五点特征。

（一）基于兴趣消费

Z世代会为自己所在的兴趣圈消费，注重"我喜欢"，只要能让他们心情愉悦，达到犒劳自己的目的，他们都愿意消费。这里的兴趣包括自己的个人爱好，也包括因为具有颜值高、有创意等特点而激起Z世代好奇从而产生的兴趣。第一财经商业数据中心的《2020 Z世代消费态度洞察报告》中提到Z世代以兴趣划分圈层，不吝于为自己所在乎的事物买单。他们多元的垂直兴趣形成了丰富多样的兴趣圈层，不同兴趣圈层的人都有自己的文化聚集地，对于所属圈层有着强烈的归属感以及高度参与的积极性，融合了其圈层文化的产品和营销方式能够激起Z世代的消费意愿，为兴趣付费是他们永恒的命题。

（二）实现自我提升

Z世代会通过消费以求在颜值、技能、知识等方面实现自我提升，会更加注重消费带来的价值。他们会不断追求内核，努力为自己打造更好的人设。他们愿意接纳符号消费具有的表征性和象征性，即通过对商品的消费来表现个性、品位、生活风格、社会地位和社会认同。因此，他们在消费时会看重产品所象征和代表的档次、情趣、审美和氛围，帮助自己赢取个性、时尚、审美、尊严等社会意义。

(三)达到社交目的

Z世代拥有强烈的"表现欲""分享欲""倾诉欲",他们喜欢在社交平台上记录和分享自己的生活与想法,也喜欢与志同道合的人分享自己的喜怒哀乐,社交在他们的虚拟网络生活中占据很大的比重。而消费是Z世代积累谈资和社交的资本的有效手段,通过消费他们可以产生共鸣,吸引同好,成功进入兴趣相同的社交圈,跟上圈内潮流,维系共同语言。Z世代对于产品的黏性往往会因产品附带的社交属性而提升,用消费行为交换"社交货币"。

(四)注重情感体验

Z世代在消费时偏向与品牌或其他消费者建立情感连接。比起产品本身,他们会更多地在意消费过程中产生的情感体验。如果某一消费行为能够抒发Z世代内心的某种情感,比如感动、温暖、兴奋等,使他们通过消费这一过程与产品建立某种情感的连接,获得一种虚拟的情感满足和社会支持,他们就愿意为其买单。

(五)追求价值认同

Z世代在消费中会关注产品品牌所传递的价值理念是否与自身价值取向相符,他们会选择品牌理念有内涵、有态度的产品进行消费。Z世代是有责任和担当的年轻一代,敢于为弱势群体发声、为公平正义吁请、为家国建设奉献,他们在消费中会植入价值性反思,使自身消费行为涵育理性、表达希冀、传递价值、彰显精神。因此,在选择产品和品牌时,他们会希望自己使用的产品蕴含年轻、积极、具有活力的正向精神力量和价值理念。

第三节 2020年特殊形势下"网络文艺"的发展特征

一、价值传播:以"艺"战"疫"、共克时艰

疫情期间,线下娱乐场所关闭,居民娱乐活动受限,内心焦躁紧绷的情

绪需要释放,而网络文艺恰恰迎合了观众的心理需求,用艺术的力量安抚心灵、传递信念、增强抗疫必胜的决心。抗"疫"公益作品层出不穷,为在疫情前线奋战的医护人员和在困难中坚守的每一个人传递出巨大的精神力量和无限温情。

在疫情最为紧要的关头,上海音乐出版社抽取骨干力量组成"抗击疫情出版物编辑突击队",联合上海音乐家协会、上海人民广播电台共同制作了两部音乐出版物以鼓舞中国人民抗击疫情的信念。与此同时,网络平台开始公开征集原创抗"疫"歌曲,一首又一首带来爱与希望的原创公益歌曲涌现,不同年龄、不同身份的音乐人团结一心、共克时艰。2020年5月,社交媒体和音乐平台携手发起"相信未来"线上义演活动,围绕"对抗焦虑,回归日常"的主题展开,通过多种音乐形态舒缓大众紧绷的情绪。四场演出在三地连线主持,老牌歌手与新生代歌手为爱发声,其演出形式和受众规模堪称前所未有。面对暂停的线下演出市场,艺术家们结合现实,将时代背景纳入创作主题,各领域不断涌现出一大批抗"疫"题材的作品。公益形态的网络演艺展现出演艺工作者的责任与担当,呈现出演艺产业积极健康而富有活力的一面。

而主要视听网站在特殊时期谨守媒体使命与社会责任,发挥自身在传播过程中的特色优势,做出了应有的贡献。短视频行业平台如抖音、快手、西瓜视频等利用传播优势,针对疫情防控相关内容加大了宣传推广力度,以最高效的方式普及防疫知识。据人民舆情数据中心"众云大数据平台"统计,短视频平台以"疫情"为关键词的视频发布量在2020年2月初激增,短短一周内出现的相关视频多达36,325条。除了单向度的宣传推广,各大平台还在国家广播电视总局网络视听节目管理司的指导下,开展了一系列的网络直播互动答题活动,如"快手状元"直播答题"疫情防控专场"活动、西瓜视频"头号英雄"疫情防控专场直播答题活动等。两场活动的观看人次和曝光量均十分可观,近百万人参与了答题。

2020年是脱贫攻坚决战决胜之年,疫情影响下大量农产品滞销、农户损失惨重,为了"抗击疫情,助农兴农",直播带货类节目就此诞生。在传统媒体方面,央视新闻推出了"谢谢你为湖北拼单"大型公益直播带货系列活动,帮助销售受疫情影响滞销的农产品,助力湖北经济复苏和相关产业复工复产;在新兴经济方面,阿里巴巴联合淘宝直播与银河众星,出品直播综艺节目《向美好出发》,斩获了 1.56 亿元的销售奇迹。

二、作品内容:联系人民、聚焦现实

经历过疫情期间的生死考验后,人们真切地感受到了生命的脉动和力量,大众的感知方式与情感表达也在一定程度上有所改变。网络文艺创作积极地介入社会生活、回应现实,展现出"时代气象"和"民族精神",重建人际关系、信任与信念是所有文艺工作者必须面对的使命和担当。无论是创作者还是接受者,都更倾向于接受贴近现实生活、有情怀、有温度的文艺作品。

以网络原创文学为例,2020 年医疗题材的作品备受读者青睐,主要体现在三个方面:一是优秀的抗"疫"纪实文学涌现,网络作家积极发声,回应社会关切。爱读文学网作者唐宁疫情期间通过线上采访创作出非虚构作品《唐宁疫情访谈录》,此书得到了中国新闻出版研究院数字出版研究所的支持,作为重点推荐作品被报送至 2020 年中国"网络文学+"大会组委会。二是关注医学、歌颂医生医德的作品数量有所增长。在第四届现实题材网络文学征文大赛的获奖作品中,有四部作品属于医疗题材,其中聚焦医护工作者的《生活挺甜》荣获"特别奖"。三是关注病毒和医学、思考中医与传统、过去与未来的作品陆续出现。抗击疫情以来,网络作家用键盘写下自己对抗"疫"的感受以及对病毒与人类关系的深刻思考。有的作品以真实事件改编,书写伟大的抗"疫"精神;有的作品回到古代世界,畅想古人中医济世的抗"疫"故事;有的作品放眼未来,想象未来科学与中医结合,人类再次面临病毒的从容不迫。

纵观网络动漫作品,最为突出的转变就是扎根现实主义线性叙事的文本特征。紧扣"齐心抗疫"主线展开的相关作品深入描绘社会现实画卷,以科学抗"疫"、疫情防控举措等热点为中心回应社会民众情感需求,通过作品传递的精神力量激励人心。《武汉别怕》《待到樱花烂漫时》等作品回避了传统公共卫生教育的说教意味,以积极向上、活泼有趣的画风为防疫工作加油鼓劲;《防控疫情 从我做起》《预防新型冠状病毒:有趣有用的健康科普知识》等作品通俗易懂、一目了然,科普了科学洗手、科学规范地配戴口罩等健康知识。

就网络综艺市场而言,2020年,《朋友请听好》《很高兴认识你》等"慢综艺"占据了一席之地。《朋友请听好》将电台运营作为核心,嘉宾与听众只能以声音和载体进行对话与沟通,删繁就简的过程使得交流变得纯粹自然。从代际关系到学业梦想,从婚恋情感到家庭琐事,在每一次的交流沟通中嘉宾与听众都实现了不同观点、思想的交汇,每一位观众也都能从中找到自己的影子。《很高兴认识你》背靠抖音和奇遇文化,打破了传统综艺的限制,融合了直播、长视频与短视频的元素,是国内首档"所有格"纪实真人秀。每期节目都会在常驻MC的基础上邀请飞行嘉宾,共同探访全国各地的素人并挖掘平凡生活中的趣事,在故事中寻找幸福的多种可能,阐述触及灵魂的多元人生态度。这些综艺节目在保证内容质量的同时,通过平实治愈的镜头语言、随机自由的环节模式、富有生活气息的衍生内容和大众互动方式,在情感层面引发共鸣。在快节奏的社会生活和疫情带来的压抑氛围中,"慢综艺"的出现为人们创造了放松自我、释放压力的窗口。

三、线上平台:"云上"文艺、崭露锋芒

2020年,突如其来的新冠疫情打破了线下文艺市场的平衡,居民娱乐被迫转至线上,一时间内数字化"宅家生存"成为常态。在此背景下,网络文艺迸发出了新的生命力,其中特别值得关注的就是"云"文艺形式的出现。所谓"云"文艺,就是基于云技术及其他数字技术创作、传播与接收的数字艺术作品。从其基本形态角度审视,"云"文艺主要有三种形式。

其一,"云"综艺。受突发的新冠疫情影响,2020年第一季度的网络综艺多采取线上"云录制"的创新方式进行,催生了许多"云系列"综艺的具体实施操作。相较于实景综艺的大体量制作,视频平台多采用明星嘉宾同框连线、在线网络直播以及个人Vlog的方式进行录制,避免了人员聚集和对录制专业性的要求。除了录制方面的尝试与改变,部分综艺节目的海选与发布会也采用"云+"模式进行。腾讯视频的重点综艺节目《明日之子(第四季)》《脱口秀大会(第三季)》试水了"云海选",海选选手通过云连线进行表演,再由评委投票决定去留;爱奇艺S+级别的网络综艺节目《青春有你(第二季)》探索了"云宣发"的新路径,搭建脱离现实的"云现场"场景,掀起了新一轮的营销热潮。从制作周期来看,"云+"综艺比传统的卫视综艺和网络

综艺都要短上许多。爱奇艺的"宅家云综"从立项到上线仅用了三天时间，优酷的《好好吃饭》用时不到48个小时。落地迅速的"云+"综艺完美地填补了特殊时期下网络综艺的空缺，暂缓了新节目被迫延期而导致的节目带"开天窗"的压力。

其二，"云"观影。作为疫情之下电影市场的一次艰难自救，"院转网"一词被推到了我们面前。而无论是院线电影还是网络电影，徐峥导演的《囧妈》无疑是2020年绕不开的一部作品。之后，尽管争议不断，一大批影片受院线停摆和资金压力的影响也开始以PVOD模式登录视频平台。喜剧片《肥龙过江》率先通过此模式上线爱奇艺平台，之后更多喜剧类、文艺类的剧情影片相继在视频平台露面；奇幻动作冒险电影《征途》的到来更是填补了商业性大片线上播放的空白，丰富了院线电影线上发行的类别。而为了实现《征途》等强视效大片的线上播出，爱奇艺平台的技术团队制作了家庭版杜比视界和杜比全景声，用户足不出户便能享受媲美影院的视听体验。

其三，"云"演艺。网络演艺的艺术形态打破了传统现场演出的时空限制，演员与观众可以存在于不同的物理空间，表演与观演不必同时进行。表演者不再拘泥于特定的演出场域中进行展演，表演与播出的时间差给予后期剪辑制作极大的创作自由。对于观众而言，网络演艺赋予了其高度自主的选择权力，观众可以在不同演出中随意自主切换，甚至使用"回放""前进"功能欣赏特定的片段，这也对演艺内容的质量提出了更高的要求。由于弹幕、评论、连麦等实时互动功能的存在，观演双方的交流传播模式也发生了转变。不同于线下演艺以演员向观众单向传播的模式为主，观众向演员的逆向传播在互联网的背景下日益显现，观众可以畅所欲言地表达想法，弹幕与表演"齐飞"，不受时间、地域等限制。创作团队也能够通过网络即时收集观众反馈，便于日后对演出进行进一步打磨改进。

"云"文艺最大的特征就是独一无二的互动性与参与性，观众可以有机会与"云"文艺的创作者进行即时直接的交流与沟通。创作者的意图观念可以更好地被理解，观众的反馈也可以被及时接受。数字化艺术最大限度地尊重了观众的话语权，创作、传播与欣赏无缝连接，营造了沉浸式的文化体验。

第四节　后疫情时代"网络文艺"的发展趋势

一、政策法规：严格监管、细化深入

文艺政策在文化发展与治理中扮演着重要角色,对文艺建设起着重要的引领和指导作用。经历改革开放初期的文艺政策调整、市场经济条件下的文艺政策探索、新时代文艺政策的文化转向三个阶段,我国文艺政策的制定和实施已日趋完善。梳理2020年以来与网络文艺相关的政策法规,我们可以发现,在法律监管的漏洞得到完善的同时,政策法规整体朝着更加细化深入的方向发展,针对不同的文艺类型有不同的管理办法。

例如,在网络文学方面,政策着重强调强化内容监管、畅通职称评审渠道、严厉打击侵权盗版等。2020年3月1日,国家网信办发布的《网络信息内容生态治理规定》正式施行。该《规定》主要针对网络信息内容治理展开,切实地规范了网络信息内容的生产方、服务方、使用方的行为,明确了网络生态治理中各组织的权利与义务,有力地推动了网络生态良好发展和网络治理的法制化建设。2020年10月17日,《中华人民共和国未成年人保护法》(第二次修订)经第十三届全国人大常委会第二十二次会议表决通过,其中"网络保护"和"政府保护"为此次修订新增章节。2020年11月11日,《关于修改〈中华人民共和国著作权法〉的决定》经第十三届全国人大常委会第二十三次会议表决通过,管理部门通过修改与补充现行著作权法以适应新形势下知识产权保护的新要求,尤其是回应了互联网环境下侵权成本低、维权成本高的问题。加大对侵权盗版的打击力度,对保护网络文学产业链、维护网络文学生态等方面有着深远意义。

在网络综艺方面,为加强意识形态建设和社会风气正向引导,2019年,国家出台了《未成年人节目管理规定》《关于推动广播电视和网络视听产业高质量发展的意见》《网络信息内容生态治理规定》,针对网络文艺中的未成年人出镜乱象、有质无量的现象等进行监督管理。2020年2月11日,为治理网络综艺乱象、规范节目制作包装,中国网络视听节目服务协会联合各大

视听节目网站制定和公布了《网络综艺节目内容审核标准细则》,从多角度提出了94条切实可行的标准。逐渐完善的政策进一步推动了网络综艺的健康发展,为网络综艺的长久繁荣提供了强有力的支持。

针对网络自制剧行业,2020年国家出台的一系列相关政策可分为以下三大类:完善法律法规,引导行业健康发展,包括修改著作权法、强化反垄断反不正当竞争、严抓统计造假等;重视剧集质量,规范剧集创作,包括加强创作生产管理、规范互动视频数据格式等;推动高新技术发展,助力行业创新发展,包括推进5G、VR、AR、4K超高清等技术的发展。出台的政策法规一方面为生产者提供了创作活动的权益保障,另一方面也为投资者提出了发展规划的相关要求,为整个行业的未来发展保驾护航。

2021年,网络文艺的相关政策也依据不同的文艺类型做了进一步细化,营造出更加健康良好的发展环境。其一,完善信息内容审核管理制度,过滤不良信息,既要明确审核管理的对象、标准、程序、效力,又要使管理环节中各部门的衔接沟通畅通;其二,引导社会各方积极协同参与,共建共治共享,包括鼓励行业协会、平台、从业者等加强自治,优化网络文艺的传播环境;其三,建立健全举报投诉机制,加强外部监督,通过立法建立健全用户向监管部门和平台监督举报的途径,扩展违法、不良作品内容的发现渠道。

二、模式创新:线上线下、多元融合

近年来,网络文艺的发展形态日渐丰富,和传统文艺形式的融合创新也日益深入。随着质量的提升,网络文艺作品与传统文艺作品的界限日渐模糊。尤其是在网络视听领域,优秀的网络综艺、网络剧、网络电影已难以和电视综艺、电视剧、院线电影完全区分开来。不仅如此,"网台同步"或"先网后台"的播放模式、"由网入台"或"由台入网"的节目互渗和阵地转移、网络电影获颁"龙标"而在影院放映等,进一步模糊了两者的界限。①

以戏剧为例。不管其形态如何发生改变,戏剧的现场直观性始终存在。波兰导演格洛托夫斯基提出的"质朴戏剧"理论认为,演员与观众之间直接感性的交流关系是戏剧存在的根本,服装、布景、剧场甚至剧本等都可以被

---

① 黄聘.新媒体时代的网络文艺:发展态势、传播特征与引导策略[J].美术大观,2020(7):132-135.

替代或抛弃。正是在这个层面上,无可替代的"现场感"体验正是演艺产业区别于其他文娱业态的特征。而网络演艺由最初的"不得已而为之"到快速发酵、广受欢迎,也驱使了许多艺术创作者和业内人士意识到线上发展的无限可能和产业转型的未来趋势。"线下关门"是被迫的,但是"线上开花"却可以打造成长期模式。线上与线下和谐共生,形成了更好的融合互补关系,这将成为未来演艺产业新业态长期发展的必然趋势。

在网络音乐方面,未来我们将实现"网络音乐线下落地"的方式,积极探索城市文化生活与数字音乐产业的融合创新,打造音乐旅游生态链。在线音乐的落地可以大大发挥音乐作为艺术的教育功能和认知功能,有助于提升人们的整体音乐赏析能力和艺术审美能力。更多的城市音乐空间为音乐家和普通人提供了互动和交流的场所。在城市中创建音乐空间以及经常举行日常音乐活动,不仅能够激发人们音乐创作和表演的热情,也满足了人们的美好精神生活需求,形成了城市音乐生态的良性循环。

三、主题导向:守正创新,精品不断

文化是一个国家、一个民族的灵魂,习近平总书记更是将文化的地位作用提升到前所未有的新高度。2021 年作为"十四五"规划的开局之年,又恰逢中国共产党建党百年,文艺创作生产的要求被提上新高度。守正创新,努力做到疫情防控和复工复产复业"双推进",不仅是网络文艺行业贯穿 2020 年的主题,也是 2021 年即"十四五"开局之年文化和旅游部门的重要工作。

"守正"是指网络文艺创作将坚持把握中国特色社会主义文艺发展的方向,遵循网络文艺发展的规律。作为一切形式的文艺创作生产的基础,中国特色社会主义以及社会主义核心价值观是网络文艺发展的谋事之基和成事之道。网络文艺要贴合人民的现实生活,表达人民的观念想法,满足人民的精神诉求,反映人民的道德取向。任何作品都需要严格恪守通俗与低俗、恶俗、庸俗的界限,不能成为阴暗情绪、极端想法的"温床"。而网络文艺作为新兴的文艺业态,没有固定的成长规律和发展模式,因此切忌"揠苗助长"。只有遵循其自身的发展规律,避免过多的人为干涉,才能尽最大可能发挥它的独特生命力和优势。

"创新"是指在坚守正确的政治导向和价值取向的基础上,网络文艺将

积极推动叙事角度、叙事模式、叙事手法等多角度的创新,充分挖掘现实生活中的创作题材。网络文艺有数量庞大的青年受众群体,一方面推动了传播的数字化、年轻化、娱乐化,另一方面也对创作的即时性、个性化提出了要求。2020 年,在综艺市场趋于饱和的情况下,激烈的市场竞争迫使平台抛弃传统的"大明星+大团队"的制作模式,在同题竞争时注重通过创新打造精品综艺内容,出现了把握女性话题热点、展现当代女性群体勇敢逐梦历程的《青春有你(第二季)》,抛弃传统节目模式、回归说唱本质的《说唱新世代》等综艺节目。创新之于文艺如同阳光之于万物,没有创新也就没有了作品最鲜活的生命力。对于网络文艺而言,创新既是媒介快速更替中的生存之道,也是满足大众兴趣取向的不变真理。

疫情期间线下生产受限倒逼线上文艺创作,抗"疫"相关作品出现井喷式的增长,涵盖网络漫画、网络文学等传统网络文艺类别和"云"综艺、"云"演艺等在内的新媒介传播形态虽然在一定程度上传递了不可替代的精神力量,但缺乏时间的打磨和精心的策划。精品化建设是网络文艺经历快速发展后的必然趋势,未来创作者们将守正创新,以精品化创作满足人民对美好精神生活的追求。在 2021 年这一特殊的时代节点,网络文艺工作者们进入生活现场、呼应人民关切,创作出了一大批书写时代精神、歌颂英雄品格的作品。

四、盈利模式:用户付费意愿逐步提升

2020 年,受新冠疫情和超长假期的影响,居民娱乐由线下转为线上,网络文艺各领域开启了内容付费的新时代。网络音乐平台继续坚持付费模式的渗透,并通过拓展社交娱乐增进用户的认同感和归属感,提升用户的付费意愿。《2020 年中国在线音乐行业报告》显示,截至 2020 年 10 月,我国网络音乐付费用户数超过 7000 万,占整体网络音乐用户数的 10.9%,较 2019 年年底的 10.7%增长 0.2 个百分点。网络文学行业市场规模拓展显著,用户付费意愿在数字阅读行业深化发展的背景下逐步提升。随着网络文学平台不断增强对创作者的版权保护力度和作品内容的筛选力度,2020 年上半年,阅文集团单用户月均付费增至 34.1 元,其在线业务营收同比增长 101.9%。

面对人口红利减退,头部长视频平台付费用户数增速放缓,而爱奇艺平

台在2020年11月首次上调会员连续包月价格,其背后是优质作品和原创内容带来的绝对话语权。值得一提的是,平台超前点播热度持续上升、成绩喜人,2020年上半年,超六成网络首播电视剧提供超前点播服务,消费升级成为视频行业的大趋势。尽管超前点播伴随争议而生,但数据和热度证明了它的巨大潜能。在游戏直播领域,行业领导者虎牙和企鹅电竞强强联合,在2020年英雄联盟LPL赛事中提供第一视角观看比赛的付费服务,通过优质服务培养用户的付费习惯。

随着网络文艺市场越发成熟,用户付费增长将成为网络文艺产业进入发展"快车道"的重要推力。在平台方面,垂直领域的深度探索、群体社区的打造运营、精品内容的创作推广将成为增加用户黏性的制胜法宝;在用户方面,增强版权意识、培养付费习惯是网络文艺消费的发力重点。未来在政策法规、内容品质、平台服务的多重作用下,用户的付费意愿将不断提升,网络文艺市场也将更加繁荣。

五、科技应用:技术赋能,未来可期

随着5G时代的到来,网络文艺的交互性、虚拟性、便捷性和移动性等基本属性都有所延展。5G具有大宽带、低延时、多连接的特点,在此基础上,4K高清、8K环绕VR内容、高速视频的功能性家用、电影和游戏互动混合等不再遥远。

对于网络直播而言,视频播放的流畅性与用户体验直接挂钩,互动氛围的渲染也是评价标准之一。在未来的发展中,VR、AR技术有望进一步普及并应用到直播中,为直播赋能,增强变现能力。VR、AR等技术的应用给直播平台带来的差异化优势,将成为下一步直播平台留存用户、提高收益的制胜关键。

5G技术的全面推广应用将会激活一个体验经济的时代,特别是满足用户情感体验需要。VR、AR、AI智能、3D动画将带给人们前所未有的视觉冲击,向来以短、平、快取胜的短视频行业在5G时代将迎来爆发期。在5G技术的推动下,短视频将带给用户全新的使用体验以及不同于4G时代的观感,给用户带来更为强烈的感官刺激和更加直观的画面呈现效果。虚拟现实技术的引入使短视频也不再限于一个平面,未来短视频也将实现全景切换式的交流互动。借助虚拟现实和现实增强技术,短视频的视频分辨率也将到达8K,将呈现出更为高清的画面。

高质量的数据传输给观众带来了更流畅的观影体验、更好的画面质量,而4K、8K的高分辨率体验将会带来大屏设备的崛起,掀起在家观影的热潮。目前,市面上几乎所有的智能电视都支持4K播放,并朝着8K的方向在努力。5G的到来解决了内容传输的质量和速率问题,这就在硬件层面上提升了观影感受,稳定、高质量的数据传输保障了观影的流畅性和画面的质感,而4K、8K的高分辨率体验将进一步提升在家观影的舒适度。目前,4K播放几乎成为智能电视的功能标配,8K的普及也指日可待;加之5G技术解决了内容传输的不稳定性和低质缓慢的问题,家庭观影与院线观影之间的差距逐渐缩小,未来或许会有更多人选择利用大屏设备在家观看网络电影。

随着现代科学技术的高速发展、日渐成熟,戏剧、曲艺、演唱会等演艺项目前景可期。如果超越时空限制的"在场"能够通过技术手段得以实现,歌手、演员与观众之间即时性的双向交流需求将获得满足,观众能够在虚拟世界中获得真实的"在场"感,从而彻底颠覆传统演艺的"在场"属性。5G带给人的绝不会只是普通的视听体验更新,而应该是多感官、个性化与充满交互性的体验。在演艺表现形式中融入AI、VR的方式,让用户进入虚拟现实置身演艺现场,再加入3D音乐环绕等丰富的表现形式,将使艺术意象的塑造更加立体化、细节化,观众的审美体验也将更加多元化、个性化。

本雅明认为:"每一种形式的艺术在其发展史上都经历过关键阶段,而只有在新技术的改变之下才能获得成效,换言之,需借助崭新形式的艺术来要求突破。"[①]2021年,随着网络文艺的边界被不断拓展,加之其属性职能的转变,万物皆可"文艺"的时代向我们徐徐展开。技术的进一步发展让多形式的内容表达成为现实,大众将拥有更加"身临其境""感同身受"的体验。

结 语

在2020年这场突如其来的疫情之下,网络文艺工作者们面对巨大挑战,

---

① 本雅明.机械复制时代的艺术作品[M].许绮玲,林志明,译.桂林:广西师范大学出版社,2004:89.

迅速做出应对,用艺术的力量安抚心灵、坚定信念、凝聚人心。网络音乐、网络演艺、网络动漫等领域抗"疫"公益作品层出不穷,为在疫情前线奋战的医护人员和在困难中坚守的每一个人传递出巨大的精神力量和无限温情。疫情按下的"暂停键"让文艺工作者们也开始回归真正的艺术创作。经过一段时间的沉淀,大量联系人民、聚焦现实的文艺作品出现在市场上,创作者与观众产生了精神层面的高度共鸣。与此同时,依托5G技术强力支撑的"云"文艺形态应运而生,最大限度地彰显了数字艺术的独特魅力。从虚幻构想向现实关怀落地,从娱乐快感向精神美感升华,网络文艺的蓬勃发展离不开政策法规的保驾护航。展望未来,网络文艺的相关政策将依据不同的文艺类型进一步细化,以期营造更加良好健康的发展环境。为了更好地推动线上线下的多元融合,网络文艺生产者们也将守正创新,以精细化的创作满足人民对美好精神生活的追求,与此同时,增强版权意识,逐步培养用户付费习惯,并不断探索科学技术,让更多形式的内容表达成为现实。后疫情时代的考验尚未结束,但我们相信没有一个冬天不能逾越,没有一个春天不会到来。网络文艺,来日方长,未来可期。

第二章　网络自制剧：
转"疫"为"益",助剧前行

近年来,随着互联网与影视创作融合的不断深入,国内的网络自制剧市场日益繁荣,网络视频平台纷纷入局竞争赛道。而凭借高度的市场敏感性和对受众心理的精准把握,网络自制剧在"影视寒冬"和新冠疫情的双重影响下仍然吸引了投资者的目光,成为各大平台差异化运营的核心。本章将从政策引导、市场竞争、内容创作等方面回顾2020年网络自制剧行业的发展特征,分析新冠疫情对整个行业的冲击与影响,并对后疫情时代网络自制剧的发展进行美好展望。

第一节　关于"网络自制剧"的研究综述

"网络自制剧"的相关研究大致可以分为两个阶段,第一阶段是2011—2016年,这一时期的研究主要集中于网络自制剧的营销以及发展路径。第二阶段是2017年至今,这一时期的研究主要集中于网络自制剧存在的问题以及盈利模式等方面。

一、关于"网络自制剧"的营销策略研究

"95后"人群在网络视频用户中占比最大,因此网络自制剧针对"95后"制定了相应的营销策略,如利用大数据分析推出精简版自制剧、选取迎合观众审美偏好的题材、利用4K等新技术提升画质、升级会员服务以培养观众

的忠诚度、建立相关兴趣圈层吸引受众进行线下活动(任冉,2018)。这种营销传播策略具有一定的优势,能够以用户为核心判断市场趋势、借助跨平台传播推动口碑营销、使受众为了精良的创作自发创造话题、加大了线上线下的广告投放引起受众关注、延伸产业链进行二次营销等。但与此同时,网络自制剧整合营销也存在广告植入生硬、盈利模式不完善、产业链中各创作环节质量良莠不齐等问题(王琴琴、祝培茜,2018)。

二、关于"网络自制剧"发展特征与存在问题的研究

从跨媒体叙事角度出发,网络剧有着诸多特征,其中,人物形象"网感"属性的叠加是重要的特征之一;此外,借助网络游戏元素也是网络自制剧的重要策略;"鬼畜"式的创作方式是网络自制剧的重要文本资源。这些特征使得网络自制剧呈现出鲜明的青年亚文化倾向,从青年亚文化的角度而言,受众在这个过程中的"用户"身份得到凸显并参与到文本创作的过程中。但网络自制剧也存在泛娱乐化现象严重、文化内涵缺失(刘鸿彦,2016),以及内容"三俗"、同质化现象严重、监管机制不完善、植入广告过多、盈利渠道单一等多方面的问题(周元、马昱宇,2019;齐伟,2019)。

三、关于"网络自制剧"盈利模式的研究

网络自制剧的利润源包括广告商、网民、运营商、版权购买商,其中,广告商居于核心地位,而网民是最重要的利润源;网络自制剧的利润点包括广告收入、用户付费、版权销售、流量分成等。其利润屏障对内包括以合理合法的方法降低前期投入成本并提升内容质量,对外包括拓展利润源以提高收益(李成家、彭祝斌,2018)。针对不同的利润源,网络自制剧大致产生了四种不同的盈利模式:广告收入、用户付费、版权售卖、产业延伸。但是,目前,网络自制剧的盈利也存在着对广告依赖度过高、用户付费受众基础薄弱、人们的版权意识薄弱、产业链发展不完善的问题。在此基础上需要降低广告收入占比、扩大会员群体、差异化进行售卖版权、构建全产业链、精准分析受众以解决网络剧在盈利上的问题(李玲飞、王燕妮,2019)。

第二节　2020年特殊形势下"网络自制剧"的总体概况

一、概念辨析：网络传播、内容制作

网络自制剧是指参考传统影视剧形式，由互联网催生出的全新内容生产主体——网络视频平台独立制作或参与制作的连续剧集，主要在网络平台上播出。网络自制剧以互联网用户为受众，体现出网络时代独特的文化内核以及时代审美，具有高度创新性和市场敏感性。网络自制剧是传统影视剧、视频平台、网络受众三者互相交融催生出的全新业态，同时具有三者的特质。

在广阔的剧集市场上，视频平台受"影视寒冬"和政策改变的影响，希望依托网络自制剧增强自主内容供给能力，使自己在市场中获得竞争优势。在此基础上，网络自制剧与视频平台相互促进，彼此成就。视频平台赋予网络自制剧最前线的市场数据和资源保障，网络自制剧则使这些网络视频平台逃离天价的版权采购成本，从被动参与内容角逐渐转变为主动参与内容制作，成为平台差异化竞争的核心。同时，这一良性变化也蕴含着影视行业希望重塑内容生态的愿景。

二、行业回顾：竞争加剧、探索不断

网络视频平台对于自制剧的探索是整体行业变化造就的必然发展方向。彼时的网络视频平台正处于不断探索新业务的阶段，作为影视产业链下游的播放平台，其目光自然而然地沿着产业链"上溯"来到了内容制作的领域。2005年，乐视率先投入300万元拍摄了中国首部手机电视剧《约定》，正式拉开网络平台主动打造自制剧的序幕。[①] 与此同时，互联网思维开始渗

[①] 郭小蝈.网络平台自制剧江湖"鏖战报告"|深鲜企划·探秘自制剧[EB/OL].(2020-05-02)[2021-01-30].https://www.sohu.com/a/392657071_603687.

透到影视剧的制作中,在"每个个体都有创作和分享的欲望与权力"的思想的引导下,许多对影视剧制作充满热情与创作野心的年轻团队不断成长,在网络视频平台的资金支持下,创作出了《万万没想到》《屌丝男士》等一批短小精悍、低投入、高回报的喜剧作品。

2014年被公认为是"网络自制剧元年"。这一年,自制剧集成为各大视频网站的战略热点,各大平台集中蓄力,成果可观。据统计,仅2014年一年的自制剧的数量就达到了前五年的总和。其中,结合中国传统神话元素的《灵魂摆渡》以及由文学IP改编的《暗黑者》等作品一经播出便广受好评,在无数网友心中留下了深刻的印象。

此后数年里,视频平台竞争加剧,乐视、土豆网、搜狐等最初的自制剧主要出品方逐渐退出舞台。爱奇艺、腾讯、优酷不断发展,呈现出"三足鼎立"的态势。但无论头部的视频平台如何竞争与变化,网络自制剧的战略地位却随着行业竞争的加剧、互联网的全面发展而不断提高,并涌现出更多优质、有热点的作品。据统计,2018年,爱奇艺、腾讯视频、优酷三大平台自制剧的占比首次超越了版权剧。2019年,三大平台自制剧的总占比更是达到了65%。①

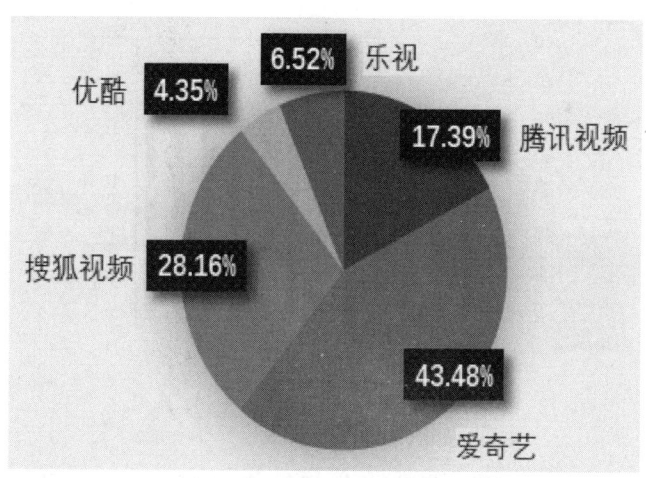

图2-1　2015—2018年豆瓣评分7分及以上的作品占比

---

① 卢泽华.不打"价格战" 版权时代,网络视频路在何方?[EB/OL].(2019-09-25)[2021-01-31]. https://baijiahao.baidu.com/s?id=1645602712331244393&wfr=spider&for=pc.

2020年,网络自制剧竞争步入下半场,其中,爱奇艺在自制剧方面占据较明显的优势,腾讯视频凭优质内容紧追其后,优酷略显落后,而"新起之秀"芒果TV在自制综艺占据优势后加速布局S级自制剧内容,奋起直追。爱奇艺、腾讯视频、优酷、芒果TV四大视频平台在自制剧市场上占据绝对优势的同时也面临着更多的挑战。

(一)爱奇艺

在自制能力上,爱奇艺较为突出。2020年,爱奇艺共上线网络剧88部,占据上线网剧总量的38%,其中大部分都是自制剧,题材涵盖都市谍战、青春、古装武侠、悬疑等,辐射男女受众。① 自制剧使得爱奇艺平台内容具有差异化,能够有效拉动用户付费购买会员。

爱奇艺创始人兼CEO龚宇表示,受优化会员系统、订阅会员数量增长和公司提升会员业务货币化等多种运营措施推动的影响,最新财报期内爱奇艺的会员服务收入为40亿元,较2019年同期增长7%。同时,受益于优质的内容制作、输出能力和较强的发行能力,爱奇艺内容发行收入达到3.923亿元,订阅会员规模达1.048亿。

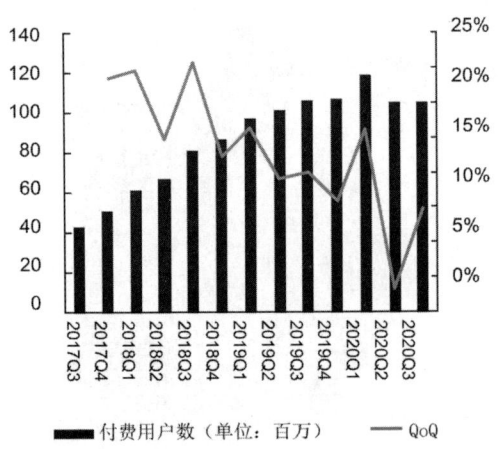

图2-2 爱奇艺会员数(单位:百万,整理自网络公开资料)

---

① HQ.2020顶级大剧 最全片单[EB/OL].(2020-02-29)[2021-02-03].https://page.om.qq.com/page/Oa_4NFmgfru2xMfwHrv3uq5w0.

(二)腾讯视频

相比起2020年大动作频频的爱奇艺,腾讯视频显得比较低调。但是凭借自制剧及动画片的优质内容,腾讯视频在各大指标上均拿到了亮眼的成绩。艾媒咨询的数据显示,2020年6月,腾讯视频月活跃用户数为3.85亿,位居第一,在月活用户付费率上,腾讯视频拥有23.6%的付费率,也远高于爱奇艺的21%。据腾讯2020年第三季度财报,腾讯视频会员数量同比增长20%,达1.2亿。

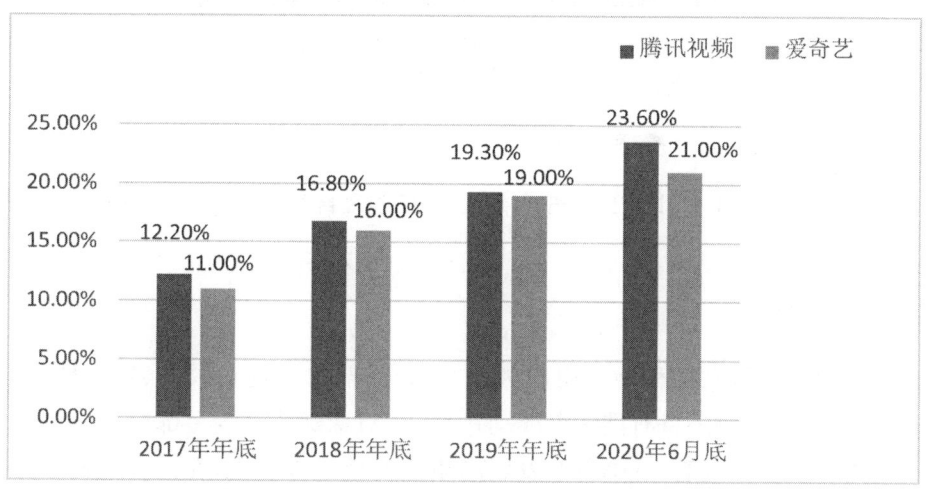

图2-3　2017—2020年腾讯视频VS爱奇艺月活用户付费率(整理自网络公开资料)

2020年,腾讯视频的自制剧呈现出继承与创新并存的整体面貌。在古装剧方面,腾讯自制剧借助大热IP背景,进行剧情流与情感线的双重体现,例如与阅文集团合作出品的《将夜(第二季)》在展现人物爱恨情仇纠葛的同时绘就了一幅宏大的世界全景。此外,古偶剧也是古装剧中的布局重点。2020年腾讯视频的自制剧也多汇聚于此,例如大火的《传闻中的陈芊芊》以及《少女大人》《九流霸主》等。总体来说,2020年腾讯视频自制剧S级头部作品与爆款作品兼有,主要的制作体量偏小,注重延续已有资源和甜宠剧风。而另一方面,腾讯视频也在发力现实向题材,女性向话题成为创作热点。《不完美的她》《摩天大楼》从不同角度探索女性之间的关系、女性在社会中的价值以及女性与社会的关系等话题,展现出女性内心的强大力量。

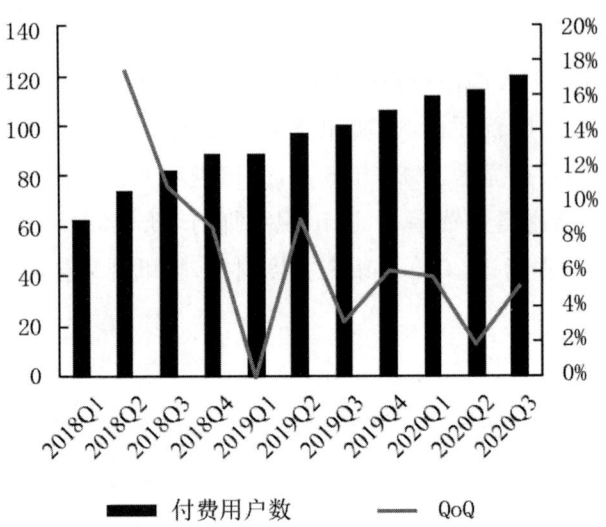

图 2-4　腾讯视频会员数(单位:百万,整理自网络公开资料)

(三)优酷

优酷主要以女性和年轻用户为核心目标,输出表达自我性、独立性、梦想性的内容,同时还备有港味警匪动作片、科幻悬疑片来满足部分男性受众的喜好。从整体上看,优酷着重发展高质量的精品自制剧,在内容题材和形式上开始进行广泛尝试,输出了《长安十二时辰》《山河令》《冰糖炖雪梨》等非典型爆款网络自制剧。

但值得关注的是,优酷2020年的新作品对于平台拉新的效果不显著。根据云合数据发布的《2020年上半年剧综影会员内容网播复盘报告》,在爱奇艺和腾讯视频的会员内容中,2020年、2019年及2019年前的内容占比都在30%左右。而优酷则明显依靠2000—2018年的内容,2020年的内容仅贡献了23%的会员播放量,由此显示出2020年内容供应的乏力。

表 2-1　2020年优酷平台自制剧目盘点(部分)

剧名	剧目类型	主演
《冰糖炖雪梨》	青春、爱情、竞技	吴倩、张新成
《师爷请自重》	古装、喜剧、爱情	章若楠、张昊唯

续表

剧名	剧目类型	主演
《长相守》	古装	于小彤、毛晓慧、关智斌、楷旋
《亲爱的麻洋街》	青春、励志	许魏洲、谭松韵
《失踪人口》	悬疑、科幻	吕聿来、刘畅、陈小纭、陈昊宇
《白色月光》	都市、情感、悬疑	宋佳、喻恩泰
《99分女朋友》	爱情	赵弈钦、厉嘉琪
《我好喜欢你》	都市、励志、校园	言承旭、沈月
《初恋了那么多年》	青春校园	王以纶、万鹏

（四）芒果TV

尽管芒果TV剧集流量占比显著低于腾讯视频的水平，但在加速布局的背景下其整体呈提升态势，2020年第一季度热播的《锦衣之下》《时光与你都很甜》都是芒果TV参与出品的剧目。当前，芒果TV在剧集方面坚持"自建工作室＋外部战略工作室"双管齐下的发展策略，以年轻女性受众为主要服务圈层，剧集自制能力不断加强。内容"升级＋破圈"，未来芒果超媒在剧集领域的自制能力仍将继续释放。

三、产业分析：层层解构、共筑发展

（一）内容生产和剧目制作

网络自制剧产业链的上游主要涉及内容生产环节，包括内容创作、投资融资、拍摄制作等，这一环节关系着视频网站角色的转变。[①] 网络自制剧让视频网站通过制播合一的内容运营方式实现"内容制造方＋平台提供商"双重身份的转变。

---

① 戴礼蓉.网络自制剧的价值链研究——以爱奇艺视频网站为例[D].合肥：安徽大学，2017：20-21.

1.影视制作公司

视频平台受限于资金、团队以及制作经验,往往不会选择独自完成全部的剧集生产任务,而是选择与独立影视制作公司进行合作。视频平台大多以提供资金支持、数据支持、后期宣发支持为主,也会在不同程度上影响导演、编剧和演员的调配。但在网络自制剧的整体拍摄制作过程中,影视制作公司发挥着主要作用,其存在也大大降低了网络平台制作自制剧的难度系数。

各家平台都积极地与专业公司形成紧密合作的关系,例如爱奇艺与灵河文化、小糖人、工夫影业、五元文化等关系紧密,一同出品了多部作品。2018年10月底,腾讯系的阅文集团更是收购了新丽传媒100%的股权,希望借此打通IP增值的全产业链。

影视制作公司与平台越发紧密的合作和相对灵活的操作空间,使得双方在合作程度、合作方式上都有不同形态的呈现。例如"迷雾剧场"中,《隐秘的角落》由万年影业承制,《沉默的真相》由好记影业承制,而同为"迷雾剧场"中的《十日游戏》《非常目击》《在劫难逃》则是由五元文化承制。同时,五元文化还为优酷的"悬疑剧场"制作了《白色月光》。

2.视频网站

为了更加有效地开展网络自制剧业务,国内一些视频网站开辟了专门负责网络自制剧的部门。其中,阿里大文娱经过体系架构升级,在自制剧板块打出"橄榄球战术",形成了两个自制剧制片人工作室。由敦淇负责的敦淇工作室主要探索包括刑侦剧在内的行业剧,更倾向泛人群的头部内容打造;由张文丽负责的拾穗工作室则聚焦年轻女性用户。[①]

(二)宣传发行和渠道搭建

1.自制剧的宣传推广

在自制剧产品制播周期中,宣传与推广环节越发呈现出与剧集制作同步进行的趋势,其在一个完整的剧集项目中占据的比重越来越大。依托于

---

① 郭小蝈.网络平台自制剧江湖"鏖战报告"|深鲜企划·探秘自制剧[EB/OL].(2020-05-02)[2021-01-30].https://www.sohu.com/a/392657071_603687.

网络自制剧的网络传播特性和平台优势,网络自制剧主要采用以下几种方式进行宣传推广。

(1)借助网站自身平台进行宣传

网络自制剧与其他独立影视公司制作的网络剧相比,最大的区别就是其得到了网络视频平台的支持。网络视频平台在支持自家自制内容上也常会使用首页推荐、弹窗广告、移动客户端推荐等自家资源,同时,在首页出现相关剧集推荐时,会在图片上醒目地标出"自制"印记,以吸引观众、展示自制实力。

(2)借助社交媒体等进行宣传

在时下的移动互联网时代,社交媒体对于大众的影响力日渐增长。社交媒体往往是基于现实生活既有的人际关系来构建传播关系的,具有较高的用户黏性和信息传播效率。许多视频网站纷纷开设自己的社交媒体公众号,在微博、微信等平台上进行自制剧的宣传。同时,B站[①]、抖音等短视频平台所蕴含的高度扩散能力也逐渐被长视频平台所看重,鼓励"混剪""高光集锦"等形式的二次创作成为今年宣发的又一重点,但其中牵扯的版权问题还有待于进一步解决。

(3)开展线下推广活动

开展线下推广活动也是网络自制剧常用的宣传策略之一。与前两种方式不同的是,线下推广可以使得自制剧的出品方和主创人员与广大观众面对面地交流,使其更好地了解受众的观影需求和观影反馈。未来,如果网络自制剧想要实现IP全链打通,线下实体产品的宣传也将会迎来新机遇。

2.自制剧的发行

网络自制剧一般采取制播合一的模式,且多为自行独播,这种模式较大程度上降低了内容同质化。随着行业发展和市场变化,自行独播、多方拼播、反向登陆卫视、输出海外等都成为网络自制剧的常用发行方式。在疫情影响下成本压力增加的2020年,自制项目转变为参与制作或联播联制、独播项目转为拼播的数量增加。《重启之极海听雷》即为爱奇艺与优酷联合制作并播出的作品。

---

① B站全称"哔哩哔哩",英文名称:bilibili,后同。

(三)品牌运营和用户消费

对于网络自制剧来说,在自制剧产品的生产制作、营销推广之外,位于产业链下游的品牌运营环节所创造的剧集本身之外的价值也越发为平台所重视。在品牌运营环节中,自制剧的出品方可以通过对自制剧的受众完善服务、系列化开发、衍生品开发等方式,良性地进行自制剧品牌的后续运营,进而使得自制剧的产业链得到进一步的延伸,在满足用户情感需求的同时促进用户消费,充分挖掘自制剧品牌的盈利潜能。

1.用户服务

用户服务是位于产业链活动末端的重要环节。在已较为成熟的网络自制剧市场上,单纯的内容放送并不能发挥出自制剧"高互动性"的优势,也不能满足日益提升的用户需求。针对这一趋势,网络平台立足自身直面受众的平台优势,聆听受众需求,利用多重创新方法满足受众。例如,爱奇艺出品的《终极笔记》在播映结束后进行了主创直播的"售后服务",剧粉、书粉纷纷付费观看,话题度也不断走高。

2.衍生开发

自制剧的衍生开发有两种形式。一种是系列化开发,一种是剧集衍生品的开发。系列化开发指的是在一部自制剧取得成功以后,将其打造成为系列连续剧,借助其品牌影响力,拓展自制剧的盈利空间,例如《无心法师》《河神》于2020年纷纷推出续集。而衍生品开发指的是借助网络自制剧所形成的文化品牌,自制剧的版权所有者开发与自制剧相关的各种衍生商品,如服装、书籍、游戏、纪念品等,通过对衍生品的销售,自制剧品牌进一步获得利润。目前,各种商品官方联名的方式以及视频平台商城的出现使得衍生品的售卖更加正规化、规模化。影视平台在播出某个剧集的时候也很乐意在播放页面展示衍生品广告,引导观众购买。

四、盈利模式:种类繁多、推陈出新

(一)"广告收入"模式

在广告营收形式上,网络自制剧也立足自身特点不断推陈出新,以期在实现更好的广告效果与观剧效果的同时,努力兼顾作品的艺术性与广告的商业性。目前,视频网站自制剧的广告类型主要分为"小剧场"式中插广告、"创可贴"式广告、"边看边买"广告、补点式营销广告四大类,为视频网站自制剧带来了更灵活的收入方式。

1."小剧场"式中插广告

"小剧场"式中插广告是指在网剧播出过程中,插播一段由剧中角色饰演的广告情景短剧,广告内容多与剧情相融合,时长一般控制在30—60秒。在内容上,"小剧场"广告与正片有所关联且制作水准较高,降低了网友的反感度与出戏感,甚至让网友感受到看正片番外的体验。在形式上,"小剧场"广告具有一定的独立性,别具一格的风格在吸引观众注意力的同时增加了观众与剧集的互动。每个剧集的"广告小剧场"拥有独一无二的名字,如《鬼吹灯之精绝古城》的"脑洞时间",《重生》的"真香现场"等。

2."创可贴"式广告

"创可贴"式广告即在剧集播出过程中跳出一段类似于弹幕的文案。"创可贴"式广告只占据很小的空间,但是却把广告内容与剧集内容紧密结合在一起,起到如同弹幕般"吐槽""调侃"的功能,颇受观众青睐。比如《鬼吹灯之精绝古城》中,胡八一对雪莉杨说"我想问你一个问题",此时创可贴广告雀巢咖啡"神助攻"——"不用问了,爱过"在屏幕上跳出来,这一调侃式"脑洞"迅速引发观众的互动与好评,也在无形中塑造了广告商诙谐幽默的优质形象。

3."边看边买"广告

视频网站逐步开始采用"视频电商"的方式,推出"边看边买"模式,即用户在观看视频的同时,可以点击屏幕中出现的商品加入购物车或者一键购买。而这一行为不用跳出视频的观看环境，也不会打扰用户的观看进度。剧中的"边看边买"产品主要包括两大类，一是剧中角色使用、穿着的产品，二是此剧的衍生品，如同名小说等。在网剧《如果蜗牛有爱情》中，剧中出现的相关产品会显示在右侧的购物车中，观众可以随时随地将产品加入购物车。

4.补点式营销广告

补点式营销广告是指除日常的广告曝光外，将品牌进行二次营销，最大限度地提高产品投放覆盖面以及投入产出比。在追剧的过程中，"下集预告"可以用来满足观众的好奇心，具有极强的吸引力。在《鬼吹灯之精绝古城》中，腾讯视频将"下集预告"与品牌绑定，更名为"金主预告"，得到了很好的传播效果。

(二)"会员付费"模式

会员付费模式比广告收入模式更有利于行业的健康发展。对于视频网站来说，会员付费带来的资金基础使得作品的内容不会过度地被广告商所左右，平台可以将更多的资金、更大的精力投入内容的深耕；对于用户来说，付费成为会员后可以享受更好的会员服务；对于内容生产者来说，会员付费带来的收入可以增加其创作的积极性，激励其产生更多的优质作品，促进产业发展。

1.会员体系逐渐完备

在会员费用方面，优酷、腾讯、爱奇艺三家年卡价格一致，季卡、月卡差异不大，但均定期推出优惠活动。在会员权益方面，优酷、腾讯、爱奇艺三家视频网站会员都享有热剧抢先看、院线新片持续更新、观影券赠送、广告特权、1080P画质、杜比影音等特权。在相似的年卡会员价格基础上，视频网站开启了联合年卡、新用户优惠等活动吸引粉丝。在会员权益方面，各大视频网站推陈出新，不断丰富与创新会员权利，逐渐完备会员体系。

2.付费形式不断创新

近年来，各大平台纷纷试水"超前点映"模式，超前点映指在满足视频会员抢先看的同时，另外开辟通道以打包或者单集付费的形式直通大结局，通过"超前点映"满足铁粉提前观看大结局的需求。这一模式从某种层面上可以看作是"会员付费"的升级,满足了粉丝的观剧需求,将内容溢价付费变为现实,进一步发掘了视频付费市场的营利潜能。优酷自制剧《重生》就选择在 2020 年 3 月 26 日开启超前点播,4 月 2 日点播直通大结局。

(三)"版权输出"模式

1.网剧版权反向输出卫视

视频网站自制剧的版权输出主要是指优秀的自制剧被卫视等媒体收购,以获得额外的版权收入,达到营利的效果。视频网站自制剧的版权输出将触角延伸至电视观众,扩大了受众群体,增加了作品的曝光量与知名度,也间接推动了赞助商的投入力度。由互联网反向输出一线卫视的版权输出模式打破了以往卫视平台为主、网络平台跟进的播出模式,开启了视频网站自制剧版权输出的时代,实现了视频网站自制剧的经济可持续化。

2.版权"出海"

如今,视频网站自制剧走上精品化道路,深耕内容,重视原创,讲述了一个又一个精致的"中国故事",不仅在国内备受好评,还出口海外。《白夜追凶》不仅在国内收获大量粉丝,还被国外视频网站奈飞(Netflix)买下版权,在 190 多个国家和地区播出,也开启了 Netflix 购入中国网剧版权的先河。《河神》《无证之罪》等也同样被 Netflix 收入囊中,引发了海外追剧热潮。[①] 中国网剧已踏上开拓海外市场的道路,实现了中国原创故事的海外传播。

(四)"IP 产业链开发"模式

1.IP 剧抢占市场

IP(Intellectual Property)意为知识产权。在影视行业,IP 主要指有大量粉丝基础的网络文学、游戏、动漫的版权。视频网站对 IP 的开发主要表现为将这些题材和内容进行创造,改编为网剧。视频网站自制 IP 剧大部分来源于网络小说,如由《魔道祖师》小说改编而成的《陈情令》,由《鬼吹灯》小说改编而成的《鬼吹灯之精绝古城》《鬼吹灯之怒晴湘西》《鬼吹灯之龙岭迷窟》

---

① 牛梦笛,蒲成.网剧网综"出海"观察 讲述中国故事的新锐力量[EB/OL].(2018-08-15)[2021-02-05].http://culture.workercn.cn/32871/201808/15/180815084133133.shtml.

等多部网剧。如今,"漫改剧"也成为新的风尚,二次元漫画改编的网络自制剧也逐渐获得市场的认可,拥有广阔的发展前景。《端脑》改编自"有妖气"漫画平台的作者壁水羽的同名漫画,它将未来科技与生活日常进行了融合想象,在豆瓣上获得7.7的评分,成为视频网站自制"漫改剧"的一个突破。而2020年年底,改编自日本集英社经典漫画的《棋魂》也获得了极高的热度与较好的口碑,在豆瓣2020年华语剧集的评分排名中获得第六名。

由IP改编的网剧拥有"未播先热"的爆款体质,所以视频网站陆续开始从上游争夺IP资源进行开发与创作,并且在投资力度上不断加码。纵观近几年的IP剧,它们都有较高的流量,无论是播放量还是讨论度都非常可观,这与IP剧天然的优势分不开。首先,IP故事多来源于网络小说,而网络剧与网络文学有天然的相似性,可以更高程度地还原作品,且更加符合年轻受众的审美。其次,网络小说数量多,竞争激烈,能够被用来制作IP剧的小说必定有其优势与不可替代性,可助力网剧的改编。再次,IP剧已有口碑基础,经过了市场和时间的检验,可以降低视频网站的投资风险。最后,IP拥有广泛的粉丝基础,可以为剧集带来最初的曝光度。

2.IP产业链拓展营收渠道

视频网站对于IP剧的运营绝不满足于剧集的成功,而是要对IP进行全方位、深度的开发,使影视IP延伸至游戏、文漫、文创等方方面面,打造IP全产业链,在这方面最为成功的自然是《陈情令》。《陈情令》建立了完整的产业链条,打造了"陈情"IP宇宙,在深耕内容的基础上,不断丰富与更新后续活动,给粉丝提供了"一条龙"服务,在提升粉丝体验的基础上,也获得了更多的利润。从超前点播、音乐专辑、国风音乐会,到番外电影、周边商城,《陈情令》不断提升受众黏性,最大化IP价值,不断创新与拓展盈利模式。

第三节 2020 年特殊形势下"网络自制剧"的发展特征

一、政策引导：完善法规、支持创作

(一) 2020 年相关政策的梳理

2020 年国家出台的关于网络自制剧行业的相关政策主要可以分为以下几类：第一，用于完善法律法规、引导行业健康发展，包括修改著作权法、强化反垄断反不正当竞争、严抓统计造假等；第二，用于规范剧集创作，包括加强创作生产管理、规范互动视频数据格式等；第三，用于推动高新技术发展、助力行业创新发展，包括推进 5G、VR、AR、4K 超高清技术等。

表 2-2 2020 年网络自制剧相关政策

日期	政策简介
2020 年 2 月 6 日	国家广播电视总局发布了《关于进一步加强电视剧网络剧创作生产管理有关工作的通知》。文件要求在影视剧项目制作备案时，制作机构须向有关广电主管部门承诺已基本完成剧本创作，同时规范集数长度，提倡总集数不超过 40 集，鼓励 30 集以内的短剧创作，并做好制作成本配置比例报备工作。
2020 年 3 月 6 日	工业和信息化部召开了加快 5G 发展专题会，深入学习贯彻近平总书记关于推动 5G 网络加快发展的重要讲话精神，听取基础电信企业关于 5G 工作进展情况、存在的困难和意见建议的汇报，研究部署加快 5G 网络等新型基础设施建设，以更好地服务疫情防控和经济社会发展工作。
2020 年 5 月 21 日	国家广播电视总局官网发布消息称，为发挥标准在超高清视频产业生态体系构建中的引领和规范作用，加快制造强国、网络强国、数字中国和文化强国的建设步伐，工业和信息化部、国家广播电视总局共同组织制定了《超高清视频标准体系建设指南（2020 版）》。
2020 年 7 月 6 日	中央广播电视总台于 2020 年 7 月 6 日召开《中央广播电视总台 5G 媒体应用白皮书（2020 版）》终审会。该白皮书总结了中央广播电视总台基于 5G 技术，面向 4K 超高清、VR 和移动生产场景的研究和实践成果，是媒体行业首次对于 5G 技术应用提出的技术规范，为 5G 技术与媒体生产的深度融合和快速发展打下了坚实的基础。

续表

日期	政策简介
2020年9月11日	国家广播电视总局组织审查了《4K超高清视频图像质量主观评价用测试图像》《超高清高动态范围视频系统彩条测试图》《高清晰度电视声音识别与校准信号技术要求》,将其批准为中华人民共和国广播电视和网络视听推荐性行业标准并予以发布。
2020年10月4日	国家广播电视总局科技司组织广播电视规划院联合爱奇艺、腾讯视频等十余家内容制播单位编制完成了行业标准《互联网互动视频数据格式规范》,该标准规范了互联网互动视频数据格式,在爱奇艺、腾讯视频、优酷、芒果TV等播出平台进行了试验验证,对于促进互动视频制作和播放技术标准化、指导互动视频产业高质量发展具有重要意义。
2020年11月4日	为全面防范和严肃惩治统计造假、弄虚作假,健全落实广播电视和网络视听统计工作责任制,国家广播电视总局发布了《防范和惩治广播电视和网络视听统计造假、弄虚作假责任制规定》。
2020年11月11日	第十三届全国人大常委会第二十三次会议表决通过了关于修改著作权法的决定,修改后的著作权法共6章,67条,自2021年6月1日起施行,主要修改和增加了以下内容:(1)增加惩罚性赔偿金额,法定赔偿数额上限提高到500万元,明确法定赔偿数额下限为500元;(2)规范视听作品,将电影和"类电作品"改为"视听作品",对视听作品的著作权归属实行分类保护;(3)对广播权进行合理扩张;(4)修改作品定义,开放作品客体类型;(5)明确合作作品的著作权归属;(6)规定演员职务表演的权利归属;(7)明确著作权集体管理组织是非营利法人,应规范管理、公开信息。
2020年12月18日	中央经济工作会议提出,要强化反垄断,防止资本无序扩张。国家支持平台企业创新发展、增强国际竞争力,同时要依法规范发展,健全数字规则;要完善平台企业垄断认定、数据收集使用管理、消费者权益保护等方面的法律规范;要加强规制,提升监管能力,坚决反对垄断和不正当竞争行为。

网络自制剧就像其他新出现的事物一样,在早期发展中并没有明确的政策法规对其进行规范。2007年12月29日,由国家广播电影电视总局发布的《互联网视听节目服务管理规定》中第八条首次对从事互联网视听节目服务的主体及相关条件做出了严格的限制,但这也仅仅是对互联网视听节目的服务组织以及大型规模的节目做了限制,对网络自制剧仍然没有明确的规定和定义。

但随着网络自制剧的不断发展与成熟,无论是政府相关部门还是行业内部都对这一新业态的健康发展与良性竞争投注了相当多的精力。在法规和政策出台后,及时转型和适应新的发展政策,做出最符合自身利益的规划,使得投资得到保障,是对网络自制剧投资者提出的新要求。而生产者有了法律法规的保障、规范、引导之后也能够更好地进行自身的创作活动,有利于整个行业的良性竞争。

(二)政策支持,自制短剧有望突破国产剧的"顽疾"

由于剧集长度直接关系到电视剧制作单位的收益和播出单位的广告收入,长久以来,剧集注水现象屡禁不止。2020年2月6日,国家广播电视总局发布了《关于进一步加强电视剧网络剧创作生产管理有关工作的通知》(以下简称《通知》),明确提出鼓励短剧创作,打击近些年国产剧生产过程中存在的剧集过长、剧情"掺水"的不良现象。2018年,国产电视剧的平均集数为39.2集。近几年,集数开始下降。自《通知》发布以来,剧集变短趋势明显加速,2020年,平均集数直降4集,达到35.2集。①

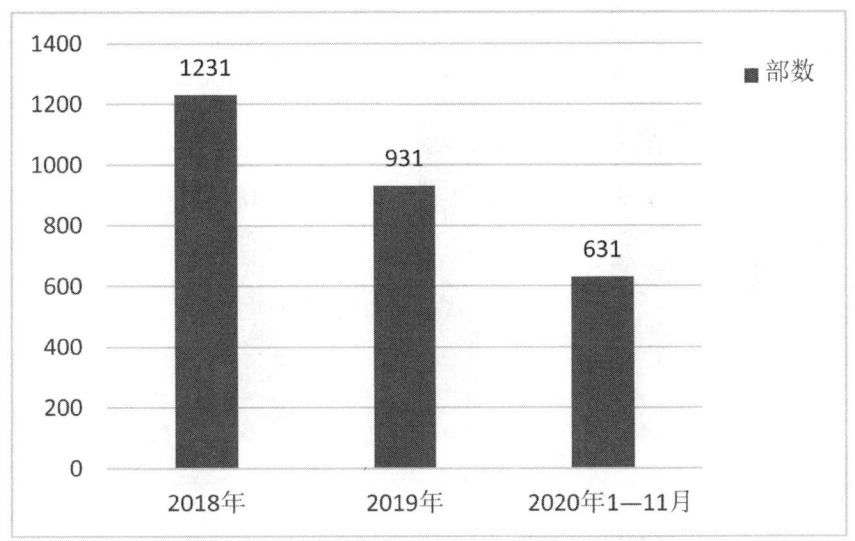

图2-5　2018年—2020年11月备案剧集数量

---

① 马笑,陈磊.娱乐传媒行业深度报告:重点关注三个新方向,继续把握八大赛道[EB/OL].(2021-01-13)[2021-02-12].https://new.qq.com/omn/20210113/20210113A08PZ200.html.

从2020年影视行业提交的答卷来看,网络自制剧有望率先突破国产剧的"顽疾"。对于并不依赖剧集数量获得更多收益的网络自制剧,《通知》按下的不是"停止键"而是"加速键"。"短剧化"符合网络自制剧一贯"短小精悍"的创作特征,引导网络自制剧继续走在专注提升自身质量的精品短剧道路上,同时也为中国国产剧的未来点亮明灯。2020年5月,腾讯视频、爱奇艺和优酷三大视频网站联合六大制作公司发布了《关于开展团结一心 共克时艰 行业自救行动的倡议书》,积极响应减少剧集注水、打造精品网剧的政策号召,也为各平台推出"迷雾剧场"等后续系列精品短剧吹响了号角。同时,精品短剧形式也不只在悬疑题材上"发光发热",而是在更多题材中发挥出了独特优势。

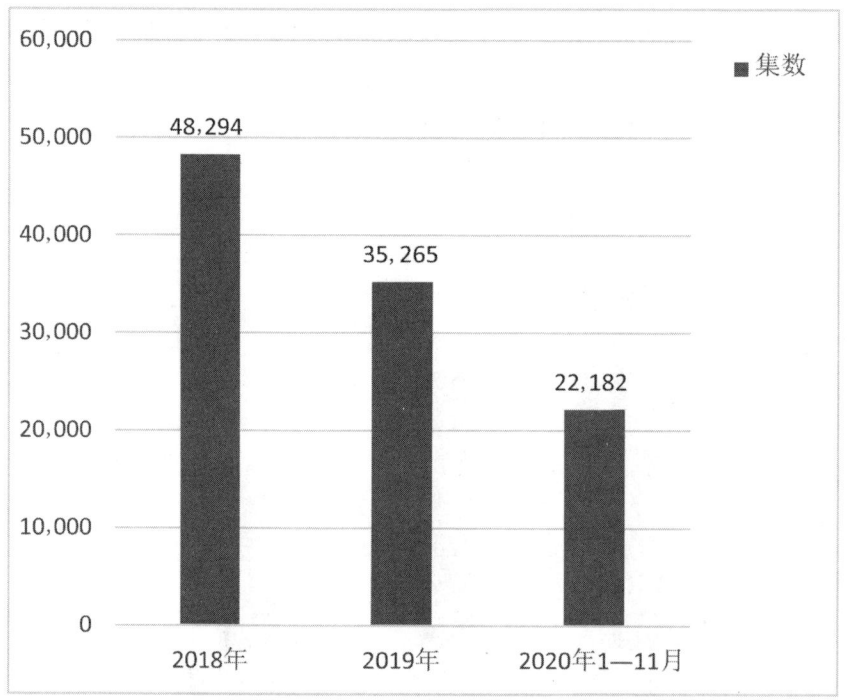

图2-6　2018年—2020年11月备案剧集总集数

二、市场竞争：规模扩大，受众增多

网络自制剧的用户数量与网络用户数量呈现正相关关系，庞大的网络用户数量为网络自制剧的用户数量提供基础。中国互联网络信息中心发布的数据显示，截至2020年12月，我国网络视听用户规模达9.27亿，较2020年3月增长7633万，占网民整体的93.7%。在细分领域中，综合视频（不包含短视频）的用户使用率为77.1%，用户规模达7.24亿，仅次于短视频。2020年11月开机的42部剧集中，"爱优腾"自制剧占比达43%。

2020年第一季度，受新冠肺炎疫情影响，线下娱乐受阻，网络自制剧整体播放量迎来了短期大幅提升，但随后几个季度内又逐渐降温恢复平稳。根据易观千帆数据，2020年由于精品内容制作能力的提高和"宅经济"的加持，长视频平台MAU（月活跃用户数量）有所提升。2020年10月，"爱优腾芒"的MAU分别为6.3亿、2.6亿、5.3亿和1.4亿。随着网络自制剧质量的提高以及"分众经济"的发展，网络自制剧的受众不再只是青少年群体，悬疑剧场以及"她题材"的兴起使得更多的人群得到满足。

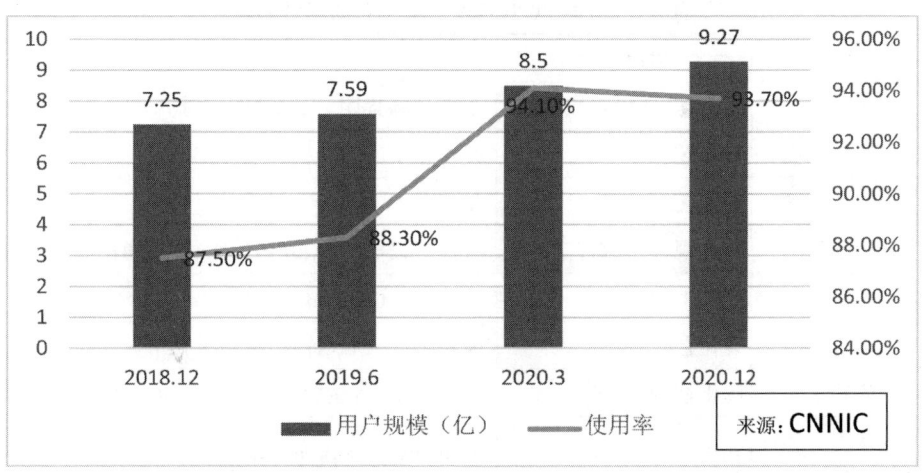

图 2-7　2018—2020年网络视听（含短视频）用户规模及网民使用率

三、内容质量：整体提高，良性循环

2020年的自制剧市场整体呈现"回归内容"的良好态势，自制剧整体质量稳步提升，获得了市场的良好反馈，涌现出大量口碑热度双丰收的优秀作品。在豆瓣2020年评分前十名的华语剧集中，各大视频平台出品的网络自制剧占据九席，成为剧集市场中毫无疑问的优质创作主力。

主流权威奖项逐渐向网剧开放也侧面印证了网剧的质量不断提升。白玉兰奖发布的2020年节目征集公告将网剧纳入奖项的评选范围；2020年4月，第32届飞天奖也向全国重点视频网站首播的电视剧张开了怀抱；金鹰奖则向"纯网剧"打开了大门。

2020年8月7日，第26届上海电视节白玉兰奖最佳中国电视剧奖颁布，入围的四部网剧都是由网络平台参与出品的网络自制剧。其中，爱奇艺参与了《破冰行动》《鬓边不是海棠红》两部作品的创作，《破冰行动》最终斩获最佳中国电视剧大奖；腾讯则与新丽传媒合作出品了《庆余年》，优酷也凭借《长安十二时辰》占据一席。

表2-3 豆瓣2020年评分前十名的华语剧集

剧名	播出平台	出品方
《想见你》	爱奇艺、腾讯视频	福斯传媒集团、三凤制作公司
《沉默的真相》	爱奇艺	爱奇艺
《隐秘的角落》	爱奇艺	爱奇艺
《在一起》	腾讯视频、爱奇艺、优酷	上海广播电视台、耀客传媒、上海尚世影业
《叹息桥》	优酷	ViuTV、优酷
《棋魂》	爱奇艺	爱奇艺、小糖人传媒、厚海文化
《龙岭迷窟》	腾讯视频	企鹅影视、万达影业、7印象文化传媒
《我才不要和你做朋友呢》	芒果TV	芒果TV、天浩盛世、开火文化
《隐秘而伟大》	腾讯视频、芒果TV、央视网	芒果影视、骋亚影视、五元文化、修玉影业、新媒诚品、华联映画
《风犬少年的天空》	哔哩哔哩(B站)、欢喜首映	欢喜传媒集团有限公司、哔哩哔哩、上海拾谷影业有限公司、上海欢十喜文化有限公司等

质量的提升带来了热度的大幅提高，2020年剧集市场中涌现出大量叫好又叫座的热门作品。这些"爆款"剧集题材覆盖面广，体量层次也不尽相同，但都凭着剧集本身优质的内容取得了亮眼的成绩，这其中既有众望所归的大制作，也有突出重围的"黑马"。腾讯视频自制剧《三生三世枕上书》延续了"三生三世"系列的人气，会员收官时累积播放量超70亿；优酷自制剧《冰糖炖雪梨》由当红小生张新成与人气小花吴倩领衔出演，口碑、热度全面飘红；《棋魂》《如意芳霏》等多部精品自制剧收官后仍持续霸屏各大榜单，呈现出长尾效应；由新人出演的武侠探案剧《侠探简不知》也广受好评，获得了8.2的豆瓣高分，虽前期宣发不足但引发"自来水"无数；《传闻中的陈芊芊》则被CCTV-6的专家评价为"三低黑马剧"——低成本、低名气、低流量，8天播放量便超4亿。

网络自制剧质量与热度双重提高的背后是视频平台与网剧形态的"强强联合"。作为网剧，网络自制剧具有周期短、播放灵活、传播快、互动性强等特点，而视频平台长期进行剧集运营所具有的对于市场需求、题材选择的独到经验以及自身播出渠道和宣发等资源，为网络自制剧的生产提供了强大的支撑，促进了更多令大众喜闻乐见的优质作品诞生。整体剧集质量的稳步提高也带动了用户审美水平的提高，而用户审美水平的提高又倒逼创作端提升内容品质，从而形成了一个良性、健康的正向循环。

四、行业营收：持续止损、未来可期

优质自制剧的产出展现了平台强有力的原创内容打造能力，有效推动了付费用户的持续增长。2020年第三季度中，爱奇艺实现营收72亿元，同比下降2.83%；运营亏损12亿元，同比收窄68.4%，这是近十年来季度亏损最少的一季财报。爱奇艺首席财务官王晓东表示，亏损率的收窄依赖于爱奇艺在各方面的审慎投入与"持续在原创内容方面进行战略投入以提高自制能力"。与此同时，腾讯视频服务会员数量增长至1.2亿，腾讯总裁刘炽平在财报会议中将这一利好归功于热门剧集和动画片的火爆。阿里文娱板块归属于数字媒体与娱乐业务（优酷），该板块在2020年第三季度的日均付费用户规模同比增长45%，原创内容同样是增长的主要因素。

自制内容带来的强势利好也反映在了平台收入模式上的升级，原本以会员收入和广告收入作为收入大头的现象在各大平台创新模式、扩大营收的努力下迎来新方案。2020年，主要基于优质自制剧内容的"超前点播"模式在经历最初的动荡后成为常态。2019年，腾讯出品的《陈情令》首开超前点播先河，为平台创造了巨额收入。2020年年初，腾讯与新丽传媒等共同出品的《庆余年》再次试水超前点播。此后，腾讯出品的《鬼吹灯之龙岭迷窟》、爱奇艺出品的《鬓边不是海棠红》《我是余欢水》均采用了超前点播模式且获得较好效果。"自制剧＋超前点播"已成为平台营收的一大常态化利器。

五、内容题材：涉猎广泛、创新IP

2020年各大视频平台推出的网络自制剧题材涉猎广泛，类型齐全，辐射各个年龄层的男女受众。从题材来看，古装言情、悬疑推理、都市情感以及青春校园四大类型依旧是视频网站的主要青睐对象，但在典型剧集之外，许多具有"个性化定制"感的非典型自制剧成为2020年的爆款。对于各大视频网站来说，内容差异性一直是各平台不断追求的，无论是成为2020年新风口的悬疑题材，还是立足于"她经济"的"她题材"，又或是电竞、科幻等以往涉足较少的题材，网络自制剧以其对市场需求的敏锐觉察始终走在内容多样化的前列。

网络自制剧头部平台"爱优腾芒"四家在覆盖题材与圈层方面又有独特的布局。在四家头部平台中，爱奇艺在网络自制剧中已占据优势，其2020年的作品也是延续了其"全领域覆盖"的一贯策略，涵盖都市、谍战、青春、古装武侠、悬疑等各种题材，辐射各个年龄层的男女受众，火力全开，输出稳定。而稳中有变，因于"人口红利"衰退危机的爱奇艺为寻找"新增量"，围绕少女心、"她情感"、传奇路、正义观、合家欢五大类型推进大剧，同时也从内部资源布局入手，利用分众理论，打造出与大众作品壁垒分明的作品。

IP剧依旧是网络自制剧发力的重点。其中，腾讯视频凭借与阅文集团的深度合作，在IP古装偶像剧上投入了大量资源，2020年虽然只上线了《有翡》等少数改编剧，却还手握《青簪行》《雪中悍刀行》《庆余年（第二季）》以及2021年年初上线的《赘婿》在内的顶级IP资源。在剧集的整体市场中，除了这些顶级IP以外，一些小规模的网络文学IP、漫画IP资源也备受小成本网络自制剧青睐，例如改编成互动漫改喜剧的《只好背叛地球了》。

表 2-4　2020 年下半年爱奇艺上线剧（部分）

类别	剧名	主演	出品方	题材	是否属于 IP 剧
网络自制剧	《半是蜜糖半是伤》	罗云熙、白鹿	爱奇艺、金禾影视	都市爱情	是
	《穿盔甲的少女》	官鸿、陈瑶	爱奇艺、稻草熊等	青春、校园	否
	《在劫难逃》	王千源、鹿晗	爱奇艺、五元文化	轻科幻、悬疑	否
	《非常目击》	宋洋、袁文康	爱奇艺、五元文化	悬疑	否
	《只好背叛地球了》	李卿、刘安琪	爱奇艺、浩瀚娱乐	互动漫改喜剧	是
	《了不起的女孩》	李一桐、金晨	爱奇艺、小糖人传媒	女性成长	是
	《盲侠大律师 2020》	王浩信、张振朗	爱奇艺、TVB	律政	否
	《明月曾照江东寒》	于朦胧、邢菲	爱奇艺、彼岸影视、新媒诚品	武侠、言情	是
	《漂亮书生》	鞠婧祎等	爱奇艺、华语大业	古装、励志	是
	《棋魂》	胡先煦、张超	爱奇艺、厚海文化、小糖人传媒、森林映画	热血竞技	是
	《如意芳霏》	鞠婧祎等	爱奇艺、丝芭影视	古装、爱情	是
	《三嫁惹君心》	邢昭林、肖燕	爱奇艺、稻草熊	爱情、轻喜剧	是
	《他其实没有那么爱你》	宋茜、郑恺	爱奇艺、新丽电视、狂欢者电影制作	都市、现实	否
	《侦探语录》	高至霆、张鑫	爱奇艺、宸铭影业等	年代、悬疑	否
独播版权剧	小大夫	董子健、张嘉倪	中央电视台、爱奇艺、海东明日影视	当代都市	否

续表

类别	剧名	主演	出品方	题材	是否属于IP剧
非独播版权剧	勇敢的心2	杨志刚等	爱奇艺、长信传媒	年代、传奇	否
	暴风眼	杨幂、张彬彬	嘉行传媒、青春你好、完美世界	国安、反谍	否
	大江大河2	王凯、杨烁	上海广播电视台、正午阳光、尚世影业	当代都市	否
	心跳源计划	宋茜、罗云熙	悦凯影视、颖立文化、灵河文化	都市、情感	否
	青春创世纪	黄景瑜、吴谨言	爱奇艺、天浩盛世、万达影视等	都市、创业	否
	鹿鼎记	张一山、唐艺昕	中央电视台、畅游天下、新丽电视等	古装、轻喜剧	是
	流金岁月	刘诗诗、倪妮	中央电视台、新丽电视、瞳盟影视等	年代、情感	否

如今,IP剧已经过了只凭IP热度和演员流量就能获得佳绩的阶段,合理化的改编、精神内核的有效表达都是作品被观众认可的必备要素。大热的IP剧《棋魂》在还原集英社漫画原著精华的基础上,保留了人物关系和大部分的主线故事、经典对白,并添加了"香港回归""四驱车""网络围棋起步"等具有中国特色和年代特色的要素和情节,进行了符合中国围棋发展现状的本土化改编和梳理;《仲夏满天心》则放大了甜宠元素吸引众多主流受众;①《终极笔记》则凭借对原著的高度还原逆势而上,获得一致好评。

---

① 王涵.2020年网络剧调研报告[EB/OL].(2020-12-24)[2021-02-10].https://www.sohu.com/a/440325016_351788.

六、行业平台：投资扩大、竞争加剧

在经历了几年的行业竞争与洗牌后，以腾讯视频、爱奇艺、优酷为代表的三大视频平台加上异军突起的芒果TV，共同构成了网络视频行业头部阵容。

"爱优腾"自制剧比例不断提高，芒果TV自制剧投入增幅较大。据国家广播电视总局监管中心公布的2020年网络原创节目关键数据，2020年全年共上线网络剧230部，相比2019年的202部增长了12%。在2020年11月开机的42部剧集中，"爱优腾"自制剧占比43%。2020年，爱奇艺共上线网络剧88部，其中大部分都是自制剧。2020年第四季度，各平台制作的网络自制剧总数为27部，占剧集总数的一半以上。在优酷、爱奇艺、腾讯视频、芒果TV的2020年片单中，剧集总数分别为28部、58部、37部、15部。据粗略测算，其中自制剧分别为14部、39部、23部、5部，自制比例约为50%、67%、62%、33%。①

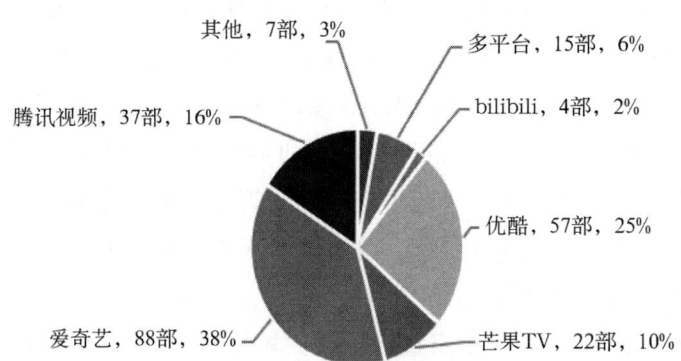

图2-8　2020年全年上线网络剧平台分布图

不断扩大对自制剧的投资成为全行业的趋势。爱奇艺高级副总裁陈潇明确表示接下来会在自制剧方面持续扩大投入。企鹅影视CEO孙忠怀在2021腾讯视频V视界大会上宣布，未来三年拟投入1000亿元作为内容开发

---

① 成都典当老毕.2020年好剧太多！四家视频网站鏖战，谁更强？[EB/OL].(2019-12-13)[2021-01-10].https://www.sohu.com/a/360115669_120221879.

成本。芒果TV投入增幅则更大，准备一鼓作气持续扩大市场份额。2020年，芒果TV进一步扩张内容自制团队，实行加码自制剧的"超芒＋盟计划"和"新芒S计划"，与导演沈严、编剧李潇等紧密合作。在2020年10月18日举办的芒果TV 2021青春新芒品鉴会上，芒果TV宣布2021年将开发自制剧60部。

而在"爱优腾"之外，国内二次元粉丝集聚重地B站也开始发力自制剧，试图次元破壁，并在网络自制剧的选材、制作、宣传方面显示出独特的优势，2020年推出自制剧《风犬少年的天空》更是一举冲入豆瓣2020年华语剧集评分前10名。此外，老牌选手搜狐视频也没有放弃自制剧领域，开启了更具针对性的"小精质"策略，走在自己独特的网络自制剧道路上。

七、新型挑战：行业受到冲击、亟待发展

短视频自媒体行业持续火爆，以抖音、快手为代表的短视频App进入大众视线并迅速占领视听市场。相比这些短小精悍、涉猎广泛的短视频，长剧集形式略微落后于当下社会受众碎片化、实时化的时代新需求，导致整体剧集市场份额被迫分割，许多年轻人"微博追剧""抖音追剧"等现象越发流行，长视频行业受众开始流失。数据显示，2019年6月，短视频在下沉市场的用户同比增量过亿，但在线视频的同比增量却不足千，且短视频与在线视频的月活跃度用户规模差距在进一步缩小。[①] 尽管爱奇艺立足自身长视频资源优势开发出了"随刻"短视频App，但总体活跃用户规模较小。在宣传层面上，短视频也大大影响到长视频领域的现状，在2021年春节档电影宣发中还出现了"抖音独家"的电影独家宣传条约。短视频拥有巨大的流量入口，深刻地影响到长视频市场受众的流入。面对短视频猛烈的冲击，网络自制剧还需要不断创新，以更高质量的作品输出、更好的观看体验、更吸引人的剧集内容做出反击，争夺当下社会受众的娱乐市场。

当然，这并不说明网络自制剧的发展将会过多地受到短视频的压迫从而走下坡路。艾媒咨询2019年公布的监测分析报告显示，超过七成的用户

---

① 肉狗.海外市场，成视频平台竞争新赛道[EB/OL].（2020-05-24）[2021-01-05].https://tech.ifeng.com/c/7wjOlsR84r3.

既观看短视频又观看长视频,短视频的爆发式增长并未消解网民对长视频的需求。提升长视频的质量,实现长短视频优势互补、相互创新融合将成为影视行业未来发展的新亮点。

第四节　后疫情时代"网络自制剧"的发展趋势

一、剧集市场:回归内容、保持原创

近些年来的剧集市场一直保持着"回归内容"的良好趋势。单纯的流量明星和大 IP 除了给剧集带来高昂的成本外,对口碑、正面热度的促进效果越发式微。例如,2017 年,由当红明星鹿晗与古力娜扎领衔出演、改编自同名大 IP 的《择天记》就没有获得预期的热度,口碑也几乎一边倒,惨遭滑铁卢,这也不免让业界开始反思如何发掘热门 IP 的真正价值。投资方们开始发觉,单纯的流量和 IP 加持并不能成为剧集成功的"保证书"。随后,例如《我才不要和你做朋友呢》《棋魂》《终极笔记》等几乎全部由年轻演员担纲出演的小成本剧集反而得到了市场的认可;另一个方向上,由一批中年实力演员出演的优质剧集,如《白夜追凶》《沉默的真相》《隐秘的角落》《鬼吹灯之龙岭迷窟》等,也凭借演员精湛的演技与紧凑、有逻辑的剧情实现爆红出圈,剧中的演员们也都随着剧集的播出而"吸粉无数"。观众们的眼界不断提升,互联网的传播能量也不断凸显,流量、宣发在分众趋势下发挥的作用日渐衰微,唯一不变的则是观众对于优质内容的需求。

二、形式创新:双向品牌、剧场模式

在 2020 年的网络自制剧市场中,剧场化成为被广泛讨论的热门趋势。剧场化备受各大网络视频平台重视的关键在于这种模式能够确切地实现内容与平台之间的双向品牌化,利于各大平台进行差异化竞争。

剧场本身并不是新出现的概念,但是 2020 年第二季度的"迷雾剧场"将剧场化内涵推进到了另一个阶段。相比起简单地把同类型剧集放在一起播

放,"迷雾剧场"采用了独特的五部精品剧集密集上线的方式,在内容、题材、风格、形式上保持了剧场内部的统一。这种全新的剧场概念获得了商业上的巨大成功,有效地推动了会员营收的增长,撬动了品牌广告主的投放意愿,在成功打造国内精品短剧集营销模式的同时也实现了全球规模化发行。①

在2020年爱奇艺首创的"迷雾剧场"获得巨大成功的吸引下,其他长视频平台均加强了自家品牌剧场的建设。优酷主打五大特色剧场,分别对应不同垂直类作品;腾讯主张通过"头部精品"和"细分受众"精准触达不同圈层的用户;芒果TV加大投入,以"季风计划"布局精品短剧剧场,预计推出10部季播短剧,每季12集,每周2集,每集70分钟,并发挥与湖南卫视的长效合作优势进行台网联播。爱奇艺也在不断扩大平台的剧场化,计划在2021年推出三大品牌剧场与"四大致敬"系列:迷雾剧场、恋恋剧场和小逗剧场分别主打悬疑剧、偶像恋爱剧和喜剧;致信仰、致生活、致青春和致传统四大致敬分别主打谍战剧、都市情感剧、青春偶像剧和年代剧。

表2-5 2020爱奇艺iJOY悦享会上发布的2021年大剧片单(截至2020年10月22日)

系列	热门剧集	题材类型	主演
恋恋剧场	《月光变奏曲》	当代、都市	虞书欣、丁禹兮
	《一生一世》	都市、情感	任嘉伦、白鹿
小逗剧场	《破事精英》	喜剧、都市	李佳航、成果
迷雾剧场	《谁是凶手》	悬疑、刑侦、罪案	赵丽颖、肖央
	《致命愿望》	轻科幻、冒险、悬疑	冯绍峰、文淇
致信仰	《叛逆者》	年代、谍战	朱一龙、童瑶
致生活	《理想之城》	都市、职场	孙俪、赵又廷
	《假日暖洋洋》	都市、情感	姚晨、白宇
	《小舍得》	都市、家庭、教育	宋佳、佟大为
致青春	《流金岁月》	都市、情感	刘诗诗、闫妮
致传统	《风起洛阳》	古装、悬疑	黄轩、王一博
	《当家主母》	古装、爱情	蒋勤勤

---

① 爱奇艺行业速递.爱奇艺戴莹:迷雾剧场印证好内容就是硬通货,引领"中剧崛起"时代来临[EB/OL].(2020-12-15)[2021-03-01].https://www.sohu.com/a/438648456_100012744.

三、市场规模：全球范围、多向输出

随着网络自制剧题材多样化发展、质量不断提高，登陆卫视播出成为网络自制剧的下一个产品出口。例如，由爱奇艺、欢娱影视、句墨影视联合出品的《鬓边不是海棠红》将京剧、昆曲等非物质文化遗产创新融入影视表达之中，于2020年8月7日、8月10日分别在北京卫视、安徽卫视黄金档播出。

"国剧"崛起，自制剧海外"乘风破浪"，前景广阔。2020年，《隐秘的角落》成为首部获得釜山国际电影节"亚洲内容大奖"之"最佳创意奖"的中国电视剧作品。各大视频平台也积极部署海外市场，通过平台的搭建为中国网络自制剧的输出提供有力支撑。爱奇艺于2019年首先推出了服务全球用户的产品iQIYI App，腾讯视频也不甘落后，于2020年11月26日与马来西亚媒体巨头首要媒体集团（Media Prima）正式达成独家合作协议。

网络自制剧的输出体现了中国文化"走出去"的大势，这也是在国内移动互联网人口红利天花板到来之际，面临飞速发展的短视频冲击之下的各家视频平台的必要之举。但无论如何，在未来，中国的网络自制剧必将乘着平台海外发展的"风"，破除阻碍自身发展的"浪"，前行在更广阔的世界中。

四、平台付费：作品为王、渐进提价

近些年来，视频平台持续面对会员增速放缓的严峻问题，2019年第二、三季度，头部视频平台爱奇艺、腾讯视频会员数突破1亿后增速放缓。而与国外成熟的视频会员制市场相比，国内会员价格还有很大的提升空间。总体来看，中国视频平台的会员价格大概为美国视频平台会员价格的五分之一，甚至连泰国和越南等市场的视频平台会员价格都比中国的高。

在这种情况下，会员提价成为各家平台都在考量的增收方式。但是究竟应该提价多少、什么时候提价，最终会不会导致会员数量减少进而影响会员营收则使得各大平台迟迟不敢"跨越雷池一步"。终于，2020年，爱奇艺在会员提价上率先迈出了第一步。2020年11月，爱奇艺宣布对黄金VIP进行提价，随后，腾讯视频也表示未来会调整会员价格。

表 2-6　国内外在线视频平台会员价格对比（2020 年）

平台名称	会员分类	价格
Netflix	SD 标清版	8.99 美元/月
	标准版	13.99 美元/月
	4K 豪华版	17.99 美元/月
Hulu	有广告	5.99 美元/月
	无广告	11.99 美元/月
	含直播	44.99 美元/月
爱奇艺	黄金 VIP（自动续费）	15 元/月
	星钻 VIP（自动续费）	40 元/月

在各大视频平台会员提价的趋势中，如何持续产出更优质的独播内容，使得用户心甘情愿地为此付费则是各大平台最先需要考虑的。被作为对标对象的奈飞已先后涨价 6 次，每一次涨价均有优质自制内容"保驾护航"。而爱奇艺的涨价动作也正是紧随其创造性地推出迷雾剧场之后。未来，国内平台想要提升会员价格，持续、优质的自制剧输出或将成为最大的底气。

结　语

网络自制剧发展到 2020 年已经进入了行业有序、提质保量的稳定发展期。在新冠肺炎疫情期间，网络自制剧也与许多其他类型的网络文艺业态一样受到了较大的影响。线上娱乐需求的增长使得网络自制剧在第一季度取得了较好的成绩，然而疫情也使得网络自制剧的拍摄受阻，影响到了各大平台的投资。纵观 2020 年的整体业态，网络自制剧还是为全国观众奉献了稳中有变、不断创新的优质内容，为满足观众需求、抚慰观众情感做出了独特的贡献。剧集出海、逆向上星、获得重大奖项代表着网络自制剧的质量越发受到认可,也预示着网络自制剧与传统电视剧之间界限的消弭。回归内容、平台支持、政策鼓励使网络自制剧必将以创新的活力与源源不断的后续动力向社会交出更好的答卷。当蓄势待发的网络影视平台主动拥抱内容制作,传统影视制作公司与影视平台必将在不断竞合的环境下,共同助力长视频行业良性发展、砥砺前行,向着更广阔的天地进发。

第三章　网络电影：
　　　　如"影"随"疫"，百花齐放

2020 年，受新冠疫情影响，传统电影和网络电影之间原本泾渭分明的界限不断消融，传统电影市场开始主动拥抱互联网，网络电影行业在经历从无到有、从弱到强的过程后进入理性繁荣阶段。本章将以时间为轴，梳理网络大电影的前世今生；以实例为基，探讨行业发展的各项特征；以数据为本，预测网络电影市场的未来趋势。

第一节　关于"网络电影"的研究综述

关于"网络电影"的研究大致可以分为三个阶段，第一阶段是 1998—2006 年，这一时期网络电影及关于其的研究皆处于初步发展阶段，网络电影作为一种新的文化现象引起了大家的关注。第二阶段是 2007—2015 年，随着网络电影进一步发展，研究的重点聚焦于网络电影的艺术特征、内容创作等方面。第三阶段是 2016 年至今，数字技术的发展进一步促进网络电影的快速发展，这一阶段的研究主要集中于网络电影的生产与传播、网络电影与新技术结合的未来趋势等。

一、关于"网络电影"的媒介属性与技术特性的研究

网络电影不断发展变化，其中的叙事变化更是多样，网络电影的跨媒介叙事极具"网感"。在媒介融合的背景下，"互联网＋电影"的互动模式产生

了新的艺术形式——桌面电影,这种电影形态打破了互联网和电影的传播界限,使得传统的电影艺术具备了网络化的特征。伴随着桌面电影的出现,电影影像本体与观众身份都发生了较大的改变,网络电影朝向健康态势发展(张智华、陈昕,2021)。作为媒介融合的一种新形态,网络电影丰富了电影的内涵并拓宽了电影的边界,呈现出多屏与跨屏装置融合、虚拟与现实交织以及多元媒介生态三种媒介逻辑转向,并且能够对其他文本进行再媒介化,具备文化价值和文化内涵,使电影叙事与媒介属性得以紧密相连(周梦杰,2021)。

二、关于"网络电影"的生产与传播研究

网络电影与院线电影存在较大的差异,其在生产和传播的过程中充分利用了互联网平台可以进行数据分析的优势,并结合行业自身的特征,逐渐形成了"系列片"样式。"系列片"在网络大电影中占据了较大比重,它满足了当下市场的消费需求,符合电影发展的市场规律,揭示了互联网和电影的共生关系,同时影响着电影生产的内容和艺术(张强,2019)。从初期的野蛮生长到如今的有序发展,网络电影进入了发展的快车道。网络电影促进了中国电影艺术的多版本发展,提供了电影与其他文本、作品联动的可能性,既可以延续传统电影艺术的人物内容,还可以衍生出其他形式的文本内容。在未来,网络电影的多版本生产将趋于常态化和精品化,构造出自己独特的生产体系(陈婉桥,2021)。

三、关于"网络电影"的发展策略研究

尽管国产网络电影正在迈入高段位的竞争赛道,但还是面临成本不足、口碑低下、同质化现象严重等困境,要解决困境,就需要统筹内外部优势资源,从生产和需求两端共同夯实基础,发挥创意人才的核心力量,推动政府产业有效合作,最终才能提高网络电影的竞争力,实现网络电影的良性发展(徐磊,2021)。与此同时,网络电影凭借着经典 IP 的粉丝号召力和相对成熟的故事体系正在打造属于自身的艺术范式。结合其在品牌孵化、视觉传达、叙事节奏、制播方法等层面的特色,网络电影能够进行跨圈层运作,面向更

广泛意义上的大众,更好地实现自我发展(张薇、李胜利,2021)。

四、关于"网络电影"的价值取向研究

网络电影是新时代电影艺术不可或缺的一部分,尽管已经朝着良性方向发展,但还存在审美价值缺失的问题,为此需要通过重申"内容"与"形式"统一美的创作规律,探索其艺术的审美创作逻辑,以此更好地促进其精品化发展(杨贝贝、宋培义,2019)。尽管网络电影现在的发展趋于理性,影响力也与日俱增,但其在制作理念、审美特征等方面与院线电影还有较大差距,因而要明确网络电影在文化建设和价值引领方面的功能和责任,实现网络电影作为艺术的社会价值(慕玲、新阳,2020)。此外,网络电影具有私人叙事的特点,将此特点与历史题材宏大叙事的传统有机统一,持续推动网络电影进行多元题材的挖掘与开发,能够更好地展现网络电影人文特色的价值取向(崔文龙,2021)。

五、关于"网络电影"的发展现状与未来趋势的研究

受2020年特殊形势的影响,院线电影遭受了很大的冲击,对比之下,网络电影的发展相对繁荣。在此形势下,网络电影加快了整体的转型升级速度(司若、黄莺,2020)。2019年,网络电影进入提质升级期后,整个行业发展趋于稳定。5G、VR等数字技术的发展将进一步为网络电影带来更优质的影像效果,并使网络电影的制作率得到提高,甚至改变现有的网络电影的形态,尤其是竖屏格式的网络电影和互动网络电影等具有媒介融合形态的电影将得到新的发展(曹娟、王楠,2020)。就目前而言,网络电影整体的发展呈现出竞争激烈、题材多元化、现实题材口碑实现新突破等特点。并且,随着投资规模的不断上涨,网络电影营销成本不断上升,人工智能技术将全面助力营销,短视频领域将会成为营销主战场。基于此,未来,网络电影需要探索多平台拼播、PVOD等发行新模式,通过互联网与电影行业之间的进一步融合,逐渐模糊院线与网络之间的界限,推动整个电影行业健康发展(赵蓓,2020)。作为后大片时代的产物,网络电影运用小叙事的话语方式使后现代影像特征表达得更为鲜明,积极向电影用户而非电影观众靠近,其亲民

的性质在未来能够形成更加独立的价值和意义(丁磊,2021)。随着5G技术的快速发展,网络电影的本质可能会有新的改变,电影互动化将成为电影产业一种新的潮流,它将成为电影产业发展的长期驱动力(李彬、徐燚,2021)。

第二节 2020年特殊形势下"网络电影"的总体概况

一、概念初析:体量较小,品质蜕变

网络大电影(简称"网大",后同)的概念于2014年由网络视频巨头爱奇艺首次提出,指的是投资规模相对较小、制作周期较短、主要在互联网上映、时长超过一个小时的电影。此后几年,网络电影产业以令人瞩目之速发展。2019年,"爱优腾"三大播放平台与中国电影家协会网络电影工作委员会联合发出倡议,使"网络电影"得以正名。

从俗称的"网大"到"网络电影",时至今日,在网络电影播出平台、内容生产制作方、相关监管部门等多方的共同努力之下,网络电影产业走向规范化,逐渐得到全行业一致的尊重和认可。

二、市场规模:基础强大,提质减量

2020年,我国网络视频用户的规模延续了此前稳步提升的态势。据中国互联网络信息中心第47次《中国互联网络发展状况统计报告》,截至2020年12月,我国网民数量已达9.89亿,互联网普及率达70.4%。全国与影视相关的企业注册数量庞大。2020年,在特殊局势的影响下,前三季度新增加的影视相关企业注册数量有所下降,但仍达到了8.6万家。庞大的用户基础加上强大的网络影视产出背景为网络电影行业提供了广阔的发展空间。

2015年,我国网络电影处于起步阶段,规模约为6亿元。2017年,市场规模达则到了725.9亿元,付费用户占整体用户群体的28.3%,用户黏性和渗透率增加。并且,近一半的收入来自广告,这说明网络电影得到了更多商业资源的支持。2019年,网络电影整体市场规模突破30亿元,用户付费比

重仍在扩大。

2020年,网络电影市场在疫情之下又遇生机,不断向好发展。2020年前十个月拿到规划备案号的网络电影达3722部。2020年,腾讯视频、爱奇艺、优酷三大网络电影平台共上线影片近700部,其中有71部电影票房分账突破千万元。

2020年,腾讯视频、爱奇艺、优酷三大网络视频巨头联合相关政府部门以及众多电影学院举办了首届网络电影周并共同发布倡议书,提出将"网络电影"规范为主要通过互联网发行的电影的统一称谓。在这一倡议下,低质量、快消费的"网大"逐渐向高质量、有艺术水平的网络电影方向发展,提质减量的效果显著。

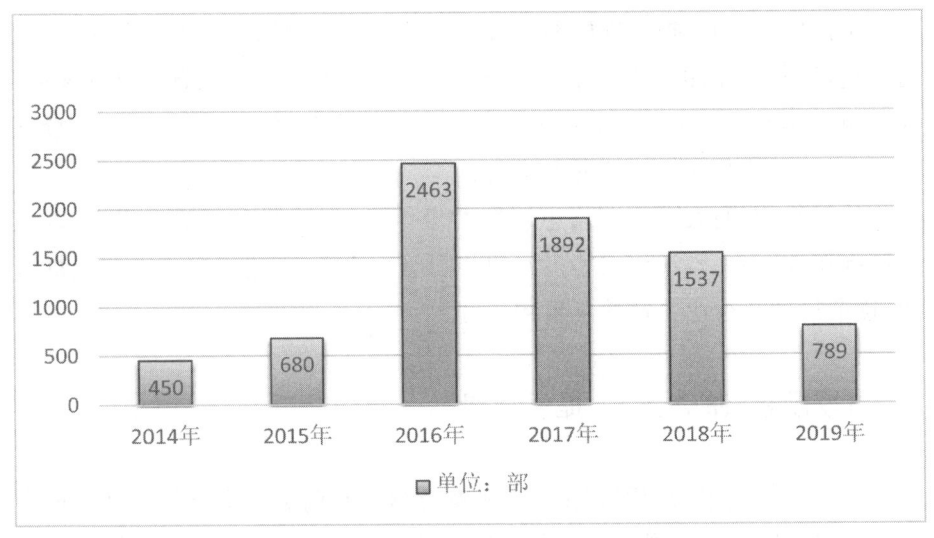

图 3-1　2014—2019 年网络电影的数量

2017年,中国网络电影在数量上回归理性,2018年则在质量和盈利方面趋于成熟。2017—2019年,中国网络电影全年累计正片播放量从37.8亿增长至48.2亿。在网络电影数量减少超过50%的情况下,播放量的增长正说明了"减量提质"的效果。

三、用户分析：女性增加，以青年为主

在网络电影观看方式的选择上，移动客户端播放占据主要位置。爱奇艺提供的影片观看方式数据显示，通过移动客户端观看影片的用户数量与使用 PC 端观看影片的用户数量差距较大，用户更倾向于使用移动客户端观看影片，使用移动客户端的用户平均占比为 88.5%，使用 PC 端的用户平均占比为 11.5%。

在用户特征方面，数据显示，网络电影的男性观影者占比达到 75%，女性观影者占比为 25%，但近年来，女性观影者数量有了较大增长，女性市场已经是网络电影不可忽视的一块蛋糕。从年龄方面来看，目前 90 后、00 后这些青年群体是网络电影的主要观影人群。其中，18—24 岁的观影人群平均占比最高，是网络电影的主要观影人群。网络电影产业发展迅猛，得益于互联网受众的年轻化，而网络电影题材的广泛、丰富也满足了 90 后、00 后等青年群体的审美需求。

四、新兴业态：多方参与，IP 联动

与传统院线电影相比，网络电影制作成本较小，承担的风险小，投资回报率高。网络电影在投资方面仍与传统院线电影有差距，但也能产生轰动效应。网络电影的优势让更多的人有机会、有动力介入这个行业，与此同时，传统影视头部公司也纷纷入局，越来越多影视爱好者以及专业影视公司的加入使得网络电影的创作主体变得更加多元化。前些年，一部名为《超能太监》的网络电影大放异彩，上线短短几天时间，播放量就突破百万大关。作为"互联网+"时代的一种新兴网络文艺业态，网络电影相较于传统电影有着独特的优势，其发展潜力受到多方关注。

2020 年，随着 IP 运作的不断成熟，网络电影、院线电影、电视剧相互影响、相互转化的趋势渐强。如《爱情公寓》《七月与安生》等高热度作品均有电影版本与电视剧版本，投资方先以小成本的网络电影试水，当网络电影在一定受众群体中产生影响后，再将其转化为院线电影、电视剧这些"更大的蛋糕"，使其产生更大的收益；或者由成功的院线电影、电视剧孵化出网络电

影,以期凭借品牌效应,多领域、全方位地满足观众需求,这已成为影视业投资的一个新趋势。

表3-1　2020年网络电影票房排行榜前20名(截至2020年11月)

排行榜	片名	类型	票房(万元)	播放平台
1	《奇门遁甲》	古装奇幻	5641	爱奇艺、腾讯视频
2	《倩女幽魂:人间情》	爱情奇幻	4576	腾讯视频
3	《鬼吹灯之湘西密藏》	动作探险	4392	腾讯视频
4	《鬼吹灯之龙岭迷窟》	动作探险	3511	爱奇艺
5	《狙击手》	军事动作	3432	爱奇艺
6	《海大鱼》	玄幻爱情	3015	腾讯视频
7	《九指神丐》	古装武侠	2374	爱奇艺
8	《封神榜·妖灭》	古装神话	2305	爱奇艺
9	《武动乾坤:涅槃神石》	奇幻动作	2236	腾讯视频
10	《奇门相术》	武侠玄幻	2186	爱奇艺
11	《东北往事:我叫刘海柱》	喜剧动作	2183	爱奇艺
12	《鬼吹灯之龙岭神宫》	动作探险	2156	爱奇艺、优酷
13	《霍家拳之铁臂娇娃》	近代动作	2082	爱奇艺
14	《灭狼行动》	军事动作	2030	爱奇艺
15	《蛇王》	动作冒险	2024	优酷
16	《大幻术师》	玄幻动作	1987	爱奇艺
17	《龙无目》	古装玄幻	1966	腾讯视频
18	《辛弃疾1162》	动作历史	1938	爱奇艺
19	《巨鳄岛》	动作冒险	1823	爱奇艺
20	《陆行鲨》	科幻冒险	1808	优酷

注:以上数据来源于网络

五、产业链分析:创新盈利模式,优化链条

在2020年,各大视频平台开始创新盈利模式,优化产业链条。数据显示,2020年网络电影总量减少,但是票房分账数据却表现优异,网络电影盈

利能力增强。2019年仅有一部作品票房突破三千万元大关,但是截至2020年11月,2020年网络电影票房冠军《奇门遁甲》的票房已超五千万元,整个2020年突破千万元级别票房的电影约70部。这也体现了随着网络电影的精品化,观众对于网络电影的消费意愿得到了极大的提升。

(一)视频付费市场的成熟

中国互联网络信息中心发布的数据显示,2019年上半年,中国网络视频用户规模达7.59亿,其中,长视频用户规模达6.39亿,占网民整体的74.7%;网络视频(含短视频)用户使用率接近90%,庞大的用户基础为网络电影行业提供了广阔的发展空间。

相比于网络电影起步的前几年,用户的付费能力和付费意愿也有了较大的提升。2020年第一季度,爱奇艺与腾讯视频会员数量超亿。爱奇艺会员数量达1.19亿,腾讯视频达1.12亿,芒果TV为0.25亿。如此庞大的会员群体说明我国网络视频用户的付费意识已经逐渐养成。

(二)产业链的内部优化

付费市场庞大、盈利模式多元化推动了网络电影产业链的形成,同时,产业链中各个角色的不断优化也是推动产业发展的重要因素。网络电影的制作方与播放平台是网络电影产业链的重要组成部分。网络电影制作方不断引进人才,实现网络电影工业化,提高了网络电影的质量;播放平台则利用新型技术为网络电影提供风险评估、营销宣传等新式服务,这两个主体也都完成了自身的进化升级。

从初期的网络短片到微电影再到网络大电影,网络电影制作方的角色发生了变化,从"影视门外汉"转变为"专业电影制作公司"。在这一过程中,网络电影自身也实现了从"网友自娱自乐的作品"到"专业的影视作品"的跨越。网络电影产业链不断优化与成熟,这也使得大量影视方面的专业人才加入网络电影行业,给行业带来新鲜的血液。

视频网站则沿着"门户网站未独立时期—独立探索时期—市场竞争时期"这三个阶段不断演进。在这一过程中,网络电影制作方与互联网视频平台双方均实现了自身的变革,推动了网络电影产业链的最终形成。

第三节　2020 年特殊形势下"网络电影"的发展特征

一、宏观引导：政策扶持，增质减量

2020 年，在新冠肺炎疫情的背景下，国家为网络电影提供了多项扶持政策。部分错失影院上映期的原院线电影也借助这次机会大胆选择尝试开辟互联网的渠道重新发行。2020 年年初，国家广播电视总局官网发布《关于开展 2020 年网络视听节目季度推优工作的通知》。这意味着从 2020 年起，网络视听节目将开展季度推优工作，网络电影也首度参与其中。结果证明，此次工作的开展对网络电影来说是莫大的鼓励。其中，《我来自北京之扶兄弟一把》《我来自北京之铁锅炖大鹅》《解忧理发店》先后入选第一、二季度优秀作品，这大大有利于促进网络电影的创作生产迈上新台阶。

随后，国家广播电视总局设立了涉及重大题材的网络影视剧项目库，并组织开展了"网络视听节目精品创作传播工程"扶持项目的评审活动，引导网络电影攀登正能量的"高峰"。2020 年 9 月 3 日，国家广播电视总局针对重点网络影视剧发布备案新规，正式提出要将演员片酬等信息纳入重点网络影视剧备案公示一栏。网络视听节目的制作方不仅要报送成片审查，同时需要上报项目总投资、主要演员片酬比例等具体资金以及分配情况。这次的新规虽是过去影视行规的延续、演员限酬的大势所趋，但监管范围第一次涵盖网络电影领域，这与网络电影市场正规化、主流化的特点相契合，网络电影行业正是要紧跟监管要求，在监督下成长。

纵观 2020 年网络电影备案情况，每月备案数量基本稳定。同上一年相比，2020 年网络电影上线数量减少了百余部，同比下降 49％。也就是说，在供给侧改革的作用之下，网络电影行业实现了"增质减量"，拒绝粗制滥造，逐步向可持续发展方向迈进。

表 3-2　2020 年 1 月—11 月网络电影备案情况一览

月份	规划备案	上线备案
1 月	214 部	52 部
2 月	252 部	53 部
3 月	313 部	64 部
4 月	298 部	74 部
5 月	305 部	64 部
6 月	363 部	73 部
7 月	537 部	60 部
8 月	498 部	58 部
9 月	460 部	78 部
10 月	446 部	50 部
11 月	395 部	42 部
总计	4081 部	668 部

二、技术更新：助推"院转网"，视效突进

电影技术的研究与应用，使人类能够对现实以及想象中的世界进行还原和打造。从大众传播到网络传播再到更新迭代的移动传播，从 2G、3G、4G 再到如火如荼发展的 5G，传媒业始终在升级。技术向前发展，变革还会继续。

2009 年 9 月 9 日，苹果公司推出了应用软件 iTunes，用户可以通过该系统直接在线购买高画质电影。从此，院线与线上播出走上了各自的赛道，逐渐发展出专属于各自的特征。比如，线上播出凭借强交互性，可以更及时地接收市场反馈情况，片方也可以尽可能地及时止损。

作为 2020 年疫情之下电影市场的一次艰难自救，"院转网"成了绕不开的话题。其中，徐峥导演的《囧妈》无疑是一部不能不谈的作品。从一开始宣布撤档，到后来在线上播出，《囧妈》都受到各方的持续关注。一方面，影片的线上播出受到影院的强烈抵制，但另一方面，在这之后，2020 年年初遭遇困境的院线电影就有了两种不同的选择。不少影片开始以 PVOD(Premiumvideo-on-demand)模式在网络视频平台露面。率先上线的是选择在爱奇艺播出的喜剧片《肥龙过江》。接着,《灰烬重生》《寻狗启事》《春潮》《我们永不言弃》等影片也在视频平台上线。

但是,尽管选择线上发行的院线影片数量不少,大多数却更重剧情、轻视效,往往是文艺片、喜剧片等类型,对硬件要求相对较低,商业性的特效大片在这方面不得不受到限制。而《征途》在线上的播出打破了这一僵局。《征途》是一部视觉效果极强的奇幻动作冒险片。这部电影制作耗时四年,总投资数亿元,大部分都是特效镜头。所以,为实现《征途》在线上的顺利播出,爱奇艺使用自研编解码技术,实现了自适应码率,支持 4K、杜比、HDR、超高帧率等多种在线播放体验。接着,爱奇艺还为其进行家庭影院级音画标准的适配,从而让用户在家就能够享受到和影院级不相上下的沉浸式视听体验。这一切都为特效大片的线上播出提供了技术保障。最终,这部影片成功地在视频平台播出,不少用户评价"终于有大片可以看了"。

总而言之,与电影画面相匹配的放映技术打破了限制性因素,为强视效大片的无损播出提供了有力的支撑,同时也为剧情片保驾护航,线上播出电影在类型的选择上有了更多的可能。

三、市场态势:头部引领,题材丰富

(一) 整体盈利能力增强

在 2020 年"宅经济"时期,网络电影市场积极做出改变,迎来了机遇。与基于观众人数和门票收入的院线电影票房不同,网络电影票房与网络有效观影人次和平台内容分成单价紧密相关。

1.分账新规促进良性发展

2020 年网络电影收益情况向好发展首先得益于平台分账模式的优化升级。平台方意识到了"前 6 分钟"法则对网络电影质量的伤害,制定了更为细致、有助于促进网络电影和平台共同发展的分账模式。2020 年上半年,"爱优腾"三大平台对网络电影进行优化升级,以期通过更合理的分账规则,挑选出精品网络电影并对其赋予更多的资源支持,帮助更多优质影片冲破票房天花板。

爱奇艺将分账方式修改为"内容＋营销＋广告"。内容分账的计算公式为：分账收益＝内容分成单价×有效付费点播量"。爱奇艺平台根据内容质量将影片分为 A—E 五个等级，A 等级内容分成单价为 2.5 元，E 等级为 0.5元，独家合作影片分账周期为 6 个月，非独家影片为 3 个月。营销分成只对内容评估达到 A 级的影片开放，满足营销分成标准的影片将在影片上映首月获得单价 0.5 元的营销分成。爱奇艺用这样的方式鼓励制片方进行联合营销。广告分成则是在影片付费期结束影片转为免费播放后，爱奇艺平台按照"分成收益＝该内容带来的广告收益×分成比例"的计算公式进行分成，独家影片分成比例为 70%，非独家影片为 50%。

此外，腾讯视频的分账计算公式为：分账收益＝内容定级单价×有效观影人次，优酷的分账计算公式为：内容定级单价×(有效会员观看总时长/固定时长)。

表 3-3　爱奇艺分账规则

级别	模式	内容分成单价	内容分成付费期	营销合作	营销分成单价	联合营销	营销合作周期
A	独家	2.5 元	6 个月	有	满足营销分成标准，0.5 元	邀约制	上线首月
B	独家	2.0 元	6 个月	无	无	无	无
C	独家	2.0 元	6 个月	无	无	无	无
D	非独家	1.5 元	3 个月	无	无	无	无
E	非独家	0.5 元	3 个月	无	无	无	无

表 3-4　腾讯视频分账规则

级别	合作方式	分账单价	分账周期
S+	独家	4.0 元	自上线之日起 6 个月
S	独家	3.5 元	自上线之日起 6 个月
A	独家	2.5 元	自上线之日起 6 个月
B	独家	1.5 元	自上线之日起 6 个月
C	非独家	1.0 元	自上线之日起 3 个月

表 3-5　优酷分账规则

级别	合作方式	单价	付费期	合作要求
S	独家	6元	3个月	提供营销方案
A	独家	4元	3个月	提供营销方案
B	独家	2元	3个月	—
C	非独家	1元	3个月	—

同时，平台还将收益结算周期缩短为月结，便于匹配网络电影的制作周期。这一举措能为内容方提供充足的现金流，从而避免后期制作出现资金上的问题，促进行业良性发展，实现平台方和制作方的共赢。

分账新规的出现一方面促使生产创作方开始更多地关注影片本身的内容和质量，另一方面也给创作者提高了准入门槛，这意味着创作者将面临更高的创作难度和更大的挑战。但对于平台而言，这有利于其进一步精准了解用户的观影需求。

2.多台联播放大电影势能

网络电影品质的提升使其自身拥有了更多的选择权。早年平台竞争，各大视频平台纷纷构建起内容壁垒。如今的优质网络电影已经不用局限在某一平台，可以选择通过多家播出。比如,《奇门遁甲》是2020年网络电影市场上的重磅选手，正是这部片子开创了网络电影双平台联播的先河，由知名网络电影公司奇树有鱼、项氏兄弟联手打造，在爱奇艺、腾讯视频两个平台上播出。上线仅五天，两个平台的分账票房双双超过千万元，打破了网络电影六年来的纪录，最终位列分账票房榜第一名。无独有偶，网络电影《龙虎山张天师》将主题锁定中国道教文化的传承。得益于中华文化题材的优势，多家视频平台都对这部影片产生了兴趣，最终由"爱优腾"三家平台联合播出。

相比于独播，多家平台联合发行的好处自然是不言而喻的。这不仅可以让一部网络电影尽可能多地覆盖到不同平台的用户，还意味着可以得到不错的资源推广，获得更多的曝光机会，为自身积累热度。也就是说，多平台联合播出放大了网络电影的势能。和此前相比，同样是一部网络电影，影响力却扩大了不止一倍。

(二)题材类型渐趋多样

延续了前些年的题材类型,占据 2020 年主要网络电影市场的还是"天上神仙"和"地上人间"两大类,即围绕以齐天大圣、哪吒、姜子牙等为首的中国神话人物展开的玄幻故事,和取自爱情、探险、动作、灾难、农村等现实素材的故事。

受观看条件限制与网络用户偏好的影响,网络电影题材仍以玄幻、古装、虚构故事为主。在 2020 年备案的网络电影中,动作、奇幻、武侠、现实主义等 IP 原创改编作品均有出现。近几年,随着新中国成立七十周年、建党百年等重大国家历史节点的出现,弘扬主旋律、宣传正能量的现实主义题材电影涌现,影片题材不断丰富。

1. 以 IP 为核心打造人气电影

据统计,2020 年分账票房破千万元的作品中,近一半来源于 IP 的改编。除了备受追捧的知名 IP 以外,许多头部原创 IP 也纷纷出现。高票房网络电影《奇门遁甲》《倩女幽魂:人间情》都与知名 IP 相联系。毋庸置疑的是,未来以 IP 为核心的网络电影更是市场的主流选择。

网络电影对 IP 的开发有利于快速提高自身热度,为收视提供基本的保障。有爆款 IP 在前,这些由此衍生出的网络电影仿佛成了满足观众期待的番外篇。有强大的粉丝基础在前,电影自然也备受关注。

值得注意的是,网络电影应该既要做到守正,又要讲求创新。不断地利用 IP 热度以求不费吹灰之力就能持续获得收益,容易掉入使观众审美疲劳的陷阱。以 2020 年 9 月为例,狄仁杰系列网络电影中,通过备案的相关影片竟高达 6 部。然而从市场反馈来看,观众似乎并没有发行方预期的那样对此表现出浓厚兴趣。类似的还有迪士尼重磅推出的院线电影真人版《花木兰》,该片虽然已经"哑火"了,但网络电影的"花木兰们"依然在争取趁着最后的余温上线,前后出现了《小小花木兰》《足球花木兰》《勇士花木兰》等影片。这些电影都从知名 IP 出发,却无功而返,背后原因值得深思。

2. 以小人物视角弘扬主旋律

2020 年,现实主义喜剧电影《东北往事:我叫刘海柱》在线上播出,最终取得分账票房 2183 万元的好成绩。同样以东北题材为主的网络电影《囧途夺宝》更是在原有的喜剧基础上融合了悬疑动作片中的元素,通过新鲜的方式呈现多种情感,为网络喜剧电影带来了不一样的观影体验。

这些影片站在小人物的角度展开叙事,尽可能地贴近平民百姓的审美乐趣和现实生活。观众在院线电影看惯了夺人眼球的视觉特效后,又可以在网络电影中回归生活。可见,现在的网络主旋律电影并没有只停留在单纯地讴歌精神上,而是真正在用网络电影的语言讲述不同的中国故事,引起观众的强烈共鸣。

与此同时,网络视频平台也正在通过不同的方式,鼓励主旋律网络电影的创作。比如,腾讯视频在2020年7月推出了"网络电影年度特别激励计划",对在自家平台播出的位于前列的网络影片进行物质奖励。平台的鼓励使网络电影市场中主旋律作品的创作出现热潮,带动网络电影朝着正能量、高质量的方向前进,也丰富了网络电影的题材类型。

(三)外部因素助推多类型影片上线

在升级换代的播映技术的支撑下,除了玄幻故事电影、现实主义倾向的电影之外,重画面呈现效果的特效大片也有希望进入网络电影的市场。近年来,各网络电影播放平台也在想方设法地支持多种题材、不同类型的影片上线。而在热门题材中,情感题材偏少,怪兽片、玄幻片居多,面向女性观众的网络电影还比较稀缺。区别于线下影院封闭空间的情感渲染力,与观众隔着屏幕、依靠网络维系情感表达自然是更难的,这对创作者的要求也会更高。因此,服化道、后期等方面往往成了网络电影大部分资金的投入点。此外,女性观众最在意的情感表达尚且不足,这也刺激着新一批网络电影作品弥补这方面的空白。

在网络电影行业中,头部效应一直较为突出。在2020年分账票房排名前30位的影片中,以传统"四强"之名著称的奇树有鱼、淘梦、新片场、众乐乐公司的影片占有一半的席位。此外,项氏兄弟、映美等公司也逐渐崛起,走入观众的视野。这些公司积累了丰富的制作和发行经验,打造出了一部又一部网络电影头部作品。例如,奇树有鱼公司作为在网络电影领域的先行者,率先提出网络电影"IP"战略,收获颇丰。2020年,由奇树有鱼和项氏兄弟强强联手打造的网络电影《奇门遁甲》创造了超5600万元的高分账票房,打破了网络电影历年来的票房纪录,位居第一,这使奇树有鱼稳坐头部公司的宝座。

在 2020 年这个特殊的年份,院线片生存不易,网络电影却在以小博大,于是,越来越多的资本闻风而至。除了头部效应更趋明显外,网络电影市场上还出现了越来越多的传统影企的身影,如人们熟知的万达影视、华策、中广天择、东方飞云等。或许在今后,传统影企步入网络电影领域将会常态化。这些公司在进军网络电影界之后,依托本身积累的制作经验和企业影响力,往往会产生积极的作用,无形之中将网络电影的市场越做越大,吸引更多的团体分一杯羹,助推网络电影向亿级时代前进。

(四)口碑仍具提升空间

低口碑一直都是网络电影面对的一大问题。2020 年,网络电影的分账票房提升显著,而大多数作品口碑却不尽如人意。2020 年,分账票房排名前 10 位的影片在豆瓣上的评分均未达到及格线,并且,在其他票房大于千万元的影片中,90%以上的影片豆瓣评分都没有达到及格分数线,绝大多数都徘徊在 4 到 5 分。

当然,这也不是说网络电影就不具备内容佳作,市场上也不乏高口碑作品涌现。2020 年 5 月在爱奇艺上线的网络电影《双鱼陨石》凭借独特的情节构思赢得了大多数观众的好评,豆瓣评分超过 7 分。2020 年 9 月 6 日在爱奇艺首播的《树上有个好地方》豆瓣评分则高达 8 分。总之,在票房体量和观影人数不断增加的情况下,网络电影依然只有深耕内容、提高作品质量,才能"出圈",得到观众和行业的认可。

四、用户特征:需求细化,消费攀升

2020 年,在"宅经济"的影响下,网络视频平台用户活跃度的升高有目共睹。虽然随着疫情稳定化,活跃用户增长率有所下降,但相较于过去依然维持在一个较高的数量级别。

(一)优化内容应对需求变化

最初,在网络大电影诞生早期的快消时代,受众群体大多对其内容的要求并不高,只是图一时的眼球刺激或者填充自己的闲暇时间。随着时间的推移，受众的审美有所提升，如今越来越强调高质量佳作，受众的观影需求也发生了显而易见的改变。选择观看一部网络电影，从为了追求刺激到放松身心，再到满足自己的精神文化需要，这一倾向在疫情下的 2020 年表现得尤为突出。

受众需求的变化反过来也促使网络电影更加注重优质的内容。网络电影可以让受众"试看 6 分钟"再选择付费的规则曾经让不少制作者投机取巧——在这 6 分钟安排上所有夺人眼球的场面和悬念，实则误导受众为其付费。而当受众的观影要求提高，过去掩人耳目的粗糙模式已经不再适合当下。受众将愈发关注视听体验下的内容，是否能够在整部影片中讲好动人心弦的故事，而不仅仅局限在开头几分钟的铺垫，才是未来网络电影发展的主流方向。

(二)从付费意愿到消费习惯

生活在知识经济时代，网络视频用户对内容的付费意愿持续提升，为内容付费、为会员续费正在逐步成为共识。其中，爱奇艺和腾讯视频的会员规模在 2020 年年初就站在了 1 亿的庞大基础之上，会员对电影内容的正片播放量也在升高。网络电影正是要利用好这些天然积累的优势，而不是利用用户的付费意愿强行"割韭菜"，才会有长期有效的可持续发展。

五、投资环境：乱象丛生，亟待优化

(一)投资乱象亟待改变

一位业内人士曾经针对网络电影投资问题这样说道："个体投资的人，大多靠直觉选择项目，这就造成了影视信息的不对等。一旦遇到了皮包电影，结果往往是人财两空，无可奈何地被割了韭菜。"确实，能够抓住机会并且最终收获回报的网络电影项目很少，这背后原因其实是网络电影投资市场存在相关问题。

悉数市场上可见的网络电影项目我们就会发现，正因为网络电影创作生产的准入门槛较低，而相关投资方竞争激烈，才出现了各种投资乱象。一些项目往往用高利率、高回报率来吸引更多的投资者，甚至拿虚假项目当

"幌子"集资,实则是诈骗。因此,投资者须擦亮眼睛,看清其中的关系再谨慎投资,更重要的是要签订正规合同,保障自己的权益。

(二)投资优势依然存在

相较于传统电影而言,网络电影投资优势依然是存在的,主要体现在以下几个方面。第一,投资周期短。这与网络电影创作成形用时短的特点相一致。网络电影从完整生产到上映的时间一般只有数月。相反,传统院线电影投资周期至少需要半年到一年,长则两三年,投资战线长,难以及时取得回报。第二,上映迅速。网络电影直接在网络视频平台上映,无须排档。第三,网络电影制作成本低,一般来说都在几百万元人民币左右。而院线电影投入明显较大,少辄千万元,多则上亿元。第四,收益快。网络电影按照与平台签订的分账模式进行分红,通常每月分一次,数月连续分红。而等待院线电影最终分红通常需要一年半载。第五,效益高。在收益方面,只需给视频平台支付税额,分成之后的利润全部归投资者所得,无须经过层层递筛。

第四节 后疫情时代"网络电影"的发展趋势

2019年,网络电影市场展现出减量提质、多类型齐放、平台工业化服务流程初步成形等特点。而在后疫情时代,网络电影该如何发展?

一、行业发展:聚焦商业,价值为先

近些年,网络电影市场容量趋于饱和,发展趋于稳定,已经不再是爆发增长时期,未来在网络电影领域的核心竞争力是高质量内容,因此,网络电影行业对影片质量的要求将继续提升。创作者或项目方必须增强专业能力和从业意识,擅于使用平台提供的数据和工具及专业团队力量。在未来的网络电影竞争中,被淘汰出局的不仅仅是想捞快钱的"跟风"投机者,还有很大一部分是"很努力却没有好结果"的项目。这些失败的项目大多缺乏电影制作的专业指导,由此可见,只对电影创作抱有一腔热血是远远不够的。

随着5G技术日益成熟以及视听基础设施建设越发完备,在内容付费浪潮等大趋势下,网络电影从业者即将迎来前所未有的发展机遇,身为网络电影产业的从业者应当以专业的知识与能力去应对挑战,做到取长补短,才能在日益激烈的行业竞争中脱颖而出。

二、合作方向:平台加持,互利共生

以爱奇艺为代表的在线娱乐平台已经拥有了庞大的用户基数和付费规模。2020年年末,爱奇艺平台VIP会员量达到1.058亿,涵盖了各个社会阶层、各种品位、各种爱好的受众群体,因此也催化出各种不同风格、类型的电影。这对于网络电影产业相关人员是一个利好消息,数量庞大的会员数背后是消费者付费规模的增强,也意味着网络电影在商业变现上有着强大的后劲。

三、内容创作:质量提升,精品频现

在网络电影政策和平台的双重发力下,当下网络电影市场已经日渐成熟,过去网络电影粗犷式的发展已经不能适应当下环境。与此同时,国家广播电视总局发布"史上最严限娱令",腾讯视频、优酷等网络电影平台监控力度逐步增大。近些年,爱奇艺、腾讯视频等平台的网络电影获得的评分不断提高,已经摆脱了当年"网络电影=差口碑"的标签,整体的商业化和口碑共存,呈现良性发展趋势。未来,网络电影精品化趋势将越来越明显,网络电影和院线电影的差距也会越来越小。在不远的将来,网络电影有望与院线电影平起平坐,并驾齐驱。

随着网络电影市场趋于饱和,用户对优质内容的需求与日俱增。一方面,专业影视人员的不断加入让网络电影产业链更加专业化,提高了网络电影的质量;另一方面,相关部门的监管不断收紧,出台了多项规定整顿行业发展,从"自清自查"到"网上网下一个标准、一把尺子",政府不再放任网络电影的发展,而是有方向地引导、有规则地建设网络电影。在用户市场和监管部门的双重压力之下,网络电影平台提高了网络电影的审核门槛,营造了良好的视频环境,一些粗制滥造和低俗色情的网络电影被拒之门外。因此,网络电影未来的发展也将以精品化策略取胜,在电影制作成本、出演人员、宣传营销,以及编剧策划、幕后制作等方面均向传统院线电影看齐,让电影质量产生质的飞跃。

四、监管把控:政策收紧,红利萎缩

网络电影在诞生之初涉及鬼怪、盗墓、耽美等多个小众题材,形成了不同于院线电影的内容生态,满足了受众的多元化需求。基于网络电影特殊的票房分账模式,平台方为受众提供前6分钟的免费观看,后续用户则需要付费观看,因此前6分钟对于电影至关重要。一些发行方为了吸引受众眼球,不惜在前6分钟倾注暴力、色情等"擦边球"内容。

随着网络电影的发展渐趋规模,政府监管不断加强。2017年,国家新闻出版广电总局下发《关于进一步加强网络视听节目创作播出管理的通知》,对存在价值扭曲、格调低下等问题的网络大电影进行整治。2018年,国家广播电视总局发布了《国家广播电视总局办公厅关于网络视听节目信息备案系统升级的通知》,这一通知对相关信息的报备方式、视听节目的审查次数、制作机构的资格等方面进行了规定,进一步规范了网络电影产业的发展。近年来,政府监管政策的不断收紧也促进了网络电影质量的提升,从前"打擦边球"博眼球的小伎俩已经越来越少,整体行业氛围也愈发健康。

五、营销手段:渠道广泛,重视宣发

网络电影在发展的早期十分依赖于视频平台的推广,网络电影的票房成绩很大程度上取决于其在视频平台上的推广力度,但这种模式有比较大的缺陷,那就是网络平台的推广位置有限,很难实现持续导流。因此,影片制作方自身的营销能力就显得十分重要。

近几年,随着网络电影的发展,其宣发成本也逐年提升。爱奇艺的数据显示,近年来,淘梦、奇树有鱼等头部网络电影制作公司在宣发营销上的投入逐步增加,以期提高自身在行业中的竞争力,同时,网络电影的宣发投入比已经越来越接近院线电影。以淘梦的宣发服务为例,截至2020年1月,淘梦已累计发行影片5000多部,累计票房金额超18亿元,累计影片点击量超

90亿。淘梦向外界提供专业的影视宣发服务,线上线下同时推广,利用互联网多平台进行内容营销。

在内容质量不断提升、行业环境不断革新的同时,网络电影的宣发与营销手段也在同步迭代。网络电影的票房极度依赖于视频平台的点击率,因此,优秀的营销策划与宣传是一部电影成功必不可少的部分。从早期对投放渠道没有要求,到现在投放方式更接近于院线渠道、重视营销策略、追求营销效果、为具体项目制定具体方案、对每个项目效果进行评估和渠道优化,网络电影宣发正在向院线看齐。

六、环境变革:媒介崛起,百花齐放

经过近些年的发展,5G、大数据、人工智能等先进技术趋向成熟,这使得网络电影领域将再次迎来一场变革。5G技术具有高带宽、低时延和稳定等特点。5G的成熟将使8K、超高清直播、AR、VR等技术迎来极速发展。4K电视已经成为电视市场的主流,而8K电视也已经出现在市场上,随着技术的发展成熟,8K电视也将进入千家万户。更快的传输效率、更清晰的画面缩小了家庭与电影院之间的差距,在未来会掀起家庭观影的热潮,这对于网络电影产业是一个积极的信号。

随着科学技术的发展以及互联网的革新,人们可以通过各种各样的渠道来获取外界的信息,且获取的信息已逐渐碎片化,由此促进了网络电影的蓬勃发展,使得电影产业发展出现了"百花齐放"、多元化的创作格局。新模式终将冲破旧模式的束缚,并取代其原有地位。在流媒体飞速发展的当下,我们不能盲目提高电影银幕的数量,应当与互联网融合,实现"互联网+电影",深耕网络电影产业,以期在未来瞬息万变的时代中占据更有利的发展优势。

七、盈利能力:提质减量,分账改制

在网络电影发展初期,由于制作成本低、视频平台审核标准不成熟,网络电影整体质量较差。网络电影数量的激增也使得制作方的利润被稀释。在2016年的数量激增之后,中国网络电影市场逐渐回归理智状态,2017年

数量回落至 1892 部,质量方面因为有慈文传媒、本山传媒等大牌影视公司的进入而出现提升态势。平台方意识到了"前 6 分钟"法则对网络电影质量的伤害,制定了更为细致、有助于促进网络电影和平台良性发展的分账模式。

笔者从对米和花创始人、CEO 窦黎黎的采访中得知,爱奇艺、腾讯视频、优酷虽然仍关注用户观看时长是否达到 6 分钟,但不再限定于开始的前 6 分钟,而是重视用户对一部网络电影的观看时长是否达到平台规定的有效观看时间标准。在对网络电影进行分级来确定基础分账单价方面,爱奇艺在关注影片内容点击量和观看时长的基础之上,也鼓励制片方对营销宣传进行投入,并以广告收入来吸引更多制片方进行合作。腾讯视频和优酷都更重视有效观影情况,但计算有效观影情况的方式略有不同,腾讯视频关注一次连续收看时长,优酷注重付费周期内会员累计观看影片的有效播放时长。总之,视频平台网络电影分账模式逐渐摆脱了初期"前 6 分钟"法则的弊端,进入提质减量阶段。

八、方向把控:题材多元,叙事创新

其一,电影题材更趋向多元化。除原著大 IP 改编、玄幻冒险、青春校园等主流网络电影类型题材外,一部分立足现实、关注现实生活的现实题材电影也异军突起,例如《我的爷爷叫建国》《花儿照相馆》《毛驴上树》《我来自北京之过年好》等影片都实现了票房口碑双收。由此可见,网络电影产业链已经羽翼丰满,不再拘泥于单一题材,实现了百花齐放的状态。

其二,在叙事手法方面,时间跨度小、节奏快。为了吸引观众的注意力,网络电影的叙事以及情节设定需要保持快节奏,增强对观众的吸引力。此外,在碎片化阅读的时代,观众的注意力极为有限,与较为封闭的线下影院相比,观众在观看网络电影时周边环境较为复杂,观众的注意力可能会被其他事情分散。在短时间内快速而完整地完成叙事,迅速抓住观众眼球,是网络电影获得流量和口碑的关键。所以网络电影的编剧会加快电影叙事节奏,以紧凑的叙事节奏和充满悬疑感的剧情设置铺陈剧情。

其三,以青年为叙事主体,以草根为叙事视角。网络电影高度依赖于网络平台,而当下互联网的主体就是青年群体。以青年人为叙事主体,以他们的人生经历、情感生活为叙事内容,以引发青年一代的心理共鸣,是优秀网络电影打动观众的不二法宝。基于网络电影市场较为明显的平民化特征，网络电影的叙事同样也会偏向草根化的视角。着眼于平常人、平常事，体现草根阶层独立于权威之外自娱自乐的自由精神，也是优秀网络电影的叙事内核之一。

其四，在新媒体环境下创新叙事手段。网络电影的叙事模式继承了以影像为主要叙事手段的传统，但一些网络电影同时也依托网络平台对传统的电影叙事模式进行创新。一部分网络电影在开拍筹划阶段或者是在开拍一段时间后，会以投票方式让观众参与人物、情节的设计，以及角色选角等，观众可以按照自己的喜好进行投票，高度参与影片的制作，一步步地编纂自己喜欢的故事。新媒体环境孕育了众多创新性的叙事方式，网络电影叙事不再只有单一形式，由此完成了对传统电影叙事模式的反叛和创新。电影的叙事不再以结果为目的，而将注意力更多地放在叙事活动本身上。

综上，相较于传统的电影叙事形态，网络电影的叙事美学既有对本质要素的传承，也带有强烈的时代特征。这对于未来网络电影实现内容、结构和形式上的创新突破意义非凡。

结　语

从网络短片到微电影，从俗称的"网大"再到被正名的"网络电影"，网络电影产业链日渐成熟。2020年对于全球是特殊的一年——在新冠肺炎疫情的影响之下，传统影院受到冲击，而网络电影依托线上平台逆势翻盘、备受瞩目，内容质量不断提升，叙事手法不断创新，获得了更多的发展机会。

第四章　网络综艺：
以"艺"抗"疫"，传递能量

网络综艺节目是伴随互联网发展而出现的一种新型网络文艺,其生产、传播、消费机理均迥异于传统电视综艺节目,在经历破土期、成长期、激增期、平稳期四个发展阶段后,网络综艺节目在包装制作和话题讨论等方面都进入发展新时期。在2020年新冠肺炎疫情影响之下,网络综艺节目凭借产品优势率先对市场变化做出应对,利用新兴技术打造"云综艺"以填补空缺,暂缓了新节目被迫延期而导致的节目带"开天窗"的压力。本章将从辩证的角度分析疫情对网络综艺行业的影响,解读特殊时期的机遇与挑战,并预测"十四五"阶段网络综艺的发展动向。

第一节　"网络综艺"的研究综述

"网络综艺"的相关研究大致可以分为两个阶段,第一阶段是2014—2017年,这一时期的研究主要集中于网络综艺的创新策略,第二阶段是2018年至今,这一时期的研究主要集中于网络综艺的传播策略及其产业发展趋势。

一、关于"网络综艺"的内容创新策略研究

网络综艺节目想要获得长期良性发展,关键还是在于内容创新:将潮流文化与传统文化进行跨界组合,吸引多年龄段用户;对选题类型进行垂直细分;改变传受关系,将观众变为用户,丰富互动模式(任颖子,2019)。网络综

艺节目大多通过创新形式争取市场份额:通过将叙事方式年轻化刺激目标用户产生心理共鸣;借助人工智能技术以及互联网大数据平台等科技手段分析挖掘用户兴趣,据此打造优秀节目内容;坚持以文化求同存异之理念为主导,打通文化之间的鸿沟(乔婕,2021)。与此同时,网络综艺节目的创新还要持续探索文化创新与理念创新,通过短视频等新型业态对网络综艺节目进行内容创新,促进其发展(吴炜华、张守信,2018)。

二、关于"网络综艺"的传播策略研究

首先,网络综艺节目在传播策略上有一定的创新,表现出极其显著的新媒体特征:通过首页推送与微博话题共同为网络综艺节目造势;创造节目专属词汇来推广节目;为节目嘉宾立人设、造 cp,借此形成话题(任颖子,2019)。其次,网络综艺节目创新了传播价值。例如,《创造营2021》等网络综艺节目从文化共同体视域出发,致力于传播青春价值:通过界定男团标准对青春价值进行塑造;通过多维度、立体化的传播策略对青春价值进行传递;通过构筑全新的文化共同体对青春价值进行升华(郑海昊,2021)。最后,短视频的崛起也推动了网络综艺节目传播方式的升级。网络综艺节目可以凭借短视频这种新业态对节目进行营销升级。在内容上,网络综艺节目短视频传播应多样化并具有趣味性;在形式上,网络综艺节目短视频传播则需要年轻化;在制作上,网络综艺节目短视频传播则要更具科技性,向精细化与精准化方向发展(冷淞,2019)。

三、关于"网络综艺"的产业发展趋势研究

随着移动5G时代的来临,网络综艺产业的整体发展也在被悄然重塑:用户会在选择收看网络综艺内容时始终保持一个较高频率的"情感卷入度"周期;节目由原来的单屏、多屏节目逐步向智能融屏节目发展;而用户角色也已开始转换,从原来的信息接受者、互动者逐步转变为一个网络综艺产品的产消者(戴元初、吴泽涛、刘一川,2021)。在发展的过程中,网络综艺节目通过提高视听品质来满足用户期待,通过挖掘互联网基因来增加创新创意,在电视形态的基础上逐渐发展网络形态并不断应用科技手段来平衡自身的

发展(刘俊、江玮,2021)。如今流行的青年网络综艺文化正在一步步朝着"年轻化"叙事方向以及审美角度发展,这或许可以被看作是互联网时代青年亚文化的一个社会与实践转换过程(梁岩,2020)。

第二节 2020年特殊形势下"网络综艺"的总体概况

一、行业概述:超速发展

(一)基本概念辨析

网络综艺,狭义上指只在网络平台上播出的综艺节目;广义上指由节目制作机构或网民个人制作,有独立的制作思路,叙事、剪辑较为完整,主要在视频网站等网络视听节目服务机构播出,并由播出平台对节目内容履行审核责任,按照网络原创节目完成管理部门所规定的备案手续的专业类(非剧情类)视听节目(含综艺晚会类节目、有主持人的娱乐报道类节目、节目制作完整的单项艺术类节目,不包含多版本节目[①]和衍生节目[②])。网络综艺节目的生产、传播、消费机理均迥异于传统电视综艺节目,是伴随互联网发展而生的一种新型网络文艺。

表4-1 电视综艺与网络综艺的对比(整理自公开资料)

对比维度	中国电视综艺	中国网络综艺
用户	电视节目占主导地位	用户占主导地位
	覆盖群体更为广泛	以年轻用户为主
	用户群体消费能力更强	用户群体消费能力更弱
观看特点	陪伴式关注,用户注意力不集中	点播型用户独自观看,用户注意力集中

---

① 多版本节目是指在原版节目的素材基础上进行重新编排,增加一些花絮、互动内容而形成的节目(含电视综艺节目在网络直播的多版本节目)。
② 衍生节目是指围绕主体节目进行二次创作,与主体节目情节设置有相通性的节目(含电视综艺节目在网络首播的衍生节目)。

续表

对比维度	中国电视综艺	中国网络综艺
内容	以老少皆宜的题材为主	垂直细分程度更高
	影响力更强	网络综艺内容品质参差不齐
	内容品质更加完善成熟	
制作	制作团队成熟,宣发、后期、舞美等均有内部专业团队负责	制作团队能力差异较大,宣发、后期、舞美等环节以外包为主
运营	时效性差、与用户的互动性较弱	互动性更强,用户可评论、发送弹幕、点赞、转发等
	针对性差,无法精准捕捉用户喜好	以数据分析为导向,精准推荐用户和指引内容生产
审核	受到多重政策规定限制,审核更加严格	审核制度相对宽松,存在不可控风险
广告	对广告时长的限制较大,每次插播的广告时长不能超过 90 秒	对广告的限制小,形式多样
	广告主数量更多	广告主数量小于电视综艺

(二)发展历程回顾

中国电视娱乐综艺节目的历史可以追溯到 30 年前,中央电视台在 1990 年推出了属性独特的《综艺大观》,拉开了国内综艺产业的序幕,而网络综艺节目的诞生则相对滞后,其发展至今主要经历了四个阶段。

破土期(2007 年):2007 年搜狐出品的《大鹏嘚吧嘚》开启了网络综艺节目的先河,该节目凭借犀利独到的观点和幽默创意的风格脱颖而出,其节目团队也成为最早接触网络视频开发的团队。

成长期(2008—2013 年):这期间电视综艺风头正盛,高额的转播费用促使视频网站转向网络自制综艺的阵地,各大平台相继提出综艺自制计划,并不断开拓节目类型。

激增期(2014—2015 年):2014 年,现象级网络综艺节目《奇葩说》的出现使该年成为网络综艺元年,国内五大主流视频网站累计上线节目数量同比增长 200%。2015 年则在此基础上实现了 104% 的增长,首次出现的网络综艺节目就有 26 档。

平稳期(2016年至今):从2016年开始,网络综艺市场增速超常情况的出现促使平台开始反思自身,节目制作逐渐趋于理性,不管是包装制作的精良程度还是话题讨论的深入程度都进入了发展新时期。

二、数据分析:市场广阔、多维发展

(一)用户规模进一步扩大

根据中国互联网络信息中心的数据,截至2020年6月,我国网络视听用户规模达9.01亿,较2020年3月增长4,380万,网民使用率为95.8%;截至2020年12月,我国网络视频用户(含短视频)规模达9.27亿,较2020年3月增长7,633万,占网民整体的88.3%。

一方面,受新冠肺炎疫情影响,网民的娱乐需求持续转至线上,带动了网络视听类应用使用率、用户规模进一步增长;另一方面,各大视频平台的激烈竞争与现象级爆款综艺的出现也推动了网络综艺的发展,使其市场规模不断扩大。

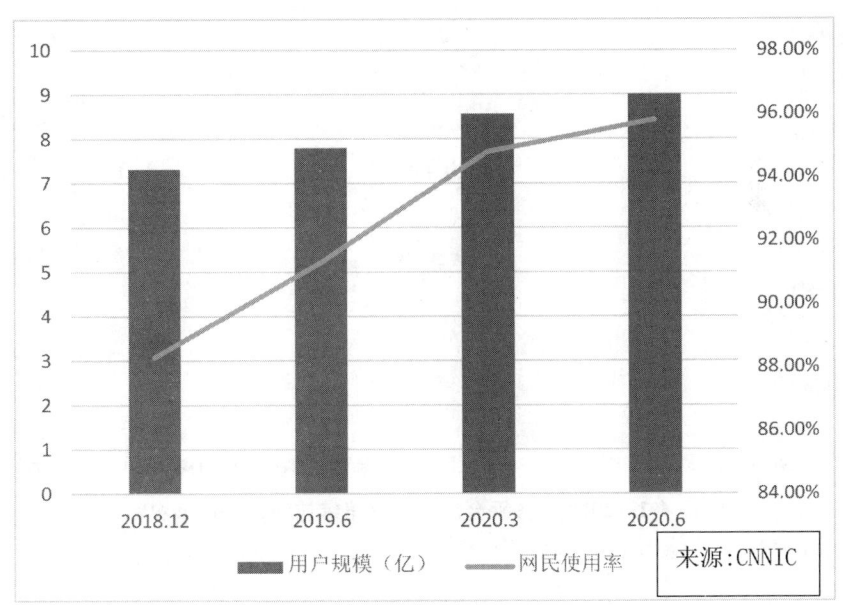

图4-1　2018—2020年网络视听用户规模及网民使用率

(二)网络综艺多维度考察

从整体层面来看,2020年全年一共上线了229档网络综艺节目,相比2019年增加了8档。全年上线的多版本节目共69档,其中电视综艺的多版本节目39档,网络综艺的多版本节目30档;衍生节目共102档,其中电视综艺的衍生节目21档,网络综艺的衍生节目81档。

从内容层面来看,2020年的网络综艺分为生活体验真人秀、谈话讨论、互动娱乐、竞技选拔、互动交流真人秀、文化科技、脱口秀、单项艺术、综艺晚会、生活服务、游戏生存真人秀、娱乐报道、婚恋交友、亲子互动真人秀、其他真人秀、其他16个类别。其中,真人秀类节目共有74档,占比32%;谈话讨论类节目共有44档,占比19%。

从平台层面来看,除了传统的四大平台:腾讯视频、优酷、爱奇艺、芒果TV,2020年还加入了B站等新兴势力。全年229档综艺节目中,腾讯视频出品了72档,占比31%;优酷出品了52档,占比23%;爱奇艺出品了27档,占比12%;芒果TV出品了26档,占比11%;B站出品了15档,占比7%。值得注意的是,由多平台联合制作的综艺节目有11档,占比5%(见图4-2)。

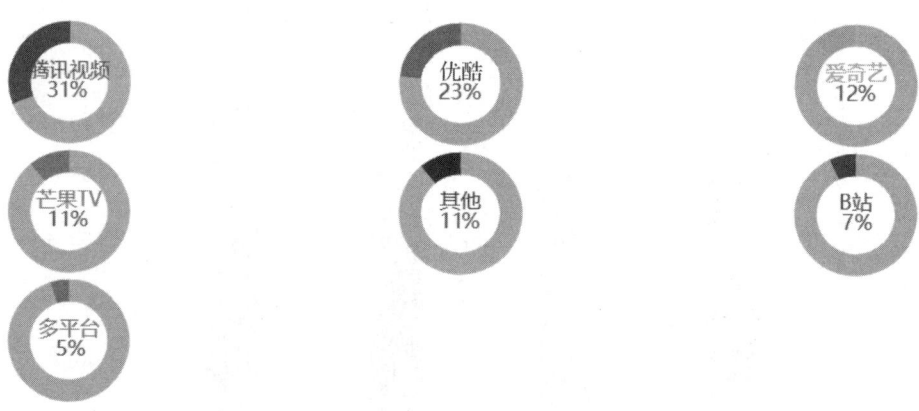

图 4-2　2020年各平台出品的网络综艺节目占比情况
数据来源:国家广播电视总局监管中心

从有效播放量层面来看,全网排名前10位的综艺节目分别是:《青春有你(第二季)》《朋友请听好》《创造营 2020》《哈哈哈哈哈》《这！就是街舞(第三季)》《乘风破浪的姐姐》《演员请就位(第二季)》《中国新说唱 2020》《德云斗笑社》《潮流合伙人》。其中,《青春有你(第二季)》有效播放量为 19.32 亿,紧随其后的《朋友请听好》有效播放量为 9.15 亿(见图 4-3)。

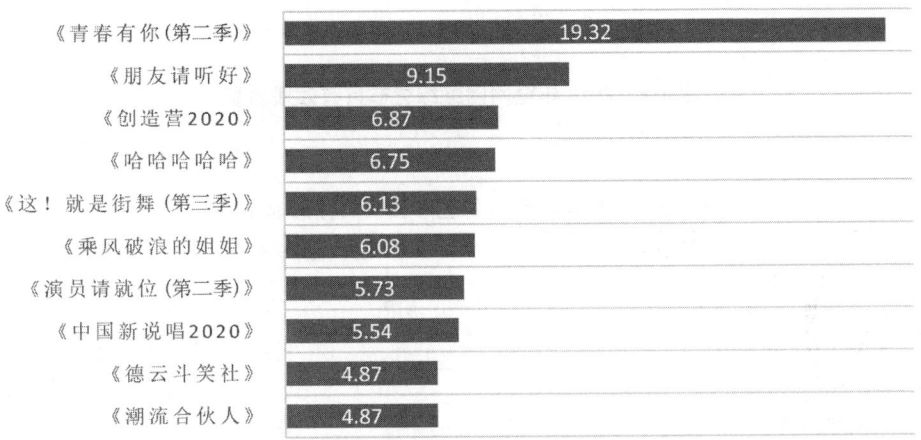

图 4-3　2020 年全网网络综艺节目有效播放量·霸屏榜单
数据来源:云合数据

从正片有效播放量①和会员内容②有效播放量③层面来看,2020 年全网网络综艺节目有效播放量中,正片有效播放量贡献了 191 亿,会员内容有效播放量贡献了 67 亿。

从口碑层面来看,2020 年上线的综艺节目豆瓣评分前 10 名中,"明星大侦探"系列推理类综艺节目占 3 部,文化、舞蹈类节目各占 2 部。2020 年上线的综艺节目豆瓣评分人数最多的 10 部节目中,音乐、选秀类节目占 7 部。

---

① 正片有效播放量:综合有效点击量与用户观看时长而得到的数据,最大限度去除异常点击量,并排除花絮、预告片、特辑等干扰,能真实反映影视剧的市场表现情况及受欢迎程度。
② 会员内容:节目正片标识为 VIP、付费、用券、超前点播的视频内容。
③ 会员内容有效播放量:以节目的每集/每期计算,会员集/期在 VIP、付费、用券、超前点播期间的正片有效播放量为会员内容有效播放量。

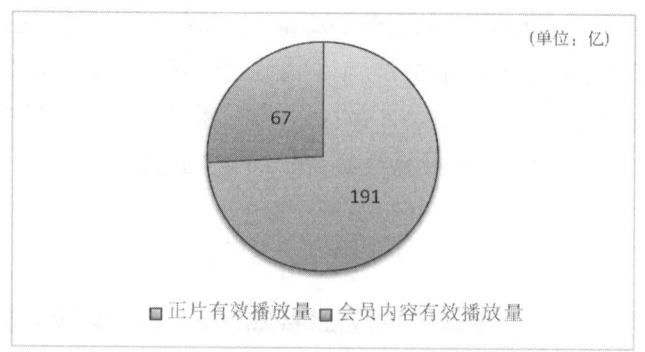

图 4-4　2020 年全网网络综艺节目有效播放量

数据来源：云合数据

表 4-2　2020 年上线的综艺节目豆瓣评分前 10 名

节目名称	豆瓣评分	类型
《局部（第二季）》	9.6	语言
《忘不了餐厅（第二季）》	9.5	生活
《国家宝藏（第三季）》	9.5	文化
《舞蹈风暴（第二季）》	9.4	舞蹈
《说唱新世代》	9.3	音乐
《明星大侦探之名侦探学院（第二季）》	9.3	推理
《师父！我要跳舞了》	9.2	舞蹈
《见字如面（第四季）》	9.2	文化
《明星大侦探（第六季）》	9.1	推理
《明星大侦探之名侦探学院（第三季）》	9.1	推理

表 4-3　2020 年上线的综艺节目豆瓣评分人数前 10 名

节目名称	豆瓣评分人数	类型
《乘风破浪的姐姐》	156,780	选秀
《朋友请听好》	135,913	语言
《我们的乐队》	119,203	音乐
《青春有你（第二季）》	89,870	选秀
《说唱新世代》	71,866	音乐
《这！就是街舞（第三季）》	63,055	舞蹈
《歌手·当打之年》	52,784	音乐
《乐队的夏天（第二季）》	51,004	音乐
《创造营 2020》	47,820	选秀

数据来源：云合数据

第三节　2020年特殊形势下"网络综艺"的发展特征

一、综艺市场：整体疲软、步伐变缓

受新冠肺炎疫情的影响，2020年第一季度综艺市场的表现急转直下，上线的网络综艺节目大约为45档，虽然较往年同时期上线节目相比数量并无明显"缩水"，但其中部分节目为中小体量的临时性作品，缺乏时间打磨，属于疫情时期催生的特殊产物。新冠肺炎疫情期间，无论是节目制作流程、编播调整，还是综艺产业布局、下沉市场，都受到了持续性的影响。而居民宅家时间的延长使短视频这一新生态占据主导地位，综艺市场蒙上了一层新的阴影。可见冰山之上是整个网络文艺行业欣欣向荣的景象，而冰山之下是综艺世界的疲软与危机。

一直以来，网络综艺市场都存在着收割用户的现象，创作者的生产不遵从个体内心的价值偏好，只为追求创作之外的经济利益。如果网络综艺节目的创作者们能利用这一特殊时期潜心钻研，回归到充满个性的艺术创作状态，回归到享受创作而不是享受利益，那么，在短视频行业和疫情的冲击下放缓脚步，或许并不意味着行业的退步。

二、内容价值：贴近现实、传递精神

疫情期间线下娱乐场所关闭，居民娱乐活动受限，内心焦躁紧绷的情绪需要释放，而网络综艺恰恰迎合了观众的心理需求，用艺术的力量安抚心灵，传递信念以及坚强与必胜的决心。抗"疫"公益作品层出不穷，为在疫情前线奋战的医护人员和在困难中坚守的每一个人传递出巨大的精神力量和无限温情。

传统综艺节目《天天向上》针对疫情推出了特别节目《火神山医院项目副总指挥分享抗疫心得》，节目围绕志愿者的救援行动展开，包括送口罩、自热饭和水果等日常消耗品，以及投身到火神山医院建设第一线等行动。一

方面,节目选择了符合大众关注的热点问题,起到了传达乐观、积极的心态的作用;另一方面,节目为受众科普了防疫的相关知识,在大众传播角度彰显了综艺节目的社会责任感。

在疫情的影响下,大量农产品滞销,农户损失惨重,为了"抗击疫情,助农兴农",综艺节目中又加入了"直播带货"的元素。在传统媒体方面,央视新闻推出了"谢谢你为湖北拼单"大型公益直播带货系列活动,帮助销售受疫情影响滞销的农产品,助力湖北经济复苏和相关产业复工复产;在新兴经济方面,阿里巴巴联合淘宝直播与银河众星,出品直播综艺节目《向美好出发》,斩获了 1.56 亿元的销售奇迹。

疫情使人们真切地感受到了生命的脉动和力量,大众的感知方式与情感表达也在一定程度上有所改变。积极地介入社会生活、回应现实,重建人际关系、信任、信念是所有文艺工作者必须面对的使命。

三、节目制作:上"云"录制,创新发展

受突发的新冠肺炎疫情影响,2020 年第一季度的网络综艺节目多采取线上"云录制"的创新方式,催生了许多"云系列"综艺节目。相较于实景综艺的大体量制作,视频平台的综艺节目多采用明星嘉宾同框连线、在线网络直播以及个人 Vlog 的方式进行录制。除了录制方面的尝试与改变,部分综艺节目的海选与发布会也采用"云+"模式。腾讯视频的重点综艺节目《明日之子(第四季)》《脱口秀大会(第三季)》试水了"云海选",海选选手通过云连线进行表演,再由评委投票决定去留;爱奇艺 S+级别网络综艺节目《青春有你(第二季)》探索了"云宣发"的新路径,搭建了脱离现实的"云现场"场景,掀起了新一轮的营销热潮。

从制作周期来看,"云+"综艺节目比传统的卫视综艺节目和网络综艺节目都要短上许多。湖南卫视率先推出"云综艺"《嘿!你在干嘛呢?》《天天云时间》后,各视频网站纷纷布局综艺云录制。爱奇艺的"宅家云综"从立项到上线只用了三天时间,优酷的《好好吃饭》用时不到 48 小时。落地迅速的"云+"综艺完美地填补了特殊时期下网络综艺的空缺,暂缓了新节目被迫延期而导致的节目带"开天窗"的压力。从制作质量来看,虽然疫情期间涌现了大量的"云+"综艺节目,形式多元且内容广泛,但因时间所限,加之缺

乏专业化的打磨,精致程度、主题立意等均无法与传统形式的综艺节目相比。

四、政策监管:标准严格、良性发展

随着国家和政府对文娱产业的关注和重视,对包括网络综艺在内的节目的相关管理规定、审核细则随之落地。2019年,国家发布了《未成年人节目管理规定》《关于推动广播电视和网络视听产业高质量发展的意见》《网络信息内容生态治理规定》,针对网络文艺中的未成年人出镜乱象、有质无量现象等进行监督管理。

2020年2月11日,为治理网络综艺乱象、规范节目制作包装,中国网络视听节目服务协会联合各大视听节目网站制定和公布了《网络综艺节目内容审核标准细则》,从多角度提出了94条切实可行的标准。逐渐完善的政策进一步推动了网络综艺的健康发展,为网络综艺的长久繁荣提供了强有力的支持。

五、市场广阔:形式多样、技术赋能

(一)平台形成新局面

2020年,传统四大视频平台:爱奇艺、腾讯视频、优酷、芒果TV竞争依旧激烈。纵观爱奇艺全年综艺布局,音乐、潮流、生活综艺等"年轻化"题材成为重点,偶像养成类节目《青春有你(第二季)》在开播后热度一骑绝尘,远超对标综艺节目:腾讯视频的《创造营2020》以及优酷的《少年之名》。芒果TV背靠湖南卫视,积极尝试了多样态的内容创作,围绕推理解谜和情感观察两大标签展开节目带,并把握"她综艺"风向推出了爆款综艺节目《乘风破浪的姐姐》。腾讯视频则采取多元布局与偶像综艺结合的方式,继续强化平台的优势与特色定位,推出《明日之子(第四季)》《炙热的我们》《超新星运动会》等选秀养成类节目。优酷深耕综N代王牌综艺与人文品牌,既有"这!就是"和"火星情报局"等高口碑系列综艺节目,又有文化思想演讲类节目"对白"系列、人文体验类节目《茶馆营业中》等。

在此基础上,B 站与西瓜视频积极入局综艺内容赛道。以年轻用户为主的 B 站深谙受众喜好,瞄准艺术垂直类综艺推出了《说唱新世代》《造浪》《我是特优声》等节目,从节目的内容、形式、嘉宾选择等方面突破,抢占了同题材综艺的高地。不同于 B 站的自主制作模式,西瓜视频以掌握独家网播权的方式进入网络综艺市场,如《中国好声音 2020》与《上线吧!华彩少年》;同时,西瓜视频与抖音、今日头条等平台打通资源、互通有无,通过系列营销活动扩大热度和影响力。中视节目创意研发基地模式创意总监谭震指出:"西瓜视频和 B 站都是(从)一个圈层专属领域向全维度扩展,一个产业中的寡头向全品类发展,更多地依赖原有的用户,让他们的圈层受众把之前看长视频的时间维度也转移到自己的平台上。"①

综合疫情、创新压力、制作难度等多方面的影响,2020 年主流视频网站呈现出新的共生局面,平台通过合作共同承担招商资源、嘉宾邀请、团队制作等层面的压力。以爱奇艺与腾讯视频联合推出的公路电影式开放型真人秀《哈哈哈哈哈》为例,合作平台双方轮流进行招商,第一季节目由爱奇艺负责,第二季由腾讯视频负责。双平台加持的制作保障和不输王牌户外真人秀标准的嘉宾阵容使节目组更有勇气进行创新,打破了传统的"真人作秀""真人假秀"的模式,在无干扰录制和"随机失控"中实现综艺与现实边界的模糊与消融。

(二)综 N 代继续发力

2020 年各大网络平台在不断推陈出新的基础上,继续以"综 N 代"的新一季节目为主打。一方面,综 N 代节目拥有强大的用户基础盘,观众黏性更强,收视率与播放量都有保障;另一方面,综艺节目 IP 化进一步扩大了市场影响力,有利于节目招商与内容变现。

从具体数据来看,爱奇艺推出了《青春有你(第二季)》《我是唱作人(第二季)》《奇葩说(第七季)》等 10 档"综 N 代"节目,腾讯视频推出了《吐槽大会(第四季)》《创造营 2020》《拜托了冰箱(第六季)》等 17 档"综 N 代"节目,优酷推出了《这!就是街舞(第三季)》《火星情报局(第五季)》《对白(第四

---

① 封亚南.2020 年网络综艺调研报告[EB/OL].(2020-12-22)[2021-01-03].https://www.sohu.com/a/439894228_351788.

季)》等 7 档"综 N 代"节目,芒果 TV 推出了《妻子的浪漫旅行(第三季)》《明星大侦探(第五季)》《女儿们的恋爱(第三季)》等 7 档"综 N 代"节目。2020 年暑期档流量前 20 名的综艺节目中有 12 档是"综 N 代"节目,占比 60%,其口碑传播、播放指数等表现都优于新综艺和行业均值。

从综 N 代 IP 化角度来看,优酷平台播出的《这!就是街舞(第三季)》不仅维持了前两季的高水准,还实现了自身内容价值与商业价值的持续提升。根据豆瓣公开数据,《这!就是街舞(第三季)》豆瓣口碑评分位列 2020 年暑期档综艺节目第一位,以最高 9.1 分、收官 8.9 分的良好口碑领跑头部综 N 代节目;同时依托阿里生态,"这!就是街舞"这一综 N 代 IP 突破了圈层界限,在电商潮牌、衍生开发、新零售、线下演出、IP 授权等多个领域实现变现。

(三)带货综艺成焦点

借助远程直播连线等线上录制方式,2020 年"直播+电商"模式与网络综艺结合,使带货以更加真实的方式吸引观众。经验丰富的电商头部带货主播与芒果 TV 共同合作,打造了全新的"带货综艺"节目《来自星星的你》,开播后斩获了累计 4000 万元的销售额,辐射人数近 2000 万。平台和电商的合作也有序进行,北京卫视综艺节目《我在颐和园等你》的发布会登录京东,一众明星和艺人参与直播带货,销售额达近 3 亿元。中央电视台新闻新媒体推出了"谢谢你为湖北拼单"大型公益直播带货系列活动,从综艺内容转向公益扶贫,助力疫情之下各地的经济复苏。[①]

事实上,综艺带货不仅存在于直播销售中,也存在于生活治愈系观察综艺的场景营销中。综艺的受众群大部分是年轻人,而这部分年轻人又有很大的比例处于单身独居状态,"孤独经济"顺势而生。爱奇艺出品的《我要这样生活》本质上就是提供陪伴感、传递生活态度的一档节目,故事、情感、场景带来的真实感让观众沉浸其中,也让"带货"变得自然与生活化。场景营销充分发挥了平台优势,利用全程式陪伴、沉浸式曝光实现了品牌形象的树立与强化,影响受众的最终消费抉择;同时通过生活场景的自然展示、植入,进一步联系实际宣传品牌理念,吸引用户关注。

---

① 李夏至.2020 国产综艺:"云上"新生、带货风正劲[EB/OL].(2020-12-26)[2020-12-30]. https://www.sohu.com/a/440714138_211289.

(四)"慢综艺"深入人心

"慢综艺"是相对于传统的、以竞技为主的"快综艺"而言的一种综艺节目形态,通过平实治愈的镜头语言、随机自由的环节模式、富有生活气息的衍生内容和大众互动环节,在精神情感层面引发大众的共鸣。在当下的快节奏社会中,"慢综艺"的出现为人们提供了放松自我、释放压力的窗口,包括以《国家宝藏》为代表的传统文物展示类慢综艺节目、以《向往的生活》为代表的生活体验类慢综艺节目、以《中国诗词大会》为代表的文化鉴赏类慢综艺节目等。

芒果 TV 推出的《朋友请听好》是 2020 年第一季度综艺节目的代表之一,节目定位为国内首档原创声音互动陪伴真人秀。没有高强度的竞技运动,也没有刻意制造冲突的镜头,整档节目聚焦真实的人间百态,以暖色调的画面营造了温馨治愈的空间,房间内经典的录音机将岁月与时光缓缓道来。《朋友请听好》将电台运营作为核心,嘉宾与听众只能以声音和载体进行对话与沟通,删繁就简的过程使得交流变得纯粹自然。从代际关系到学业梦想,从婚恋情感到家庭琐事,在每一次的交流沟通中嘉宾与听众都实现了不同观点、思想的交汇,每一位听众也都能在其中找到自己的影子。节目中的广播站让听众意识到朴实无华的声音也拥有抚慰人心的力量,默默的倾听也是一种强有力的支持。

《很高兴认识你》打破了传统综艺节目的限制,背靠抖音和奇遇文化,融合了直播、长视频与短视频元素,是国内首档"所有格"纪实真人秀。每期节目都会在常驻 MC 的基础上邀请飞行嘉宾,共同探访全国各地的素人并挖掘平凡生活中的趣事,在故事和旅行中寻找幸福的多种可能,阐述触及灵魂的多元人生态度。节目几乎在毫无剧本和规划的情况下进行录制,嘉宾们以最自然的状态融入当地人的生活之中,用心感受人生的酸甜苦辣、情感的喜怒哀乐。《很高兴遇见你》聚焦现代人的生活压力,以不同方式、不同角度记录真实,实际上是希望通过节目引导大众探寻"自我和解"之旅,传达一种"真实的共鸣"。

从《朋友请听好》到《很高兴遇见你》,这些综艺节目无一不在尝试将明星卸下角色或人设光环,使其回归最为本真的现实生活,展现荧幕背后的"明星"。因此,慢综艺的叙事镜头中,嘉宾是更为真实立体的,而不是为了满足综艺效果所塑造的某一角色。较长的录制周期和流动的节目嘉宾使得综艺变得生活化、日常化,多角度的人物自我得以呈现,包容的节目态度允许生命有不一样的轨迹,立意上真诚的人文关怀更是深入人心。

(五)同题竞争重内容

在综艺市场趋于饱和的情况下,题材和类型创新成为各大视频平台发力的重点。尽管各大平台已经开始注意避免同期同题竞争,但吸引大众关注的题材依旧热度不减。激烈的市场竞争迫使平台抛弃传统的"大明星+大团队"的制作模式,注重打造精品综艺内容。

在偶像选秀领域,2020年爱奇艺独播的《青春有你(第二季)》拔得头筹。除去疫情期间综艺节目市场出现空白、团队营销宣传到位等外部因素,《青春有你(第二季)》整体独特的叙事逻辑和参赛选手的立体群像打通了"观众情感投射与价值认同的双阀门"[①]。制作团队提出的"X概念"打破了大众对于女团的刻板印象,赋予节目自身与选手无限可能,展现了当代女性群体诠释自我、勇敢逐梦的奋斗历程;告别联欢会、学生会竞选、"每个人的秘密"等环节的策划,淡化了选秀节目强烈的竞赛氛围,突出选手真实的日常训练状态,展现选手的个人成长经历,直达人心。为了避免偶像生产的流水线化,《青春有你(第二季)》还打造了一系列VIP衍生内容:《青春加点戏》《青春你造吗》《婧妹的愿望清单》等,进一步丰满了训练生的形象,为节目提供了更多叙事空间和话题点。

在说唱领域,爱奇艺综N代节目《中国新说唱2020》和B站创新综艺节目《说唱新世代》正面交锋,后者凭借"万物皆可说唱"的口号和"世代表达者"的定位实现热度、口碑齐飞。说唱作为舶来文化在中国的发展尚未成熟,脱离文化语境的表达无法让观众产生认同感,单纯技术层面的展示难以引发共鸣。而《说唱新世代》的作品围绕家庭、社会、校园题材,以音乐为载体将创作者对生活的思考投射其中,内容既包含个人成长烦恼、亲子复杂情感,又有社会热点问题。《说唱新世代》所追求的就是说唱的本质——发声:为弱势群体发声,为那些被忽视的人发声;为社会不公发声,为那些被隐藏、

---

① 胖部.《青春有你2》拉开综艺群像故事"影视化"篇章[EB/OL].(2020-05-25)[2020-12-20]. https://baijiahao.baidu.com/s?id=1667668816375364042&wfr=spider&for=pc.

被掩盖的真相发声。高度包容的节目氛围拓宽了说唱与其他艺术形式的边界,快板、舞台剧等也被融入表演,让"嘻哈"这一小众文化从地下走到了地上,实现了说唱音乐的中国本土化。而在后期剪辑时,节目组突出了每一位参赛选手的闪光点,强调了每一个人的立体形象。

网络综艺节目不应该只是休闲娱乐的消遣品,也不应该只是明星粉丝互动的媒介,应该成为传递相应价值观的载体。强大的嘉宾阵容和先进的摄制技术只是锦上添花,内容才是最终的核心竞争力。

(六)技术赋能促发展

人工智能时代的到来,意味着网络文艺领域将经历巨大的技术变革,网络综艺的节目内容、制作流程等也将发生新的改变。爱奇艺 CTO 刘文峰曾对媒体表示,相较于其他场景,娱乐将是 AI 最容易落地的领域,利用技术手段可以打造出一个新型平台,而这个平台可以让内容更有效地被利用,并更容易被转化为"有价值的东西"①。

得益于 AI 技术,目前"综艺＋AI"的节目模式可概括为运用机器元素、设计人机对抗、机器反客为主三类,2020 年产生了颇具实验创新性与技术尝鲜感的网络综艺节目。腾讯视频 2020 年第一季度出品的首档创新真人角色扮演互动节目《我＋》融合了影视剧、互动游戏、综艺等多种形式,通过三支团队的通力合作,实现了观众从"观察者"到"体验者"的身份转换,足不出户就可以与偶像亲密"云接触"。从《中国新说唱》开始,爱奇艺频频试水人工智能剪辑和通过大数据筛选嘉宾,并在 2020 年第四季度推出了首档虚拟偶像才艺竞演综艺节目《跨次元新星》,让三维的"虚拟偶像"第一次以选秀形式实时出现在了观众视野之中。《跨次元新星》深度应用了多项先进技术,包括电影级动作捕捉技术、数字孪生技术、CG 引擎实时 3D 渲染等,把真实舞台、灯光、机械结构、表演等要素与虚拟环境融合,②立体化捕捉虚拟选手的表现。

---

① 封亚南.2020 年第一季度网络综艺报告[EB/OL].(2020-04-20)[2020-12-25].https://www.sohu.com/a/389668729_697084.
② 爱奇艺虚拟人物竞演节目《跨次元新星》重磅官宣 600 分钟电影级动捕特效创行业先河[EB/OL].(2020-07-10)[2020-12-11].https://view.inews.qq.com/k/20200710A0CN5D00?web_channel=wap&openApp=false.

六、产业发展：业态成熟、模式更新

(一)产业链发展日趋成熟

整个网络综艺的产业链包括诸多组成部分,国家广播电视总局是最重要的监管部门,监管网络综艺生产的各个环节。产业链上游是投资方,包括爱奇艺、优酷等视频平台和唯众传媒、银河酷娱等制作公司,通过平台自投和联合投资两种方式进行投资。在视频平台自投模式中,制作公司仅承担制作工作,平台获得全部收益;在联合投资模式中,平台和制作公司共制节目内容,最后依照投资比例及合同中的其他规定分配收益。

产业链中游是制作方,这也是整个产业链的核心,其承担的任务既包括节目前期的制作准备(与版权方、艺人经纪协调),也涵盖了中期的节目制作、摄影,还包括后期制作。目前,网络综艺节目的制作主要分为三大环节:内容制作、平台播出、商业变现。在内容制作环节,视频平台、传统制作公司、新兴制作公司为播放平台输出网络综艺节目;在平台播出环节,视频平台实现了基于用户观看的变现,反哺了卫视平台;在商业变现环节,主要通过用户付费、品牌广告、线下演唱会、艺人经纪、衍生品开发、直播打赏等方面创收。传统公司的入局、新贵的崛起以及各大视频平台的发力实现了网络综艺节目质量的提升和用户聚集,网络综艺节目反哺一线卫视初现端倪;变现渠道的多元开发进一步增加了网络综艺节目商业变现能力,而商业话语权的增强刺激了网络综艺节目内容制作的升级。

产业链下游是播出平台即各大视频网站,负责直接提供内容给用户,同时还包括不同类型的服务支持方,如应用商店、在线支付(微信与支付宝)、网络运营(移动、联通、电信)、硬件设施(电子设备生产方)、视频技术等。产业链中各个环节互相配合,共同促进了网络综艺产业的繁荣。

(二)商业模式迭代更新

网络综艺传统的商业收入来自广告招商,包括映前视频、暂停中插、情景植入以及花式口播等;广告主来源丰富多样,牙膏、饮料等快速消费品行业品牌占据半壁江山。会员付费模式则包括两部分:一部分是用户通过付费提前解锁未播剧集,即超前点播;另一部分是付费观赏 VIP 内容,包括精编加长版、幕后花絮版以及衍生节目。

2020年,四大主流视频平台和行业新贵均加快了对多元盈利模式的探索步伐,将会员付费、电商、直播等进行融合。随着网络综艺内容的质量不断提高,部分文化、旅游、推理类内容成功反哺卫视,以优质内容为源头向图书、电影、游戏等领域进行 IP 拓展衍生。早在 2018 年,豆瓣评分高达 9.2 的优质网络综艺节目《明星大侦探(第三季)》就带动了"大侦探"这一 IP 的衍生开发,上线的同名游戏广受欢迎,姊妹篇综艺节目《全民大侦探》则登录卫视。

经过长时间的用户消费习惯培养,正片内容 VIP 专享已成为常态,优质内容付费观看已经被大众接受。面对人口红利减退,头部长视频平台付费用户数增速放缓,而爱奇艺平台在 2020 年 11 月首次上调会员连续包月价格,其背后是优质作品和原创内容带来的绝对话语权。值得一提的是,平台超前点播热度持续上升、成绩喜人。2020 年上半年,超六成网络首播电视剧提供超前点播服务,消费升级成为视频行业的大趋势。尽管超前点播伴随争议而生,但数据和热度证明了它的巨大潜能。

七、用户群体:年轻自由、追求个性

2020 年上半年,四大平台独播综艺节目用户平均年龄为 25.7 岁,爱奇艺、腾讯视频用户年龄相对较小。换言之,网络综艺节目的主要受众为 95 后年轻人。相比 95 前,他们大多数还未组建家庭,时间相对自由;相比 00 后,他们正面临社会身份与生活节奏的剧烈变化,也更有能力实现"消费自由"。

在互联网的世界里,注意力是人们起心动念并参与行动的第一推力。作为在网络时代成长起来的年轻人,95 后的注意力在分布、切换、捕获等方面自有其与其他代际不同的特征。通过研究 95 后年轻人的注意力,我们可以发现其背后有着更深层次的需求:凸显独特人设、追求美好生活、实现个人价值、寻得群体归属。

第四节　后疫情时代"网络综艺"的发展趋势

一、题材内容：多元丰富、创新发展

2021年，优质综艺节目题材更丰富多元，偶像养成、观察、喜剧类题材持续高热。在2020年选秀类综艺节目大放异彩的基础上，2021年，爱奇艺、腾讯视频、芒果TV、优酷继续加码选秀综艺。《青春有你（第三季）》是爱奇艺推出的依托头部综N代节目《青春有你》的男团偶像选拔节目；《下一站出道》由爱奇艺和乐华娱乐共同打造，15位练习生争夺唯一的出道名额；《地球百子》则是首档以航天员选拔标准为体系的青少年选秀节目。腾讯视频继续为原有IP赋值，推出热门综N代的新一季节目。芒果TV虽入局时间不长，但《乘风破浪的姐姐》的超高热度让其拥有竞争的实力和底气，同时，其还上线了青少年音乐创造养成秀《后浪之歌》和少年民族乐团养成系节目《闪闪发光的少年》。优酷则着眼世界，其推出的《亚洲超星团》将选手海选拓展至世界范围。

观察类综艺节目成为2021年新的风口，不管是多样的社会元素，还是复杂的社会关系，都被放到综艺视角下充分观察。喜剧类综艺节目在2020年重焕生机，脱口秀、相声等被搬上观众数量庞大的荧幕，许多优秀的喜剧人才得以发光发热。进入2021年，喜剧类综艺节目继续保持曝光，同时有更多的喜剧厂牌入局综艺赛道，既有《脱口秀大会》《吐槽大会》《德云斗笑社》等腾讯视频出品的综艺IP，也有赵本山的"赵家班"主演的《象牙山爱逗团》。

2021年，"创新"成为网络综艺的关键词，作品同质化的现象有所缓解。综艺市场从一开始的"流量为王"逐渐让位于"内容为王"，有深度、有内涵、有思想的节目逐渐占领高地；各大视频平台从最初的模仿竞争到如今的分众化创作，走向了更适合自身深耕的市场和用户领域。爱奇艺为打响推理悬疑品类的名声，在2021年推出了更多推理类综艺节目；腾讯视频保持综N代节目的热度，制作了12档新一季的爆款综艺节目；优酷重点布局观察、偶

像养成、音乐类综艺节目,同时把握年轻人的注意动向;芒果 TV2021 年在娱乐互动、直播带货、语言类综艺节目方面均有发力,进一步扩大了《乘风破浪的姐姐》带来的品牌影响力。

表 4-4　2021 年选秀类网络综艺节目盘点

平　台	节　目
爱奇艺	《青春有你(第三季)》
	《下一站出道》
	《地球百子》
	《中国新说唱 2021》
	《乐队的夏天(第三季)》
腾讯视频	《创造营 2021》
	《明日之子(第五季)》
芒果 TV	《乘风破浪的姐姐(第二季)》
	《披荆斩棘的哥哥》
	《闪闪发光的少年》
	《后浪之歌》
	《说唱听我的(第二季)》
优酷	《亚洲超星团》
	《超 A 女壹号》
	《这!就是街舞(第四季)》

二、综艺市场:头部显著、IP 运营

在 2020 年的综艺市场中,热度和影响力均位居前列的仍然是头部综 N 代节目。市场头部显著的特征为原创综艺的打造开发设立了更高的准入门槛,壁垒不断被加宽。

在音乐综艺领域,综 N 代节目的上线量和播放量远超创新综艺节目和一代节目,爱奇艺的《中国新说唱 2020》《我是唱作人(第二季)》《乐队的夏天(第二季)》包揽了音乐综艺节目有效播放量前三名。2020 年年底,爱奇艺自

制综艺节目《奇葩说》已走到了第七季,仍然热度不减,可见综 N 代有着经久不衰的生命力。

爆款内容的批量化生产已经成为网络综艺行业的财富密码,在未来几年里,网综行业将会出现更多的综 N 代节目,以期提升 IP 价值,扩大品牌效应,在新时代中不断探索与观众对话的方式,对大 IP 进行长线运营。

三、话题新颖:女性议题大放异彩

如何通过社会话题切口来实现综艺内容创新、培养开发用户情感和提高用户卷入度,一直是内容制作者们想要突破的方向。随着女性受教育程度的提升和社会文明的发展,围绕女性群体的议题逐渐进入大众语境中,引发了大范围的探讨。2020 年,《青春有你(第二季)》《乘风破浪的姐姐》等爆款综艺节目彰显了女性题材在市场中强大的生命力,女性题材综艺节目的热度与女性议题的探讨互相促进、互相成就。

2021 年,"她综艺"仍是综艺节目内容创作的主要方向之一,市场上出现了二十多部女性综艺节目,其中大部分是情感观察类综 N 代节目,如《妻子的浪漫旅行(第五季)》《新生日记(第三季)》《婆婆和妈妈(第二季)》等。这些综艺节目聚焦处在不同人生阶段的女性形象,以观察明星家庭为窗口,探讨女性作为妻子、母亲、女儿等角色时遭遇的各种问题。除此之外还加入了职场、选秀、经营体验、脱口秀等元素,全方位展现女性生活,希冀以此引发大众共鸣和社会思考。从职场、恋爱观察、多样化选秀到追剧真人秀等,观众看到了不同的女性在各大综艺节目上"就业","她经济"或许将迎来一波新的高峰。

表 4-5 2021 年女性题材类网络综艺节目

平台	节目
爱奇艺	《姐妹俱乐部》
	《上班啦!妈妈》
优酷	《超 A 女壹号》

续表

平　台	节　目
芒果 TV	《婆婆和妈妈(第二季)》
	《乘风破浪的姐姐(第二季)》
	《姐姐的爱乐之程(第二季)》
	《女儿们的恋爱(第四季)》
	《新生日记(第三季)》
	《听姐说》
浙江卫视	《姐姐的京剧团》
湖南卫视	《加大码美丽》

四、多项赋能：价值、技术助力发展

（一）价值赋能

一档综艺节目就是一种社会情绪的映射、一种思想观念的表达、一种价值精神的传递。《乘风破浪的姐姐》《青春有你(第二季)》代表了不惧挑战、不受限制的人生态度；《说唱新世代》体现了年轻一代对社会问题的关注；《很高兴认识你》推动了大众与焦虑、压力和解。

2020年，在政策和市场的双重引导下，文化类综艺节目大放异彩，一系列精品节目实现了口碑和热度的双赢。季播综艺节目《上新了·故宫》《国家宝藏》等在高质量内容的加持下成长为具有强大影响力的综艺 IP；创新综艺节目《我在颐和园等你》《了不起的长城》将历史文化与现实体验结合，引发了传统文化新一轮的传播热潮。

越来越多的现象证明，网络综艺节目在保证娱乐性的同时，也应该"言之有物"，紧扣时代脉搏、贴近现实生活、反映时代精神。网络综艺节目也将继续秉承传递价值的精神内核，坚持文艺创作的纯粹本质，履行文艺创作的时代责任。

（二）技术赋能

5G 具有大宽带、低延时、多连接的特点，在此基础上，4K 高清、8K 环绕 VR 内容、高速视频的功能性家用、电影和游戏互动混合等不再遥远。高质量的数据传输给观众带来了更流畅的观看体验、更好的画面质量，科技感及视听效果均得到了进一步升级。

视频平台也在不断地发展创新技术与内容的结合方式。腾讯视频打造的《我＋》节目融合了影视剧、互动游戏、综艺等多种形式，用户可以通过真人角色扮演进行互动；优酷的《亲爱的上线了》主打明星陪伴式互动，将消费与视频观看相结合，是综艺节目商业化新方向的有益探索与尝试。

2021 年，随着综艺节目的边界不断拓展，综艺节目的功能从娱乐大众向社会复合属性功能转变，万物皆可综艺的时代向我们徐徐展开。技术的进一步发展让多形式的内容表达成为现实，大众将在荧幕上拥有更加"身临其境""感同身受"的体验。

结　语

在 2020 年这一特殊时期中，中国网络综艺在内容、规模和质量上都得到了进一步的提升与发展。一方面，受新冠肺炎疫情影响，网民的娱乐需求持续转至线上，带动网络视听类应用使用率、用户规模进一步增长；另一方面，各大视频平台的激烈竞争与现象级爆款综艺的出现推动了网络综艺的发展，市场规模不断扩大。尽管第一季度行业整体发展步伐变缓，但随着疫情得到控制，网络综艺市场逐渐复苏。首先是日趋完善的政策推动了网络综艺的健康发展，监管部门从出镜人员选用、造型道具舞美、文字语言使用、节目制作包装等角度提出了 94 条切实可行的标准，为网络综艺的长久繁荣提供了强有力的支持。其次，B 站、西瓜视频等互联网新贵积极入局综艺市场，平台之间形成了竞争与合作的新局面。在内容领域，网络综艺节目制作团队更多地拓展了各类题材的深度和广度，使得网络综艺节目不仅具有娱乐大众的功能，还尝试着引导积极向上的价值观念并帮助营造良好的社会氛围，为年轻人提供释放压力的窗口。随着技术的发展与内容制作的不断精品化，网络综艺的未来值得更多期待。

第五章 网络演艺：
双轨互补，克"疫"前行

2020年年初，突如其来的新冠肺炎疫情给人员密集型的线下文娱活动带来了巨大冲击，音乐会、话剧、舞剧等被迫延期或取消。作为演艺产业在互联网开辟的新战场，网络演艺将丰富的线下资源转移至线上传播，迎合了特殊时期大众的娱乐需求，传递了战胜疫情的决心与信念。本章将围绕网络演艺的内容、形式、特征展开论述，讨论网络演艺与现场演艺的联系与区别，思考后疫情时代演艺市场线上线下双轨共生、和谐共促的可能。

第一节 关于"网络演艺"的研究综述

对"网络演艺"的研究多集中在2020年特殊形势之下，主要从网络演艺的产业模式、网络演艺产业的发展趋势等方面进行研究。在本节中，笔者将依据网络演艺研究的议题与发展脉络对近年来相关研究文献的主要内容和观点进行系统梳理。

一、关于"网络演艺"产业的商业模式研究

在2020年的特殊形势下，网络演艺产业模式得到了全新发展。目前线上的舞蹈类演艺主要有三种模式：线上演出、线上竞赛、线上教育。线上舞蹈类演艺模式仍有很大的发展空间，舞蹈作品要与技术媒介融合；线上探索要与线下推广配合（苏办，2021）。同时，戏曲付费"云直播"模式兴起，从西

安易俗社、三意社的实践中我们可以看出，目前"云直播"演出周期尚不固定，播出平台较为单一，形式上仍与线下演出联动，剧目内容更偏向本戏(石岩,2021)。在线上曲艺直播推广中，传统曲艺节目的线上传播推广模式主要包括下述三种：与直播曲艺作品相关的内容版权方进行内容合作传播、制作各类短视频、线上直播。此外，在中国网络演艺产业和线上直播营销模式的发展中，普遍存在诸多问题：其一，目前国内大多数相声曲艺从业者对网络新媒体手段的有效操作和运用尚不熟练；其二，一些知名度较低的曲艺项目难以在短期内通过线上直播获利；其三，传统曲艺行业对于线下演出的依赖性过大，对于线上直播的探索还不够(张小卫、胡玉强,2020)。

二、关于"网络演艺"产业发展趋势的研究

当前，在网络演艺产业发展的过程中，想要持续提升音乐舞台艺术价值及传播张力，应该考虑将我国目前线上的音乐产品服务形式由衍生性产品逐渐向服务功能性产品过渡，由模式化服务内容渐渐向可定制性内容过渡，这两个发展趋势在国家大剧院古典音乐频道推出的2020年度系列音乐线上直播产品中可见一斑(赵卓,2020)。此外，从网络节目《戏剧新生活》这一案例中我们可以看出，网络演艺产业想要得到更广泛的推广和传播、更进一步走进大众视野，就必须借助新媒体的传播特点及优势来打破圈层(王钰萌,2021)。综合来看，通过对网络演艺产业数字化演出困境与机遇的分析，我们可以看到其主要有以下发展趋势：一是要数字化，二是要优化升级演艺产业链，三是要实现演艺价值的增值，四是要提升演出营销的品牌效力(马明、黄润景,2020)。

三、关于特殊形势对"网络演艺"产业的影响的研究

在2020年特殊形势下，中国演出市场受到冲击，随即管理部门针对该现状出台了相关政策。管理部门尝试拓展演出市场产业链条，合理布局线下、线上演出市场，大力发展网络演艺产业(邓迪,2021)。此外，演出市场各垂直产业链环节都将盈利目标重点转移聚焦到各类线上营销活动，尝试将现场演出流量转移到视频直播、社交平台直播等新渠道，并寻求以跨品牌合作

推广等营销方式快速实现演出流量变现(王一鸣,2021)。例如,上海木偶剧团积极拓展线上演出,演艺产业已经逐渐开始探索线上演出模式,而未来线下演出和线上直播也将是相辅相成的(纪欣怡,2020)。再以广州大剧院为例,剧院经营和管理正努力紧跟新时代步伐以满足新一代观众新的艺术需求。舞台技术人员在实践中要熟练掌握各项与现代舞台运营相关的设备技术,学习如何运用相关新技术产品。与此同时,我们要真正转变艺术观念,将新舞台技术发展与新剧院自身的日常运营及管理实践更加紧密深入地结合起来,竭尽所能更好地为舞台消费者创造服务(刘建臻,2020)。此外,以国家大剧院制作运营的线上演出舞台产品为例,这些优秀的线上节目内容具有很强的生命力,甚至是具备了和众多线下的节目同台竞争的强大能力(孙洋,2020)。

第二节 2020年特殊形势下"网络演艺"的总体概况

一、概念辨析:种类丰富,飞速发展

演艺产业作为基础性文化产业,在我国文化市场中占据了重要的地位。将新媒体作为主要传播途径的网络演艺,主要涵盖网络戏剧、网络戏曲、网络曲艺、网络音乐等领域,成为音乐、戏剧、舞蹈、曲艺、杂技等传统现场文艺演出活动的替代性出路,迎合了特殊时期"宅经济"的形势。2020年,网络演艺作为一项新业态迎来机遇,呈现出飞速发展的形势,因此,这一年也被业内人士称作"网络演艺元年"。

二、发展背景:疫情冲击,逆势上扬

2020年年初,突如其来的新冠肺炎疫情给全世界各行各业和百姓生活带来了巨大的冲击,电影放映、戏剧演出、举办音乐会等人员密集型线下文娱活动均因此而被按下暂停键。中国国家统计局2020年6月29日发布的数据显示,2020年第一季度,在文化及相关产业的9个行业中,文化娱乐休

闲服务营业收入降幅最大,比上年同期下降 59.1%;其中,娱乐服务下降 62.2%,文化传播渠道下降 31.6%,作为线下场馆消费的典型代表——艺术表演下降 46.2%。据不完全统计,仅 2020 年第一季度,全国演出取消或延期所导致的直接经济损失便已超过 20 亿元。

新冠肺炎疫情期间,在我国经济结构转型、产业升级的背景下,以互联网信息技术行业和文化娱乐行业为代表的服务型行业成为新的经济增长点。其中,数字文化产业异军突起、逆势上扬,在疫情防控和经济社会发展中发挥了积极作用,展现出强大的成长潜力,成为文化产业高质量发展的新动能。截至 2020 年 6 月,中国互联网普及率约为 67%,网民规模达 9.4 亿,超大规模的市场优势为网络演艺等数字文化产业提供了广阔的发展空间。

三、业态现状:产业"云"化,市场扩张

为了尽可能减少损失,演艺行业各大机构借助互联网技术,"云化"丰富的线下资源,并拓展"云上"业务,扩容自身业态。这样的线上演艺活动在展现抗疫精神、责任与担当的同时,能够在一定程度上有效保持用户黏度,减少企业运转成本。

2020 年,全国舞台艺术优秀剧目网络演播的观看互动人次超过 11.7 亿,400 多场群众文化活动录播搬上云端。特殊时期下"互联网+公共文化服务"新型合作模式的探索也在火热进行中,"云上群星奖""云上广场舞"等的推出,推动了演艺与互联网深度融合。

2020 年,中国在线音乐演出市场规模发展迅猛,观看用户规模超过 8000 万,且 00 后用户更倾向于这种新型娱乐模式;此外,观看在线音乐演出已成为六成用户疫情期间的重要娱乐方式。2020 年 2 月,摩登天空首创性地在 B 站上打造了持续 5 天的"宅草莓不是音乐节",邀请 70 余名音乐人进行表演,在线人数峰值近 50 万,5 天在线人数总计破 100 万,单日弹幕以 10 万计。2020 年 5 月,大麦联动微博、网易云音乐、虾米音乐、腾讯音乐共同发起"相信未来"在线义演,4 场义演的在线观看总人次达到 4.4 亿,被称为中国音乐史上最大规模的在线义演。腾讯音乐集团于 2020 年 3 月推出超现场演出品牌 TME Live,全年通过"线下筹办+线上直播"及纯线上呈现两种形式举办了 40 多场"线上演唱会",利用多场景创新形态的演出模式与极速、超清

的数字影音技术,为用户带来沉浸式、高品质的观演体验,广受欢迎。

现阶段,线上的网络演艺已经构成了演艺产业链的重要一环,与线下的现场演出融合互补。然而,由于网络演艺在大体上仍处于发展的"萌芽期",大多数机构尚未形成完善的盈利模式和体系,仍在从免费向付费转变和过渡;且网络演艺在"独特性"和"现场性"的表现方面存在短板,线上与线下演艺产品出现严重同质化现象。未来,网络演艺产业需要优化盈利模式,与其他产业开展跨界合作,打破技术壁垒,整合各方优质资源,精准定位用户群体,把握大众文娱消费新风向,打造线上演艺精品之作,加快推进文化演艺数字化发展。让线上与线下融合共生,方能打造演艺产业新态势。

四、消费特征:Z世代作为主力军

随着Z世代年龄的增长,2021年,95年后出生的人已覆盖在校高中生、大学生等。这部分人群具有接受能力高、追求新兴娱乐方式、消费能力偏高的特点,在门槛颇高的演出消费中表现出较强的购买力。2019年发布的《Z世代消费力白皮书》显示,Z世代月均可支配收入3501元,比全国平均值高出49.36%。近年来,国内演出市场消费结构"年轻化"趋势明显,具体表现为Z世代在演出产品上的付费能力以及数量规模的显著增长。阿里文娱联合阿里创新事业群推出的《青年文娱消费大数据报告》中显示,2019年95后观演人均年消费高达893元,占比达31%,年增长幅度高出整体人群11%,比80前人群增幅高24%,成为观演市场的增长新动力。

2020年新冠肺炎疫情使得世界各地的线下演出被取消或无限期推迟,公众对于文化娱乐活动的需求也从线下转向了线上,在线文娱平台抓住机会,实现了飞跃式发展,市场规模持续扩大。艾媒咨询数据显示,截至2020年第一季度,中国在线文娱市场规模达到1480.4亿元,较2019年第一季度增长92%。居家隔离带来的"宅生活"赋予"互联网演艺"想象空间,多元形式的线上演出横空出世。西安交响乐团与博物馆、景区合作打造线上音乐会,一个月的时间里6场"云上国宝音乐会"累计观看人数超过2300万,好评如潮。五月天、陈奕迅、周杰伦等流行歌手和乐团的线上演唱会纷纷上线刷屏社交网络。据统计,2020年,QQ音乐直播了近300场现场演出,观看人次累计6.18亿。

Z 世代对于接受新鲜事物的态度更开放,更乐于体验不同的娱乐形式,面对互联网演艺自然也表现出比其他消费群体更高的接受度。据艾媒咨询统计,线上演出受众以 00 后用户为主,其用户群 TGI 高达 109.7[TGI 指数＝(目标群体中具有某一特征的群体所占比例/总体中具有相同特征的群体所占比例)×标准数 100。TGI 指数大于 100,代表着某类用户更具有相应的倾向或者偏好]。互联网原住民 Z 世代在娱乐方式上有着基于互联网时代的新趋势,而互联网演艺是互联网与现场演出融合产生的新形态,对于喜爱演出这一文娱活动形式,同时又习惯互联网消费的 Z 世代而言,互联网演艺正符合其消费的潜在需求。

第三节　2020 年特殊形势下"网络演艺"的发展特征

一、内容特征:提质保量,日渐丰富

(一)助力抗疫

疫情期间,演艺场所关闭,观众观演活动受限,内心焦躁紧绷的情绪需要释放,而公益演艺恰恰迎合了观众的心理需求,用艺术的力量安抚心灵,传递坚强与必胜的决心。2020 年 5 月 4 日至 10 日,200 多组音乐人在线参与抗疫主题音乐义演——"相信未来"义演活动;同期,上海话剧艺术中心推出抗疫题材话剧《热干面之味》,该剧在网络上免费向观众实时直播放送,演出即时观看用户数达到了 16.5 万。面对蔓延全国的疫情与被迫暂停的线下演出市场,艺术家们结合现实,将时代背景纳入创作主题,各领域不断涌现出一大批"抗疫题材"的演出作品,用文艺作品讲中国故事,将党和政府的声音与疫情防控的要求传递到千家万户。公益形态的网络演艺展现出演艺工作者的责任与担当,呈现出演艺产业积极健康而富有活力的一面。

(二)热门 IP

2020 年 8 月,短视频平台抖音与热门音乐剧、话剧 IP 合作,联合上海文

广演艺集团、孟京辉工作室等著名演艺机构打造了"抖音戏剧月"活动,戏剧名导孟京辉携《恋爱的犀牛》《一个陌生女人的来信》等热门戏剧入驻抖音,上海话剧艺术中心 2019 年爆款戏剧《东方快车谋杀案》也通过短视频形式展示了演出创作过程的台前幕后。热门 IP 演艺的纷纷"上网"不是度过困境的"临时"应对措施,而是以 IP 为切口,争夺观众群体注意力、率先试探新市场蓝海的举措,通过知名演员、演艺项目的影响力,保证圈内观众的黏性,吸引圈层周围观众入圈,在互联网平台庞大而多元的用户人群中掀起戏剧、曲艺等小众演艺的"破圈"热潮,培养用户云上观演习惯。

(三)经典优质

除了大众熟知的在线演出直播形式,网络演艺还包含对已有演出资料的网络播放。在常态的线下演出期间,剧团由于长期奔劳于日常演出而无暇整理、回放已有的演出资料,许多经典优质的演艺资料又因年代久远、保存不善而长眠于库房、无法播出。但疫情的演出空档期给予演艺工作者重新挖掘经典优质演出的契机,网络演艺短视频化、小屏化的特色传播形式为旧片、残片提供了"重见天日"的可能。随着这些视频资料在互联网上的公开,我国的线上演艺资料库也将不断得到扩充,体系愈加完善。

国家大剧院的古典音乐频道在疫情期间集中发力,"院藏剧目云展播"将《卡门》《阿依达》《骆驼祥子》等 20 部经典院藏剧目免费展映,"艺术放映厅——舞台艺术影像线上公益展播"活动集中呈现了京剧 12 年来的 10 部经典剧目;文化和旅游部在政务服务门户上推出"在线公共文化服务",京剧《杨靖宇》、河北梆子《杨七娘与杨七郎》、黄梅戏《天仙配》、秦腔《王贵与李香香》等我国传统剧种的剧目视频资源走向网络,以飨戏迷,综合观看量破千。经典优质演出的"上线"是传统线下演艺与网络接轨最直接的方式。经典演出留下的音频、影像资料为空中剧院提供了充足的素材,被录制成高清影像的剧目往往已经历了多年的市场检验,无疑是一种质量极高的演艺代餐,而不限时、不限次、高品质的展映更是提升演艺艺术价值的极佳方式,让经典"老"戏满足戏迷的精神需求。

(四)本土原创

新冠疫情虽阻断了国际交流,在客观层面上却为本土演艺创作者提供了潜心创作的机会与线上展演的平台,国外演艺作品的空缺也倒逼观众更多地关注我国原创作品。网络舞台上,舞剧《永不消逝的电波》,音乐剧《悟空》,话剧《深渊》《逆行》等不同剧种的优秀原创作品层出不穷;幕后创作中,"华语原创音乐剧孵化计划""培源·青年戏剧人才培养及剧目孵化平台"等项目加紧创作孵化,扶持本土原创力量。疫情的到来让演艺工作者进一步认识到原创内容的重要性与本土演艺行业的巨大能量,从文化的角度来看,唯有从原创生产的源头深化改革,才能摆脱传统演艺内容的束缚,形成独立的内容体系,产出更多优秀的中国演艺精品,讲好中国故事;从产业的角度来看,加紧布局本土演艺赛道、加强演艺市场"内循环",才能理解国家发展新方向、把握国际演艺市场大变局。

二、形式特征:结合特色,创新发展

(一)技术创新,提升体验

在需求侧,物质生活的不断丰富让观众对演艺产品的呈现形式、视听效果提出了更高的要求,传统演出的形式已经不能满足人们对网络戏剧的需求;在供给侧,互联网、电子技术及智能装备的迭代发展使得演艺活动从内容创作、表现方式到观演形式都有了更多技术支撑。随着5G深入发展,融媒体、8K+5G、AR、VR、全息等数字技术被广泛运用在网络演艺活动中,带给观众前所未有的观演感受。

仰仗于8K+5G先进数字化技术,国家大剧院"华彩秋韵"线上系列演出"繁华众声"音乐会在网络上与观众见面,开创了全球舞台艺术"8K+5G"直播的先河。技术创新给观众带来了更清晰的观演体验,体现了两种演艺经济的融合发展,8K代表的电视、影院等"大屏经济"提供高消费、精品化的消费选择,5G代表的手机等移动端"小屏经济"则提供广覆盖、便利化的消费选择,两种形式的共生意味着演艺文化向不同用户领域渐渐渗透,技术的革新使得网络演艺以最具传播影响力的技术、最前沿的形式惠及更多用户。

(二)时空交互,云上视听

网络演艺的艺术形态打破了传统现场演出的时空限制,演员与观众可以存在于不同的物理空间,表演与观演不必同时进行。表演者不再拘泥于特定的演出场域中进行表演,表演与播出的时间差给予后期剪辑制作极大的创作自由。对于观众而言,网络演艺让他们拥有了高度自主的选择权力。观众可以在不同演出中自主切换,甚至使用"回放""前进"功能欣赏特定的片段,这也对演艺内容的质量提出了更高的要求。

由于弹幕、评论、连麦等实时互动功能的存在,观演双方的交流传播模式也发生了转变。不同于线下演艺主要以演员向观众单向传播的模式为主,观众向演员的输出在互联网的背景下日益显现,观众可以畅所欲言,弹幕与表演"齐飞",不受时间、地域等限制。创作团队通过网络即时收集反馈信息,便于日后对演出进行进一步打磨改进,对于演艺中的相声、喜剧行业更是如此,有的节目甚至直接将即时弹幕融入演出当中,为演出提供更多的素材与内容支撑,强有力地拉近了演出与观众的距离。

(三)线上出品,短且精深

虽然失去了线下演艺不可替代的仪式感与现场感,网络演艺却提供了近似于观看短视频的"网络感"——一种截然不同于传统演艺的观演体验。导演杨子在执导"郝云超级在线演唱会"后表示,歌手在网络上演出,"网友关心的不是你的原创作品,而是你的'网感'"。可见,创作网络演艺产品需遵循互联网生态的基本原则,不仅关乎内容,更关乎形式。

在展现形式上,读屏时代时间碎片化的特点,使得传统线下演艺一小时起步的大体量演艺作品在网络上寸步难行,仪式感的缺失也让观众难以长时间全神贯注于屏幕。因此,歌手陈奕迅的线上慈善音乐会选择了1天2场、每场半小时的时间设置,以适应互联网观众的观演习惯。除此以外,网络演艺还注重在制作上求"精",在思想上求"深"。当前的网络演艺表现出的是一种不同于线下演出的包装逻辑和出品要求,演出的背景舞美、摄像机的镜头语言、蒙太奇剪辑手法的运用使演出展现出介于MV、电影和纪录片之间的视觉冲击,花絮、访谈包装让整场演出更具时代特色。"短精深"的网络演艺带给观众的不仅是艺术上的享受,更在情怀层面触及观众内心,引起观众对现状的共鸣、对未来的深思。

三、多方支持：协会牵头，政策加持

疫情期间，全国演出市场几乎停摆。为了减少行业损失、凝聚行业力量，中国演出行业协会于 2020 年 2 月 7 日发布《比物四骊，共济时艰——致全国演艺同仁倡议书》，指出演出机构应"集中力量更广泛地通过互联网平台推广艺术家、推广演艺项目、开展艺术教育，吸引和培育更多的年轻群体成为舞台艺术的受众"，倡导整体演艺行业探索线上发展的道路，吹起网络演艺的号角。演出行业协会政策的强力导向为演艺与网络平台融合搭桥架梁。

2020 年 11 月 18 日，《文化和旅游部关于推动数字文化产业高质量发展的意见》正式发布，其中第三部分第 13 条着眼于培养云演艺业态，明确建设"互联网＋演艺"平台、推动演艺及有关机构数字化转型、培养观众线上付费习惯、提高线上制作生产能力等产业发展方向。演艺产业的数字化发展战略是在疫情防控常态化的背景下，对国内大循环、国内国际双循环新发展格局的适应与融合。

12 月 17 日，中国演出行业协会演艺新业态发展委员会正式成立，邀请演艺机构、长短视频平台、文化产业研究及投资机构等社会经济、文化、科学领域最前沿的企业和科研机构入会，有利于大力推进演艺产业数字化发展。中国演出行业协会会长朱克宁介绍指出，演艺新业态发展委员会将着力于把演出全领域纳入新的生态圈，开发数字化演艺产品和将演艺资源数字化，从整体上做大行业格局，提升产业附加值，形成多领域的经营模式。

四、剧团探索：打破桎梏，业态初显

在各演艺剧团云上演出的探索过程中，主要出现了以下三种演艺业态。

第一，以线下演出内容为内核的网络演艺。该业态大多是将线下剧院内的演出内容经过数字化处理在网络上播出，其表现形式有直播或录播，经典剧目重映，全新剧目首映或珍贵资料的整理播放、全场播放或精彩集锦播放等，例如国家大剧院在"线上大剧院"栏目推出的 6 个系列共 1000 多场演出影像资料、中国歌剧舞剧院线上首演的音乐剧《一爱千年》等。为了进一步适应线上播出的特点,演艺机构通常在核心内容间隙加上幕后花絮、剧目导赏、演员访谈等内容,并融合互联网平台弹幕、打赏、抽奖等特色活动,试图打破传统线下演艺的桎梏,顺应互联网观众的观演习惯。

第二,创新性的网络演艺。该业态的演艺内容则明确将互联网作为传播渠道,舞美、运镜、剪辑等方面均向互联网视听作品靠拢,具有更高的自由度。上海越剧院于2020年3月在网络平台推出《越赏清音》——上海越剧院一团特别直播公益演唱会,制作方将演员的表演影像与数字虚拟场景进行融合,使观众欣赏到演员置身于越剧相应场景的表演效果。导演王翀的《等待戈多》更是国内首部线上演出戏剧,演员们身处异地在家中、车上演出,通过网络平台将影像拼接合成播出,演出的第一幕便吸引了超过19万的观众同时在线观看。

第三,"云演艺+"演艺的网络跨界融合。部分演艺机构在互联网平台试水直播带货、宣传招生,将演艺内容与商业活动结合,利用自身IP的影响力吸引消费者,进一步发挥演艺产业的经济效能。2020年6月13日,沉浸式戏剧 Sleep No More 与天猫 App 携手举办直播发布会,将发布商品植入戏剧剧情中,观众在感受到戏剧魅力的同时也沉浸于商业带货之中,发布会当晚直播间互动数量达到384万,总观看量达到100余万。德云社于2020年12月中旬在抖音开启直播招生活动,在线上演出中设置了培养、选拔新生力量的环节,实现了互联网平台与国民相声IP的双向赋能——德云社通过网络演艺获得了流量与关注度,而互联网平台则被赋予更丰富的文化内涵,吸引不同圈层的用户。

五、行业求存:产业破圈,市场下沉

网络演艺相较于传统演艺具有更广泛的受众群体,用户只须支付远低于线下演出的票价即可欣赏演出。如保利上海城市剧院推出了"云上音乐厅"系列产品,观众只需要花费12元便能观看整场演出。互联网平台的亲民特性削弱了用户心中对演艺"高大上"的刻板印象,因此,较低的门槛使得演艺市场进一步下沉,由此带来的观众群体主要包括两种:一种是身于"圈外"但对演艺带有好奇与兴趣的观众,初体验的好坏将在很大程度上决定他们"入圈"与否,因此内容质量尤为重要;另一种是喜欢演艺但黏性不强的观众,他们可能受限于经济、地域等因素,对线下演出望而却步,网络演艺则为他们提供了近距离接触演艺的机会,合适的票价体系是留住这部分观众的关键。

第四节 后疫情时代"网络演艺"的发展趋势

一、双轨共生:线上线下,和谐互促

2020年,受疫情影响,"线上"发展成为演艺行业应对疫情的重要方式。网络演艺作为一项新业态,呈现出了飞速发展的态势。"云戏剧""云蹦迪""云演唱会"等项目的应运而生填补了原本以现场为主的演艺产业在互联网领域的空白。随着疫情形势趋于平稳,娱乐场所恢复营业,"线上"是否能够替代"线下"?网络演艺是否还能保持初生时的热度?网络演艺传播有多少变现能力,又该如何建构成熟的盈利模式?诸如此类的问题引发了业内的大量讨论。

以戏剧为例,无论其形态如何改变,其现场直观性始终存在。"线上"的方式虽同样给予观众参与感,但弹幕与评论并不能完全代替在场。一旦观众反馈的影响力变弱,观演交流就从双向变为单向。波兰导演格洛托夫斯基提出的"质朴戏剧"理论认为,戏剧中的服装、布景甚至剧本等诸要素皆可被抛弃,但如果缺少了演员与观众之间直接的交流,那么戏剧就不复存在了。正是在这个层面上,线上的戏剧与现场的戏剧始终存在区别。其他类型的演艺形态亦是如此,独此一份、无可替代的"现场感"体验正是演艺产业区别于其他文娱业态的特征。因此,"线下"发展依旧会是演艺市场未来的主流选择。

而网络演艺由最初的"不得已而为之"到快速发酵、广受欢迎,亦使许多艺术创作者和业内人士意识到线上营销和口碑积累的重要性,加速了演艺产业转型的步伐。"线下关门"是被迫的,但"线上开花"却可以打造成长期模式。线上与线下和谐共生,可以形成更好的融合互补关系,这将成为未来演艺产业新业态长期发展的必然趋势。

二、技术创新：迎接机遇，融入"线上"

随着 5G 时代的到来，AR、VR 等现代科学技术高速发展、日渐成熟，戏剧、曲艺、演唱会等演艺项目的前景具有不可预知性。倘若有一天，超越时空限制的"在场"能够通过技术手段得以实现，满足歌手、演员与观众之间即时性双向交流的需要，那么，演艺融入"线上"的步伐便不可阻挡。

除了通过技术升级给观众带来身临其境的感受之外，要想打破"现场感"的桎梏，我们还可以在网络演艺中强化由于线下场地限制无法实现的灯光、音响、舞台效果，给观众带来不同座位视角或者同时观看几场演出的感受。观众可以随心所欲地切换全景、特写等不同视角，或追随不同演员的"直拍"，满足个性化的观演需求。未来，网络演艺将以物超所值的"体验感"，最大化地弥补"现场感"的缺失。

互联网演艺可以运用全景直播、虚拟现实、增强现实等最新技术，打造沉浸式、多元化体验，强调线上演出能带来的互动手段、多重权益，与普通线下演出形成差异化优势。线上独特的及时反馈优势创造出更多样的沉浸式体验，比如"草东没有派对"乐团在 YouTube 上举办了音乐直播，把游戏化的故事情节植入整场演出中，观众在欣赏乐队表演的同时可以进行游戏交互，对接下来的故事走向进行判断抉择，这一方式首先能给观众提供一条线索，牵引观众一步步沉浸到演出中，解决观看线上演出时容易"出戏"的问题。其次，开放式的剧情和曲目营造了十足的"未知感"，观众的选择决定剧情的"正在发生"也是另一种层面上的现场直播，带来了更加深度的沉浸式的参与感，也更具趣味性。这种绝佳的沉浸式体验，在线下是很难模仿复制的。

此外，我们在讨论线上演出丧失"光韵"的同时，应该看到在如今技术赋能的时代重塑"光韵"的可能性。有研究者提出，AR、VR 等新技术的出现让信息由视频传递演变成场景传递和体验传递。[①] 这种体验的传递恰恰是光韵内涵的核心，由此可见，线上演出极可能会在未来的发展中衍生出新形式的"光韵"。2020 年 4 月，美国饶舌歌手 Travis 在游戏《堡垒之夜》中举办线

---

① 徐翔，王丽，翁瑾.AR/VR 技术与信息传播模式重构[J].出版广角，2018(19)：65-67.

上虚拟演唱会,玩家跟随着他穿梭在陆地、深海、太空中,逼真的人物建模、惊艳的视觉奇观带给玩家的沉浸感都是前所未有的。我们可以合理畅想未来的线上演出可能会出现在一个新创造的"云宇宙"中,艺术家拥有数字分身,表演者和观众都在虚拟世界中进行直播和交互。通过数字分身在虚拟平行宇宙中活动的形式能够实现另一个层面的身体沉浸式体验的效果,从而重建技术时代的新"光韵",而这种新形式的沉浸感和体验感也是与线下形成差异的关键。所以"线上"模式要做到在供给侧与"线下"模式差异化运营,发挥"线上"模式制约条件较少、信息更新速度快、传播推广速度快、覆盖面广等特点。

三、观众群体:稳固"老友",吸引"新客"

线下演艺相比于网络演艺,对于特定群体仍然具有稳固的吸引力。2020年2月底,大麦网数据显示,在全国超过800余场被延期的演出中,平均66%的消费者选择保留订单、没有退票,头部演唱会订单保留率高达75%。原定于2020年举办的"My Love刘德华巡回演唱会"被延期后,93%的购票用户保留了延期观演的权利;而杨丽萍舞剧《平潭映象》南京站、音乐剧《白夜行》等多部剧目的订单保留率均达到90%以上。疫情结束后,曾经的忠实观众群体必然会选择回归线下。在"尝鲜"网络演艺之后,该群体会基于时间成本、金钱成本、用户体验等多重因素差异,结合自身消费水平与精神文化需求,理性考量,在线下演艺与线上演艺之间作出自己的权衡取舍。

此外,网络演艺的兴起也培育了一批逐渐对演出艺术产生兴趣的新鲜受众。在疫情期间养成的线上观演习惯促使他们在疫情结束后走入剧场、Livehouse、演唱会中,体验线下观演的快感,推动进一步的演艺消费。

作为一项新兴的娱乐形式,网络演艺还吸引了不少平时对线下活动不感兴趣的"御宅"一族,促成了新的用户转化。该群体大多属于"Z世代"人群——互联网的"原住民",他们对于线上产品通常持有较高的消费意愿。打造线上演艺精品之作,有利于促进线上消费,不但能够回收成本,甚至还可从中取得较高收益。互联网演艺可以通过兴趣聚集潜在消费群体。

用户因为感兴趣被吸引而聚集,对于自身所属的爱好圈层具有较大的黏性,在圈子里进行社交,实现自我表达、获得身份认同的目的从而产生满足感,互联网演艺也就能真正成为人和人交流的纽带,让表演者和观众、观众和观众之间形成有机的联系。互联网演艺的社交玩法包括现场连麦、送礼物、实时弹幕等,这些都大大增强了用户对自己所属的社区文化聚合体的归属感和认同感。例如,弹幕便是Z世代社交、营造氛围、提升参与感的标配。一方面,弹幕通过最快速的方式促成了天南海北的人们的沟通,通过创造性的互动形式让所有观众都能平等地、以内容为核心进行互动、交流,营造氛围感。另一方面,通过弹幕这座桥梁,观众和表演者能够产生更加即时且深度的联系,观众与观众间的互动性也极大地被调动起来。

四、版权意识:群体版权,付费创新

　　网络演艺目前仍以免费为主、低价参与为辅,之所以形成这样的收费模式,主要是从版权保护困难和观众消费底线尚待摸索这两个角度考虑的。由于线上节目呈现方式的特殊性,其后期的传播效果难以控制,例如难以追责二次创作的版权归属,且由于二次创作受众范围较广,若全面严肃追责,则会造成观众参与热情的消退,间接导致网络演艺作品本身的受众覆盖面变窄。

　　群体版权意识的强化,需要相关法律法规的完善和版权意识在社会层面的充分普及。盗版猖獗、普通消费者对知识产权相关法律法规了解不足,使观众对于线上消费迟疑不决,付费观看正版线上演出的意愿不够强烈。各主办方也因此迟迟不敢定价收费,且对于线上观演收费定价的数额也没有明确的概念。要想解决这个问题,一是需要有关部门加强对盗版影像的严厉打击,各演艺企业和机构提高艺术创作品质,突破或寻求新思路来打开"现场感"的桎梏,让线上演出作品本身更为动人;二是需要借鉴网络音乐、网络大电影、网络直播等线上文娱业态现有的付费点播、打赏等模式,做好与各端口资金分账的设定,形成网络演艺行业焕然一新的盈利模式。

　　如何开启长期有效的"云演出"商业模式,也是各大平台一直在探索的方向。在商业模式设计上,"郝云超级在线演唱会"便采用了优酷会员免费、非会员付费观看的模式,大麦则联合优酷在全网首次推出了在线演唱会优酷会员按时长分账模式等。这样的创新探索不仅为市场带来了具有参考价

值的行业新风向,也为在线演唱会商业化提供了新思路。

五、内容发展:产品异化,打造精品

现阶段,线上网络演艺已成为演艺产业链的重要一环。线上线下相互融合,形成了更好的互补关系。然而,线上和线下、网络与剧场其实是两个不同的表演空间,不能简单地将线下表演录制搬到线上。在未来的发展中,线上、线下演艺可以提供具备明显差异的不同类型的产品,避免使消费者产生直接的消费渠道冲突。例如,在线下提供一些经典、热门的演出,在线上则提供一些小众、创新的演出及其衍生产品。以"线上"补充"线下",构建基于渠道的产品差异化合作,而非彼此之间开展强势竞争,有助于赋予观众"仪式感"和"自由选择权"。

网络演艺的兴起与发展,为传统的现场演艺提出了新的课题——从某种层面上来说,现场演艺的危机不一定是"现场"这种"形式的危机",更有可能是演出"内容的危机"。无论是剧场观众还是平台用户,他们只愿意为"好"的表演付出时间和金钱。因此,现阶段,网络演艺与现场演艺并非此消彼长,而是休戚与共。无论是网络演艺还是现场演艺,打造高质量的精品内容最为关键。这是我国艺术家与业内人士未来应持续努力的方向。

文化和旅游部产业发展司相关负责人强调,演艺行业要提高艺术生产能力,培育符合互联网规律、适合线上观影、传播消费的原生云演艺产品,使其更符合线上观看的习惯和规律,为观众提供与线下不同的观演感受;要加快文艺院团、演出机构、演出经营场所数字化,打造数字剧场,让更多的名团、名家上线上云;还要加强演艺企业与互联网平台的合作,提升演艺企业的数字化传播和营销能力等。

互联网演艺可以打造以价值观为核心、以情感为纽带的IP,形成标志性品牌以获得广泛传播,并使"线上""线下"在未来的发展中实现基于渠道的产品异化合作。由于具备数字化的特点,互联网演艺不像线下演出那样,传播同样的内容需要进行多场次巡演,其同一内容只需要制作一次便可以被长时间、广泛地传播。但同样,因为更新迭代速度快,线上演出相对而言不容易依靠单场演出打出爆款,而IP符号自带流量,能基于圈层进行跨界延展,逐步扩大流量,更易获取注意力。因此,打造演出品牌IP才是互联网演艺持续发展之道。IP是凝聚用户情感的载体，一旦形成超越具体平台和形式的IP价值，就意味着拥有无限延展的生命力。这要求互联网演艺要有独特的卖点，呈现自己的态度，传达年轻的Z世代所认同的价值观念，抓住用户心底的情结，给用户提供情感维度上的深刻体验。

结　语

2020年，新冠肺炎疫情让原本植根于现场的演艺产业搭乘上了"互联网＋"的快车，顺势开启了网络演艺的新业态。从最初的被动自救，到经过一年发展后的开拓求新，网络演艺产业在文化内容上的发展趋于分众化与专业化，在产业发展上开启了可持续性商业路径的探索，为演艺从业人员与观众提供了疫情下厚植艺术精神的沃土。

2021年是"十四五"规划开局之年，在这一年中，"线上""线下"的"相遇"尤为突出，文化产业的业态内容从以往的网络IP、直播、网络音乐、视频转变为云演艺、云文旅。随着线下演出市场的逐渐复苏与线上演出的常态化运行，我国网络演艺发展将走向纵深，向着有别于传统演艺、拥有独立内容生态的方向开山辟路，在我国文化产业数字化发展方向下破浪前行。经历洗礼的网络演艺新业态已具备一定的实力与定力，"线下＋线上"的双轨发力模式则提供了新的机遇和挑战。

第六章　网络音乐：
稳中有新，抗"疫"有"乐"

网络音乐作为随互联网发展而诞生的产物，相较于传统音乐在传播速度、影响范围、收听方式等方面具有显著优势。2020年，受新冠肺炎疫情冲击，线下演出全面停摆，而网络音乐市场迸发出了新的活力。本章将从多角度对网络音乐产业进行分析：商业模式日趋完善，音乐产业的业态更加丰富；作品质量持续提升，公益音乐和独立音乐突出重围；用户黏度显著提升，平台营收渠道趋向多元。未来网络音乐将在政策的保护下，搭乘科技发展快车，进一步满足用户的个性化需求，提供丰富的视听体验。

第一节　关于"网络音乐"的研究综述

"网络音乐"的相关研究大致可分为两个阶段，第一阶段是2006—2010年，主要集中在网络音乐的特征研究；第二阶段是2011年至今，主要集中在网络音乐产业的传播特征、版权以及发展趋势等方面的研究。

一、关于"网络音乐"的传播特征研究

网络音乐传播具有便利性、娱乐性、互动性、商品性、科技性以及个性化特征（李丽娟，2021）。在互联网发展的背景之下，新媒体技术让音乐的传播更加方便快捷。音乐在技术传播领域中有了新的起点，其传播呈现出平台新、全民性、双向循环、社交性、营利性以及游戏音乐传播效果更强这六个新

的特点(王卫明、郑艳琦,2020)。以歌曲《野狼 disco》为例,我们可以看到近年来网络流行歌曲的传播特征:多样化的媒体传播渠道显著扩大了网络歌曲排行榜的品牌影响力;传播主体的多元化带来网络歌曲风格的多元化,满足了听众娱乐和情感宣泄的诉求(苏小雅,2019)。在网易云音乐平台中,用户共存、群体身份、共同的关注与焦点、共同的情感体验等方面都存在着互动传播仪式。其中,乐评人往往表现出更强烈的个人情感特性,在"乐评专列"这一社交互动的仪式场景中,用户间相互关注,音乐社交可以激发用户们的情感和共鸣,促成群体情感团结与个体身份文化认同(张雨彬,2020)。

二、关于"网络音乐"的版权研究

当前,我国网络音乐时代音乐版权许可使用制度的发展仍面临若干问题:应当逐步将"制作录音制品法定许可"的概念适用的范围逐渐拓展至整个网络环境,扩大"制作"这一名词的内涵;应充分积极发挥网络音著协的作用,帮助其依法建立起全面、公开统一的网络信息共享查询应用系统;在协商确定法定许可费数额时必须综合考虑市场因素(王赵欣,2021)。大数据时代,网络音乐作品的版权可以通过三种方法进行保护:补充立法、完善司法解释、司法实践中结合运用账户式行政管理制度和三段式分离方法(周庆、崔东明,2021)。

随着近几年我国移动互联网生态环境的快速发展,越来越多的人开始选择用在线付费下载的形式来收听音乐产品,而且随着移动互联网技术日新月异的发展,网络音乐的传播形式以及传播内容也变得越来越多样化(张文博、刘青莹,2020)。

第二节 2020 年特殊形势下"网络音乐"的总体概况

一、市场规模:保持增长、发展稳定

2020 年,网络音乐的总体市场规模较往年保持了比较稳定的增长趋势。

根据《2020 腾讯娱乐白皮书》的内容,2020 年,中国数字音乐市场规模达到 71 亿元。

在众多收入来源中,用户付费收入为网络音乐的主要收入来源,占比 55%,包括用户购买会员、购买数字专辑等方面的收入;广告收入位居其后,占比 20%,包括开屏广告收入、推广位广告收入等;另外,版权运营收入也占到 15%的比重,具体包含版权转授、分销等收入;其他收入占 10%,包括商城、直播等服务入口以及新增电商销售、直播打赏等方面的收入(见图 6-1)。

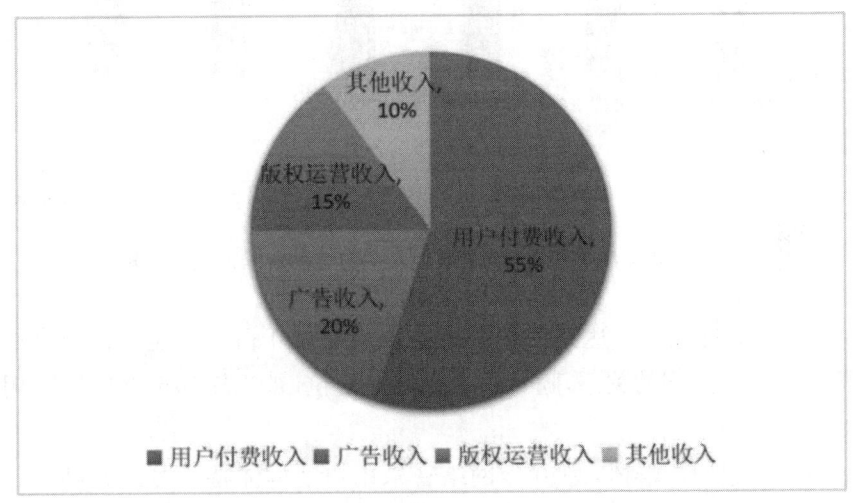

图 6-1 中国网络音乐行业收入构成
来源:Mob 研究院根据自有模型测算

二、用户情况:规模增长放缓、年轻多元

截至 2020 年 12 月,我国网络音乐用户规模达 6.58 亿,较 2020 年 3 月增长 2,311 万,占网民整体的 66.6%;手机网络音乐用户规模达 6.57 亿,较 2020 年 3 月增长 2,379 万,占手机网民的 66.6%。同时,网络音乐用户整体规模保持增长趋势,网络音乐用户占整体网民的 70%以上,但用户增长速度相对往年有所放缓。

相比 2019 年我国网络音乐行业月活跃用户数量,2020 年该规模持续增长。而 2020 年年内,我国网络音乐行业月活跃用户数量则呈先增后减的趋

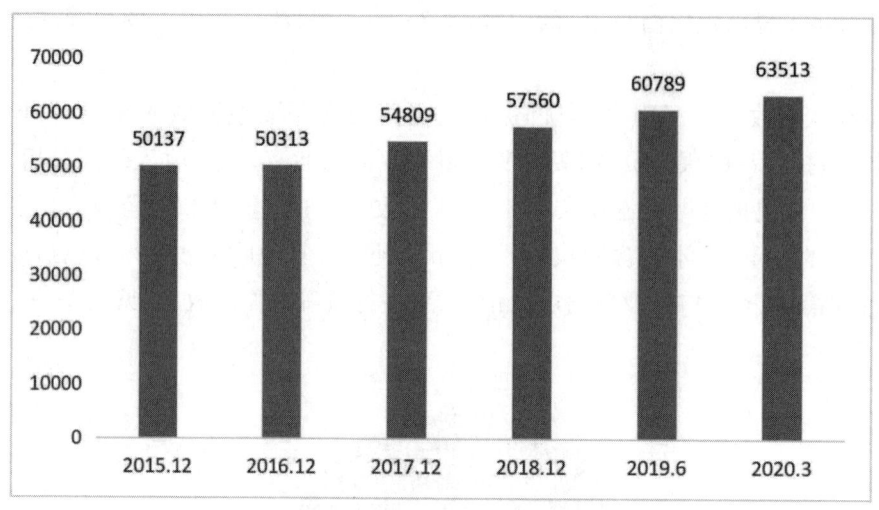

图 6-2　2015 年 12 月—2020 年 3 月中国移动音乐市场用户规模

势:2020 年 2 月至 4 月达到顶峰,后呈长尾状缓慢下降。这也与国内疫情的局势有着不可分割的关系,随着日常生活的复位,被迫转移至互联网的用户狂欢再次回归理性。

具体观察用户群体,2020 年网络音乐用户的群体特征可以归纳为年轻化、性别均衡化、偏好多元化。其中 80 后、90 后用户超六成,00 后作为新生力量也成长为重要用户群体,占比近一成。移动音乐不仅是一二线城市上班族通勤路上和学生党日常闲暇时光的好伴侣,也抚慰着三线及以下城市年轻人的心灵。2020 年 1 月至 10 月,在线音乐用户中,女性用户占比 51.7%,男性用户占比 48.3%,另外女性在听歌多元性上也比男性更胜一筹,用户各指标相比以往性别比例更加均衡。在用户偏好的曲风方面,2020 年仍以流行音乐为主,此外随着大众对不同音乐流派的认知度逐渐加强,摇滚、电音、说唱、二次元等多元化曲风亦有其特定的偏好者,逐渐形成多元共生的圈层文化和小型社区。

三、业态发展:重视创作、模式创新

网络音乐行业在面对其他文娱平台的强势挤压的同时,也发展出更为

丰富多元的业务模式和盈利渠道，更加重视音乐创作上游的生态建设，将创作资源作为各网络音乐平台的发展契机。同时，网络音乐行业多元化的业务模式也逐渐形成，如音乐社交、音乐直播、泛娱乐、UGC 多渠道盈利模式各放异彩，共同组成富有活力的网络音乐新生态，成为对抗其他娱乐类型、抢占用户时间的关键。

四、市场布局：全球拓展、国内完善

大型网络音乐平台的全球化布局初见成效，我国互联网音乐平台对外投资力度进一步加大。例如，腾讯投资了 Spotify 和 Smule，字节跳动在印度上线了音乐应用 Resso，网易云参与投资了非洲音乐平台 Boomplay。各大网络音乐平台都在拓展更广阔的营收渠道，同时也为全球各国人民之间的文化交流与传播做出巨大贡献。尤其是我国网络音乐的头部企业腾讯音乐娱乐集团（TME）已经处于世界网络音乐市场的前端，其国际影响力正在不断扩大。除了加强对外投资力度之外，各大网络音乐平台的国内布局也在不断完善。2020 年 4 月，腾讯音乐娱乐集团投资了瑞迪欧，对线下公播音乐市场展开布局，满足公播音乐市场个性化、差异化的音乐需求；字节跳动推陈出新，延续开展"看见音乐计划"，让更多原创音乐人实现梦想。总体来说，2020 年我国网络音乐市场内部竞争格局基本稳定，业态更加丰富，用户黏度显著提升，营收渠道更加多元。

五、线上特征：便捷实惠、服务升级

（一）便捷

线下音乐与线上音乐的其中一点区别在于，线下音乐需要播放载体，并且由于相关设备的局限性，我们并不可以随时随地播放音乐。而人们可以在手机等各种移动设备上即时播放音乐，不受时间与地域的限制，在操作上也非常方便。

(二)价格低

在线下收听音乐,我们需要购买价格不菲的光盘以及播放设备,以歌手出新歌为节点,人们听歌的成本不断累加。而对于在线上收听音乐来说,我们只要购买了平台的会员,便可以即时收听平台所收纳的大部分歌曲,在QQ音乐、网易云音乐等平台上,数字专辑的售价在5—20元,而会员付费也维持在14—20元,比一张普通的实体专辑价格低不少,大大减少了听歌所需要花费的成本,人们听歌的性价比也相应提高。

(三)用户体验感逐渐增强

此前,相对于线下音乐而言,线上音乐最大的问题便是体验感不强。而随着当前5G时代的发展变化,线上音乐在实际体验方面也将会实现巨大的突破。首先是音质的上升,我们在咪咕音乐上已经可以体验到24bit至臻音质,相对于无损音质而言这又是一个新的突破,它已经达到和CD的音质持平的标准。除此之外,线上音乐会的举办也是一个新的突破,并且在5G时代,在音乐会中运用AI、VR技术能够让人身临其境,增强人们的体验感。

(四)大数据精准匹配

相比于线下音乐,线上音乐非常重要的优势就在于它可以精准地使用大数据,根据目标用户自己的喜好来进行音乐匹配,从而让其拥有专属的曲库与歌单。大数据可以通过用户的搜索记录、音乐收藏爱好等匹配出用户可能喜欢的音乐类型、歌手等,并将之加入用户的播放列表中,使其不局限于当前所听的歌曲之中,并且网易云音乐以及QQ音乐每年还为用户提供年度音乐报告,使用户获得年度听歌大数据,报告中具有人文关怀的内容延展了深度,也提高了情感的温度。

(五)传播速度快

互联网提高了信息传播的效率,线上网络音乐也同样如此。相比于线下音乐,网络平台自身传播信息的广泛与迅速能够让我们快速获得最新的音乐信息。在线上网络音乐平台中,人们可以迅速方便地收听当前最新的歌曲并且在评论区进行相关话题的讨论。

六、疫情之下:线下受阻、线上求存

(一)挑战:销量下降,收入减少

1.销量与发行

新冠肺炎疫情发生之后,实体唱片销量下降了约三分之一,数字唱片的销量下降了约11％。除了销量的下降之外,越来越多的艺术家将新歌的发行推迟到2020年下半年,因为他们无法通过巡回演唱会宣传新专辑。原始音乐产量的下降对在线音乐的销量产生了巨大影响。

2.广告

疫情同样也对网络音乐行业的广告收入造成了冲击。2020年上半年,大约四分之一的媒体和品牌停止了所有广告,广告支出下降了46％。这影响了需要广告收入作为收入支撑的音乐销售渠道。数字广告支出减少了约三分之一,影响了行业收入和艺术家的个人收入。2020年,Spotify宣布其在广告预算方面未达到第一季度的广告目标。

由此可见,疫情对网络音乐产业的发展有一定的冲击。实体音乐产品减销减产,软广赞助渠道同样受阻。疫情带来的挑战与阻滞在产业的前后端口均有显现,可谓牵一发而动全身。

(二)机遇:疫情影响,线上流行

1.收听方式

新冠肺炎疫情的发生深刻地改变了人们听音乐的方式。TME报告显示,在新冠肺炎疫情流行期间用户收听音乐的方式发生了变化,越来越多的消费者在电视和智能设备上使用家庭应用程序。有官方数据表明,不管是国内的QQ音乐、网易云音乐,还是国外的Spotify、YouTube音乐,线上订阅量都有明显上升。

2.支持机制

大众自发地组织为受新型冠状病毒感染的艺术家提供经济援助,其中包括许多来自流媒体巨头的捐赠,例如 Spotify、亚马逊音乐和 YouTube 音乐的捐赠,我国的 TME 音乐平台也通过其母公司为音乐行业做出了贡献。在疫情期间,我国的很多线上音乐网络平台引入了"打赏"的奖励机制,以此作为消费者支持艺术家的新途径。

许多音乐服务提供商都有适当的机制允许消费者直接捐赠,网络音乐平台中所含有的免息预付特许权使用费也对受疫情影响的音乐行业有所帮助。除此之外,世界各国政府为受到新冠肺炎疫情危机影响的行业和从业人员制订了一系列支持计划。与这些支持计划相关的成本,包括赠款和贷款总计数万亿美元。这些计划不仅针对音乐行业,还同时针对媒体、艺术和文化公司。

3.线上展演

在新冠肺炎疫情的影响下,线下音乐会开展的可能性非常渺茫。因此,许多唱片公司和在线音乐平台开始为表演者提供现场直播室、专业音乐设施以及线上直播平台,举办一些线上音乐会。一些网络音乐平台还举办虚拟活动并制作一系列视频,实现线上观演的想法,这在一定程度上有助于线上音乐新业态的进一步发展。

短短六年,流媒体的收入在行业总收入中的份额已从 9% 增长到 47%。基于流媒体的新收入来源,音乐产业的潜在价值链可能不会发生重大变化。而面对疫情,网络音乐产业仍处于一种不断向前发展的趋势,尽管从当前来看,其部分利益受到了损失,而从长远来看,这场危机有可能会加速网络音乐产业的转型。

第三节　2020 年特殊形势下"网络音乐"的发展特征

一、政策方面:正版受益、城建相融

(一)政策严抓,促进正版

2015 年是网络音乐市场政策发展的重要分水岭,国家版权局颁布了堪

称"史上最严"的版权令,我国长期存在的非法使用未经授权音乐作品的问题得到了重视与纠正。在数字音乐正版化得到推进的同时,网络音乐服务商也被严正责令下线未经授权的、盗版的音乐作品。在这样的政策环境下,中国音乐市场正版率由2012年的不足1%迅速提升至2018年的96%,政策引导网络音乐行业规范交易、正版作品传播与销售、净化网络版权保护环境的效果显著。2020年的网络音乐市场政策保持了这种良好的趋势,一方面继续鼓励音乐产业的发展,另一方面也严格致力于版权保护,进一步有效推动数字音乐正版化,可谓成果显著。

(二)数字音乐,融合城建

2020年,一线城市也开始着手数字音乐城市的相关建设,在此基础上,数字音乐产业成为城市建设的重要支撑,二者呈现出融合发展的特征。北京市是全国范围内市民文娱消费水平最高的城市之一,居住在北京的音乐人、创作人占比突出,拥有良好的创作资源,所以北京在数字音乐发展政策方面有着领头羊的示范作用。2020年,北京市印发的《关于推动北京音乐产业繁荣发展的实施意见》明确了将北京建设成"国际音乐之都"和华语音乐全球发展中心的发展目标,其中还包括激励优秀原创音乐作品创作、加快数字音乐产业发展、加强音乐产业版权服务等重点工作。加速音乐城市建设,打通文旅消费IP链条,开发音乐消费文化地标,通过建设音乐主题公园、音乐小镇等形式打造"音乐+"城市文化生活,成为城市文化建设中不可忽视的部分。

二、市场方面:多方竞合、资源整合

(一)"一超一强",格局稳定

当前,网络音乐已然形成寡头市场,竞争现象主要产生于头部企业。以腾讯音乐娱乐集团和网易云音乐为首的两大平台使整个行业形成"一超一强"的竞争格局,二者相加占据大规模的行业市场。网易云音乐和腾讯旗下的QQ音乐、酷狗音乐、酷我音乐月活跃用户数也远超其他移动音乐应用软件,头部平台正快速抢夺中小平台的用户时间。而在当今的移动音乐网络平台中,有大约五成都归腾讯系,相比第二名网易云音乐还是占有绝对性的优势。

另外,音乐行业风险投资高峰期已过,头部企业竞争壁垒已经建立,新进者的机会较少。外加音乐全行业经过此次疫情大浪淘沙般的涤荡,市场份额进一步向头部企业集中,形成马太效应,强者越强、弱者越弱。在这种情况下,在线音乐进入存量竞争阶段,中大城市用户大多安装多款应用,或寻找免费音乐,或因版权原因渴望曲库互补。音乐类 App 如何提升新用户当日留存率成为竞争中的关键。

在 2020 年,对于大部分小型音乐公司来说,生存仍然是其首要的经营目标,转型与合作迫在眉睫。在此基础上,小型音乐公司积极抱团开辟新内容,不断推出风格化、高品质的独立音乐作品。

在泛娱乐融合和流量共享的大背景下,网络音乐也呈现出线上大范围共享、线下点对点精准放送的特点。流量与偏爱共生,流行与小众同乐。在这种趋势下,在线音乐平台等大型纯音乐企业将致力于点击量、关注度和互动性等数据和流量,不断提升用户数量和用户黏性,成为大众文化和娱乐消费的天堂;而其他小微型音乐演出公司将对应不同偏好的消费者的需求,把类型化、分众化的表演带到线下场地。

(二)平台转型,整合资源

网络音乐平台正逐渐从作品分销商向音乐内容提供商、运营商、服务商转型,推动行业营收稳定增长。受疫情影响,"云 Live 秀"、同屏 K 歌等网络音乐新业务相继铺开。各平台整合了音乐创作者、网络红人、流量明星直播的行业需求,借此机会打开了另一个巨大入口,那就是云端观演。2020 年,网络音乐行业逐步迈向平台生态化阶段,进行了大范围的资源整合。值得庆幸的是,线上音乐消费规模的不断扩大也为消费力量逐步向线下实体演艺场所的渗透打下了良好的基础。

首先,垂类平台深耕用户。腾讯音乐以用户覆盖度取胜,凭借 QQ 音乐、酷我音乐和酷狗音乐三款差异化的产品覆盖了各个用户年龄与阶层,精准定位用户群体、绘制典型用户画像,使得其无论是在大城市还是在下沉市场都表现较好,2020 年其用户付费也再创新高,前三季度会员总收入已达 39.8 亿元,超出 2019 年全年会员总收入 4.2 亿元;而网易云音乐则以音乐社交为撒手锏,培育出一批以文艺青年形象为代表的忠实用户群体,充分利用平台"音乐社区"这个属性进行内容细分和创意营销,并且其 2020 年在版权合作领域动作频频,与吉卜力工作室、滚石唱片以及华纳、环球音乐等大集团进行版权合作,使得头部版权市场独家授权松动,促进了音乐版权市场多元化竞争。

其次,非垂类平台积极参与。虽然很多应用并非垂直的专业性音乐平台,但是却有着类似的平台布局,并且整合的资源更加丰富。纯网络音乐平台利用流量互通,向其他非垂类音乐平台,比如微博等社交软件开放更多入口。2020 年 4 月,TME live 举办刘若英线上演唱会,新浪微博直播间最高峰观看人数达到 2735 万次,12 个小时内相关话题阅读量增长 7.2 亿。这可以说是一场线上个人演唱会的先锋实验。而在 2020 年 5 月微博直播的"相信未来义演"更是不输国外欧美群星线上的"One World: Together at Home"公演,创造了一场国内史无前例的线上音乐盛会。同时,云端链条的健全也推动着线上宣发的进化,最终实现了粉丝、艺人和平台三方共赢的局面。

实际上,疫情催化了各大平台的资源整合能力。之前并非没有线上演出,只是 2020 年的线上演出覆盖面更广,几乎实现了从一线歌手到顶级音乐家、从流行歌曲到小众音乐的全行业、全风格的覆盖。据不完全统计,2020 年中国内地各互联网平台举办的高品质线上演出超过 100 场,其中不乏坂本龙一等国外大咖进行现场直播,可以说为音乐的下沉呈现形式提出了更多元的可能。

(三)原创音乐,鼓舞人心

在新冠肺炎疫情席卷各地之际,公益音乐与独立音乐突出重围,成为 2020 年原创音乐的亮眼部分。网络原创音乐的公益性增强,承担了更多社会安抚和激励的责任。抗疫类音乐这种艺术形式可以记录时代精神、歌颂英雄人物事迹、夯实社会战疫信心。此外,疫情不单单只催生出原创公益歌曲,更加多元的音乐内容也不断打开分众市场,小圈层内容创作也如雨后春笋般迸发,独立新音乐崛起,女性音乐人力量爆发。

2020 年,社会各界都在为抗击疫情贡献自己的力量,一大批抗疫歌曲被创作并得到广泛流传,抗疫公益作品层出不穷,为在疫情前线奋战的医护人员和在困难中坚守的每一个人传递出巨大的精神力量和无限温情。早在 2020 年 1 月底,上海音乐出版社便组建了一支 12 人的"抗击疫情出版物编辑突击队",随后又协同上海音乐家协会、上海人民广播电台联合组编推出了两部抗击疫情音乐出版物——全媒体图书《出征 出征——抗击疫情优秀歌曲集》、音像专辑《加油武汉 加油中国——抗击疫情优秀歌曲选》,这两部音乐出版物也在哔哩哔哩、阿基米德、一直播等多个平台"云首发",这是上海音乐出版社首次借助"云上"的方式发布新作。这些出版物精编了多首原创抗疫歌曲及 MV,听众可以通过其内含的歌曲简谱和歌曲二维码获取自己想要的信息。许多流行音乐歌手也相继发行抗疫单曲,据 2 月 9 日华语新歌播放排行榜,李宇春与肖战合作的《岁岁平安》、李荣浩的《同根》、雷佳与王俊凯合唱的《武汉不孤单》等多首抗疫歌曲位列前茅,抗疫创作群星闪耀。同时,中国网也在线公开征集原创抗疫歌曲,来自地方政府部门、广播电台、各大高校等的原创公益歌曲也不断涌现,鼓舞着中国人民抗击疫情的信念,带来爱与希望。

2020 年是原创音乐人理想与现实都充满挑战的一年。腾讯音乐人发布的 2020 年度《腾讯音乐人年度盘点报告》显示,原创音乐作品创造了近 3000 亿的播放量,比 2019 年增长了近 50%,入驻音乐人数量比上一年增长了 131%。而网易云音乐平台上,2020 年涌现出隔壁老樊、花粥、邵帅、一支榴莲、葛东琪等一大批"云村"热播原创音乐人,歌曲传唱度和下沉度表现突出,深受年轻人的喜爱。而 Mandarin、福禄寿 FloruitShow、刘思鉴、裘德和白日密语等原创新声力量也值得关注,他们的成功"破圈"鼓舞了独立音乐人的奋斗,象征着大众曲风偏好的多元化发展。另外,以万能青年旅店等独立乐队为代表的独立音乐市场也异军突起,他们的数字专辑《冀西南林路行》上线仅 1 天时间,销量突破 30 万张,打破了国内独立音乐市场数字专辑销量纪录。同时值得注意的是 2020 年中"她力量"的崛起,女性音乐人在华语原创音乐乐坛中开始扮演越来越重要的角色。《2020 年中国在线音乐行业报告》指出,女性创作者占比已达到 30.8%,尤其在腾讯音乐人平台上,女性音乐人的比例高达 35%,音乐创作人在性别上的逐渐均衡令人可喜。

(四)数字音乐,携手娱乐

根据中国传媒大学音乐产业发展研究中心发布的《2020 中国音乐产业

发展报告》，2019年院线电影音乐市场的产值约为1.85亿元。数字音乐平台积极布局多元化、全品类的长音频内容体系，如腾讯音乐娱乐集团首次推出长音频新产品"酷我畅听"加码音乐音频融合发展。各大数字音乐平台紧扣消费群体的需求，积极构建泛娱乐数字音乐消费生态，如阿里巴巴旗下电商会员88VIP与网易云音乐达成战略合作，采用双方会员捆绑式开通，联手打造"音乐平台＋电商"的一站式文娱生活优惠体验。2020年，网络音乐仍然坚持多元化布局，搭乘泛娱乐行业飞速发展的快车，与网络游戏、网络直播、影视剧、综艺、短视频等其他领域多方联动，延伸音乐的全产业链布局。同时，依托大数据技术洞察用户偏好与需求，数字音乐平台与其他文娱产业之间的"音娱"融合，产生了"1＋1＞2"的跨界效应。

音乐网络综艺节目也成为促进网络音乐产业发展的一大亮点。网络综艺节目在2019年逐渐开始类型化，其中有以《我们的乐队》《明日之子（第四季）》《乐队的夏天（第二季）》为代表的乐队网络综艺节目，不仅给表现突出的乐队带来了前所未有的热度，还带动了线下巡演场地门票的售卖；也有以《说唱听我的》《说唱新世代》《中国新说唱》为代表的说唱类网络综艺节目，新一代说唱年轻人站上了时代的舞台，说唱这一小众音乐类型逐渐出圈，深受当下青年群体的喜爱；此外，敢于为女性发声的《乘风破浪的姐姐》一度让人眼前一亮。"全开麦"也成为2020年音乐圈的一大热门词。

短视频成为网络音乐最重要的推广方式之一。短视频在疫情期间成为流量新贵，大众在接收影像信息的同时对背景音乐的需求与日俱增。为了乘上短视频发展的快车，腾讯音乐娱乐集团与快手视频、网易云与抖音分别在2020年1月和8月达成版权深度合作，共同致力于"音乐＋短视频"的内容生态建设。这一系列的跨领域合作，不但为纯网络音乐平台创造了更多的商机，也使得双方共享流量与曲库，有助于音乐生态圈的良性发展。另外，一些短视频平台自身也开始重视音乐专区的内容创作建设。以抖音为例，它对于平台音乐作品高效精准的推荐，正是依托自身巨大的用户规模优势和产品的数据分析优势，以用户浏览量为决定因素来分配相应的曝光量。另外，在音乐与直播、短视频等场景多元融合的大环境下，抖音"音乐人扶持计划"将长期推行，由此吸引了一大批原创音乐人的入驻，他们都利用抖音这个平台为自己的音乐进行精彩的创意宣传。被新华社、共青团中央、人民日报等点赞安利的《少年》在抖音全站的播放量更是达到一百多亿次，传唱度十分惊人。值得注意的是,抖音也是短视频行业中首个推行长期"音乐补贴模式"的平台,可以说是不断地将平台红利再投入创作领域,雪球越滚越大,有助于推动中国民间原创音乐的发展。

(五)社交互动,抵抗"黑洞"

"时间黑洞"产生于大脑习惯于偏向选择做简单事情的特点,指的是某种事物正在不断吞噬人注意力时候的一种状态。这个概念可以用于形容如今互联网用户大多数难以跳出移动端娱乐应用所营造的心理舒适区,逐渐深陷其中而扭曲了日常的时间分配与管理的现象,例如耗费大量闲暇时间沉溺于刷短视频和进行网络游戏。网络音乐应用由于娱乐性与可操作性弱、对用户使用的情绪状态有特定要求等特性而不敌短视频、手游等娱乐性较强的领域,受其他文娱类应用挤压和抢占用户时间。一个力证是2020年9月,在线音乐用户周均使用时长较往年首次下滑,而其他文娱应用市场环比大幅提升。

而随着音乐平台着重打造音乐社区,用户的互动度提高,可以从一定程度上抵抗短视频平台抢占用户时长的状况。音乐是一种特殊的艺术形式,其听众往往可以由最初的听觉感受联系自身从而引发更多的通感,在传达、表现情感方面优于其他艺术形式,而音乐的表情性来自音乐对人的带有表情性因素的语言的模仿。因此,平台抓住这一点,利用"音乐云村"这种原创社区的方式吸引用户结合音乐进行自由表达,例如通过点赞、评论、分享等形式,围绕与歌曲相关的歌词、剧集、音乐人等发表自己的观点,而"网抑云"这种让人哭笑不得的现象更是一度成为年度热词,可见音乐软件对于人们的线上交流和独处模式影响巨大。因此,依靠音乐社区提高用户在音乐软件上的使用时长的效果十分显著,可以有效增进用户的认同感和归属感。音乐社交有效地减少了短视频、手游造成的用户分流,同时也丰富了网络音乐行业的社区生态环境,衍生出音乐人专属云圈、云上购票等一系列功能,得到了用户的认可和喜爱。

三、用户特征:身份多元、付费意愿提升

(一)地区消费差距较大

一线、新一线及二线城市用户对于数字音乐的曲风偏好相对来说比较多元,其更偏爱国际化、小众的曲风,如爵士、电子、金属乐等;低线城市用户对于小众曲风的偏好度低,例如三线及以下城市用户偏好流行和中国风音乐,或由于其缺少接触和了解不同风格音乐的渠道,七成以上的四线及以下城市用户从未观看过 LiveHouse 演出,而这一比例在二线及以上城市用户中仅为 45% 左右。这种现象与不同地区网络音乐发展的社会环境、经济环境和文化环境都有非常深刻的关联。上海、北京、广州、成都等高线城市的整体音乐氛围较好,其中单单北京市就集中了全国 6% 的创作者和音乐人,作品质量与数量相对可观,市民音乐文化消费能力较强。

(二)付费意愿显著提高

疫情期间,实地音乐体验被阻隔,在线音乐用户对优质音质的体验需求大大提升。2020 年,在线音乐付费用户超过 7000 万,用户的音乐付费习惯逐渐养成。据腾讯音乐早前发布的数据,69.3% 的国内 Z 世代受访者愿意为音乐付费。音乐付费在年轻群体中已被广为接受。另外,用户版权意识有所增强,对于数字专辑的购买与数字音乐的付费有着更清晰的认知,部分粉丝用户还会利用音乐付费为支持的音乐人"打 call",粉丝经济深度渗透到网络音乐领域。2020 年,国内全平台有 18 张数字专辑(含单曲、EP)的总销售额突破千万元,在唱片宣发多少受疫情影响的情况下,该数额仍比 2019 年有所增加。

(三)鼓励创作,全民参与

随着创作资源不断向行业上游转移,网络音乐更加重视建设社区的创作生态,以酷狗音乐旗下的"5sing"、网易云音乐旗下的"云村"为代表的原创音乐社区成为优质音乐作品的摇篮。各大平台利用资金和流量鼓励社区用户创作并上传各种风格的音乐作品。

专业音乐人与普通社区用户平等共享创作平台,这种模式不但为专业音乐人提供了新作品发布推广的渠道,同时也吸引普通用户积极通过在线卡拉 OK 的形式录制歌曲并与其他社区用户进行分享。网络音乐应用正在尝试拓展音乐艺术的表达空间,推动原创音乐社区的蓬勃发展,不但形成了集艺人挖掘、作品发布、粉丝互动于一体的产业链闭环,同时也有助于形成全民共创、全民参与的音乐文化生活氛围。

四、技术方面:丰富体验、保护产权

(一)虚拟现实,丰富体验

2020 年,我国"新基建"背景下网络科技领域成果显著,5G 为人们接触网络音乐提供了更快、更便捷的渠道,移动互联网的大范围普及使得用户可触达的互联网内容信息呈指数化升级。此外,科技在网络音乐领域的创新性应用也可圈可点。AR 技术的应用落地使得听歌场景更加丰富,例如智能音箱、车载音响、移动 K 歌亭等产物使得音乐在生活中无处不在;AI 辅助创作技术能够通过自主学习音乐知识精准生成合成歌声,根据创作歌词制作旋律和伴奏;VR 数字技术的应用使得用户能身临其境般感受与 3D 虚拟音乐偶像之间的互动,在相关直播中获得更加极致的视听体验。

其中值得一提的是数字合成音乐技术的进步,其带来的变化不仅体现在产业链后端,如网络音乐应用的升级、传播时用户体验的全方位提升,也开始向歌曲制作等产业上游环节渗透。虚拟偶像(歌手)的概念与音乐作曲及现代录音技术相结合,如在创作过程中录制 demo 时可以弥补编曲制作人在演唱方面的不足,通过与计算机视觉、生物识别、人工智能(写歌、编曲等)等新兴科技的深度融合,为其节省另外聘请真人歌手和搭建录音棚的成本,一定程度上减少了真人歌手因个人原因造成的损失风险,使得网络音乐制作环节更加专业化、更加成熟。另外,虚拟偶像在创作风格上也可以与当今流行元素碰撞出一些新的可能。例如,如今以洛天依为代表的大部分网络虚拟歌手都是电音向和二次元向,科技感和未来感较强,在未来,网络音乐公司乃至各大经纪公司可以拓展"虚拟艺人(歌手)"的曲风类型,比如古风歌姬、摇滚歌姬等,迎合更多类型的、风格多样化的分众市场。在线下舞台的演出过程中,"虚拟偶像+真人歌手"同台表演的场景也层出不穷。

由此可见,新技术正在以全产业覆盖的模式融入网络音乐作品从生产到消费的各个环节当中,虚拟现实技术作为跨场景体验桥梁表现得尤为突出。

(二)技术运用,保护产权

运用区块链技术有助于保护数字版权。区块链可以建立用户地址和数据对象的硬链接,实现数据确权,明确权益归属,并且,链上的数据不可被篡改、防伪可溯源的性能为数字作品提供了存证性证明,实现证据固化,最后自动执行的智能合约可保障交易的安全公平。[①] 区块链技术研究的成熟有效地推动了数字音乐行业朝着规范化方向不断发展。

五、产业链:逐渐完善、业态升级

伴随着网络音乐的出现与不断发展,音乐产业的结构也发生了巨大的变化,线下唱片公司等企业对音乐产业的垄断被打破,以流媒体为传播方式的线上网络音乐在当今互联网时代发展迅速,并逐渐成为时代的主流。

从大范围的角度来看,音乐产业的发展链有三条,分别是唱片音乐链、音乐版权链、音乐演出链,这也同样是当今网络音乐产业发展的三条主线。目前,在网络音乐方面最受众人关注的便是音乐版权链,其中所蕴含的"版权"问题,也是线上各大网络音乐平台所争夺的焦点。在音乐演出链方面,近年来,线上音乐演唱会发展迅速,直播或当日转播的传播方式最大限度地突破了时空的限制,实现了音乐演唱会形式的多样化突破。在内容方面,唱片公司仍然是最大的内容供给者,但是,近年来短视频的爆红、大量在线音乐平台以及直播短视频平台的涌现、歌曲内容生产的低门槛性促进了大量网络音乐的产出,打破了音乐产业中唱片公司一家独大的产业局面,音乐人可以自由地在网络音乐平台上发布自己的歌曲。

以下以腾讯音乐为例,分析网络音乐产业链的构成与发展。

---

① 张国潮,唐华云,陈建海,等.基于区块链的数字音乐版权管理系统[J].计算机应用,2021,41(4):945-955.

（一）生产模式：音乐生活，社交娱乐

中国的网络音乐产业自起步阶段一直都受到音乐盗版现象的影响，给独立音乐人和整个音乐市场带来了极大的困扰，这是因为此前人们的版权意识不强，盗版问题未能引起重视。如今，人们对于版权的敏感程度得到提升，充分尊重物体本身的版权价值。而腾讯音乐也在早期推出了一种以社交思维为中心的音乐付费会员服务，力图提供更加精致的视听体验，为用户提供了多种访问权限。

腾讯音乐最大的优势在于其为用户提供在线音乐和以音乐为中心的社交娱乐服务，构建相关的音乐娱乐社区，通过将音乐与社交进行匹配满足流量需求，为用户打造了一个在线交互式平台。用户除了听歌以外，还可以在线上与朋友 K 歌、与志同道合的人进行社区讨论，享受音乐本身，也享受音乐与生活的融合。

腾讯音乐改变了商业生产模式，在原来"订阅"与"广告"的基础上，额外增加了社交娱乐模式，为用户提供更好的服务体验，使之全方位体验与感受音乐。

（二）产业链：五大部分，缺一不可

腾讯音乐产业链与其他数字音乐产业链一样，由内容生产商、电信运营商、设备制造商、技术开发商以及用户共同组成。

首先是内容生产商。内容是音乐平台的基础，腾讯音乐旗下有 QQ 音乐、酷狗音乐、酷我音乐三个网络音乐平台，拥有全中国最为丰富的音乐内容。目前，腾讯音乐与全球 200 多家唱片公司合作，其音乐库有超过 2000 万首曲目。除了与唱片公司合作获得音乐内容以外，腾讯音乐正在进入产业链的上游，能够独立开发新的原创内容。腾讯音乐和索尼音乐共同创立了电子音乐品牌 Liquid State，它活跃于东南亚市场，并受到用户的广泛欢迎。除了与其他音乐公司联名创立新品牌之外，腾讯音乐还先后参与了综艺节目的联合制作，从而使自身建立了与各种商业渠道之间的联系，进而步入产业链上游。

其次是电信运营商。在网络音乐平台上收听音乐时，流畅的通信网络是不可或缺的重要一环。网络音乐平台需要为电信运营商支付网络使用费，而近年来，平台之间相互合作，直接推出了线上音乐收听定向流量包，形成网络资源的共享,实现内容平台与电信平台共同盈利。

设备制造商和技术开发商的主要作用是维护产品与扩展服务。为了能在平台上获得更好的服务,我们需要购买相关专业设备来增强自身的体验感。例如在使用腾讯音乐中的全民K歌时,用麦克风能够更好地收音,让录制的歌曲变得更优美。而技术开发则是新增的一环,它为产业链各环节的正常运转提供技术支持。

最后的用户则是购买数字音乐的人,区别于线下音乐,线上音乐产品的购买实质上是在为服务与体验付费。

(三)盈利模式:差异化竞争,创新变现

腾讯音乐能够盈利,首先得益于版权内容的扩大,而对原创内容的保护力度也来源于人们自身版权意识的不断提升。早期,在线音乐市场上大部分人长期免费使用音乐,从而产生了各种侵权行为,使原创音乐制作人很难获得可观的回报。随着互联网经济的发展,版权和支付意识逐渐被用户所接受,差异化的音乐资源和服务是用户选择音乐平台的重要原因。随着版权保护的不断加强,整个在线音乐市场正在逐渐标准化,在线音乐竞争的壁垒也在不断增强。随着音乐版权的逐渐清晰化,音乐版权市场从根本上得到了稳固。腾讯音乐不仅专注于版权,而且充分利用后备资源继续在内容创意、跨境营销、多功能娱乐等方面实现差异化竞争。截至2020年,腾讯音乐已经与索尼音乐、环球音乐、英皇娱乐等著名的音乐唱片公司签订了合作协议,拥有来自200多个国内和国际音乐品牌的超过2000万首曲目。

此外,腾讯音乐拥有独创的生产盈利系统——音乐社交娱乐系统。腾讯音乐使用"社交娱乐"的思想来扩展多个音乐场景,连接更多用户,并在腾讯庞大的社交产品和腾讯音乐娱乐平台之间实现有机的用户过渡,顺利推进多元化商业模式,瞄准更广阔的用户市场,从而确保各种业务模型的平稳发展和持续盈利。在盈利方面,腾讯音乐将用户分为"ToB"和"ToC"两种。"ToB"有三种主要的变现模式:广告运营、IP孵化和音乐会现场直播,这样的方式能够吸引更多商家赞助从而进行宣传推广,实现利益共享。而"ToC"主要是对内容本身进行消费,包括数字专辑、试听会员等体验类产品的购买。腾讯音乐这样的盈利方式突破了传统流媒体的盈利方式,不单单只用订阅以及广告来获得效益,而是围绕服务付费等方式,开发研究创新且多元化的商业经营模式。①

第四节 后疫情时代"网络音乐"的发展趋势

随着社会经济的不断发展,中国音乐产业规模不断扩大,收入不断增长,而网络音乐作为其中一个重要且新兴的门类,也在预估的发展趋势中不断向前。受新冠肺炎疫情影响,线下音乐产业发展稍显滞后,网络音乐因具备线上传播的特点而获得了较高的收益,其未来的发展显得至关重要。

一、业态变化:沉浸式体验、用户身份升级

(一)沉浸式音乐,用户体验升级

从 2020 年音乐产业的整体发展概况来看,短视频爆火,线上音乐会获得持续关注,由此可见,当今网络音乐的整体发展趋向已经不只局限于"听"这一种感官。人们在看视频的过程中,同时调动了听觉与视觉,从而获得了更好的视听体验,能够更好地沉浸在以音乐为背景的感受中。

在 2018 年,虾米音乐曾做过开设沉浸式音乐体验展的尝试,将艺术、科技与音乐三者结合在一起。而受新冠肺炎疫情的影响,线下沉浸式的体验受到限制,需要转换到线上形成新的体验模式,"云剧院""云表演""云音乐会"之类的在线表演艺术成为新的对策。在线音乐平台上的专业技术支持丰富了线上体验的互动交流和创新的演艺方法,为用户提供了高品质、大规模的现场直播和在线播放体验。在"后疫情时代",这将成为一种改革的趋势和方向。

随着音乐表演市场的消费结构不断年轻化,"90 后"和"00 后"已成为主要消费者,其中的大多数人都倾向于追求个性化的音乐风格。体验式音乐

---

① 吴恣恣.为什么腾讯音乐能实现盈利?[EB/OL].(2018-10-12)[2020-12-10].https://baijiahao.baidu.com/s?id=1614085618885688440&wfr=spider&for=pc.

的探索能够满足这类需求,并且实现音乐与科技、内容与粉丝的双重融合,形成新的网络音乐业态。

(二)生产消费,用户拥有双重身份

在2020年年初,相关机构预测UGC(用户生产内容)①的音乐收入在2020年年底将达到40亿美元,预计在2021年将会增长到49亿美元。与此前不同,用户不再只是从网络上下载内容,而是从"下载"转换为"上传与下载并行"。UGC模式下,用户的身份变得多元化,他们不再仅仅是网络音乐的获得者或者消费者,还有可能成为网络音乐的生产者。UGC模式具有用户既是观众又是生产者、扩散能力较强、传播效果较好等特点。

在UGC模式下,生产者和消费者之间存在交集。UGC在互联网领域已成为一种非常有前途的商业模式,甚至正在塑造新的媒体形式。在UGC服务蓬勃发展的同时,移动网络领域也开始朝这个方向进行探索和试验。总而言之,UGC产品的核心是内容。产品积累了一定数量的内容后,确保高质量平台内容能够找到感兴趣的用户并允许用户找到感兴趣的内容是维持用户黏性的重要方式。

网络音乐平台更注重的是讨论互动区中的内容输出者,通过他们高品质的原创内容输出留住平台用户,同时,这也成为平台之间相互竞争的一个重点。在当前"内容为王"的时代,高品质的原创音乐以及高质量的音乐评论的输出,是网络音乐平台所看重的。

二、技术变革:优势升级、迎接机遇

互联网信息技术在中国音乐产业中日益增长的应用情况给当前的中国音乐产业生态系统带来了重大变化,尤其是在网络音乐方面。近年来,随着5G信号的应用和普及,以及AI、VR等新技术的应用,网络音乐的发展开始发生变化。在未来,随着5G推广运用的加强,也许会出现一些新

---

① FlipWeb数位资讯观点.UGC是什么?使用者原创内容新起分享[EB/OL].(2018-01-22)[2020-12-01].https://medium.com/@flipweb/ugc%E6%98%AF%E4%BB%80%E9%BA%BC-%E4%BD%BF%E7%94%A8%E8%80%85%E5%8E%9F%E5%89%B5%E5%85%A7%E5%AE%B9%E6%96%B0%E8%B5%B7%E5%88%86%E4%BA%AB-8de4bcc9bdb7.

的网络音乐业态,推动音乐产业的升级。

（一）音质提升,促进增长

追求高品质的音乐一直以来都是音乐用户的核心诉求。在网络音乐时代,我们经历了从标准音质到无损音质,再到现在的 24bit 至臻专业化的音质。24bit 至臻音质超越了 CD 的精密程度,给我们带来了与此前完全不同的听觉盛宴。5G 网络带给人们的是高速的网络传输体验,其传输速度是 4G 网络的 100 倍。

同时我们还可以提高视听体验为目的,设计出与 24bit 至臻音质匹配的体验设备以及相关配件,使其成为像 AirPods 一样的现象级产品。因为 24bit 至臻音质对设备的要求也比较高,因此需要相应的设备做支撑,才能够实现音乐的极致享受,这也将成为音乐设备产业发展的又一新增长点。

（二）智媒时代,变革迅猛

音乐产业自诞生以来经历了乐谱、唱片、卡带、音乐广播、音乐娱乐节目和网络音乐等发展阶段。信息技术的更新迭代增强了其媒介的传播功能和创新特性,如今,网络音乐作为一种具有媒介传播属性和艺术交往属性的听觉文化内容,集包容性、商业性和娱乐性于一身。

步入 5G 时代,网络音乐的传播便不再只局限于让用户在平台上听歌。4G 时代,人们转战小视频,小视频的背景音乐常常会在网络上走红。同样,5G 时代也是如此,5G 时代带给人的绝不会只是普通的视听体验,而应该是多感官、个性化与充满交互性的体验。5G 时代的网络音乐传播可以在表现形式中融入 AI、VR 技术,使用户进入虚拟现实置身音乐现场;还可加入 3D 音乐环绕等丰富的音乐表现形式,使音乐意象的塑造更加立体化、细节化。[①]例如,在线上 live 演出中加入专属特写等内容,让用户可以根据自己的喜好进行观看,提供全场景、沉浸式的观看体验。除了有更加绚烂的舞美以及更加真实的现场体验,我们还能够与舞台上的明星进行实时互动,形成现实与虚拟之间的交互。除此之外,还可以将 MV 融入 AR 技术,让用户身临其境,成为故事的主角,在与明星偶像互动的同时深入感受音乐以及音乐背后的故事。

---

① 赵海峰,王雪梅.智媒时代"网络音乐＋"的产业发展再布局[J].四川戏剧,2020(11):135-137.

(三)彩铃视频,定制独享

彩铃在此前一直都是以纯音乐的方式出现,而有了 5G 以后,用户对视频彩铃的高画质需求得以实现,在满足网络信号的条件下可以实现超高清内容播放。除此之外,个人还可以根据自我的需求来定制视频彩铃,以方便用户更好地表达自我,并且能够体现视频的私人性与特别性,满足现代人对新奇体验的追求。

(四)多人视频,连线 K 歌

如今,已经有软件推出了"歌房""实时 KTV"的功能,但是由于速度的延迟等技术问题,对唱与合唱的体验感较差。5G 本身具有高速且低延时的特点,它使用户能够随时进入虚拟 K 歌房间,减少彼此网络之间的延迟,实现对唱与合唱。除此之外,还可以运用 VR 技术创建虚拟私人 K 歌房间,借助摄像头、麦克风,通过在线视频连线实现用户合唱或对唱 K 歌,增强趣味性体验。

(五)内容投放,精细规划

5G 固有的高速、大带宽和低延迟的特性使内容的生产创建模式更加实时和自由。我们可以通过流媒体以更便宜的价格更快地播放大容量和高质量内容,例如 Hi-Res、DSD、HiFi 等级别音质的内容;与此同时,我们可以通过 AI 为各种流派进行自我分类、打上标签,从而获得更多的音乐数据,提升用户个性化的分配精度。从算法的角度来看,版权运营商可以通过人工智能学习和分析用户评级、市场变化,预测歌曲未来的潜力和受欢迎程度,并进一步促进音乐资本化。[①]

三、消费群体:寻求慰藉、小众有声

在用户方面,25—34 岁的打工人在相关研究报告中显示为最需要音乐

---

① 咪咕音乐.5G 能给音乐产业带来哪些变化[EB/OL].(2019-11-01)[2020-12-03].https://www.zhihu.com/question/353513272.

慰藉的人,且男性的用户比例高于女性。QQ音乐和酷狗音乐的用户相对来说更加平均,覆盖各年龄层;网易云音乐得到了很多年轻文艺女性的支持。与2019年同期比较,2020年的下沉用户有所减少,一、二线城市的白领对于移动音乐的需求更大,并且对此非常热衷。此外,在消费群体中,超六成的用户为80后和90后,而00后也已经成长为重要的用户群体。

在消费习惯方面,大城市的用户喜欢在上班路上点开音乐,消磨枯燥乏味的路上时间,而中小城市的用户喜欢在空闲的时候点开音乐,感受音乐的美好;超过40万音乐人生活在在线音乐平台上,并努力创造给用户留下深刻印象的音乐;近九成音乐人聚集在一线以及新一线城市;短视频成为最重要的音乐作品推广方式之一。

除此之外,随着社会的多元化发展,越来越多具有小众音乐爱好的社群出现,而这样一些微社群的产生推动了小众音乐市场的发展,例如阴暗风、后摇滚、jazz-pop等风格的音乐,因为产出量较少,所以其相关周边产品的价格较贵,而这些小规模的粉丝群体常常都会为此买单,包括一些小众歌手的歌曲、小语种歌曲等。

四、消费模式:付费听歌、消费升级

在网络音乐付费方面,流媒体网络音乐付费仍然是主流,视听装备付费有待发展,线上演唱会付费趋势明显。

从图6-3中我们可以看出,在不同音乐平台的付费订阅与市场占比中,Spotify依然占据全球第一名,而腾讯音乐也排到了全球第四名,并且,腾讯音乐及其子公司QQ音乐、酷我音乐和酷狗音乐在2020年第二季度以每月活跃用户数占比高达26%的份额位居榜首。在如今的在线音乐支付方式中,大多数的用户仍然选择为听歌付费,从这可以看出流媒体网络音乐付费仍是主要趋势。

上文中提到5G的发展将会带来音乐音质的提高,对听歌设备的要求也会同步升高,因此,视听装备的发展依然具有潜力。而2020年出现的黑马TME则是凭借举办"线上演唱会、音乐会"的方式,使自身的业务能力在原来的基础上获得了更大程度的提升。

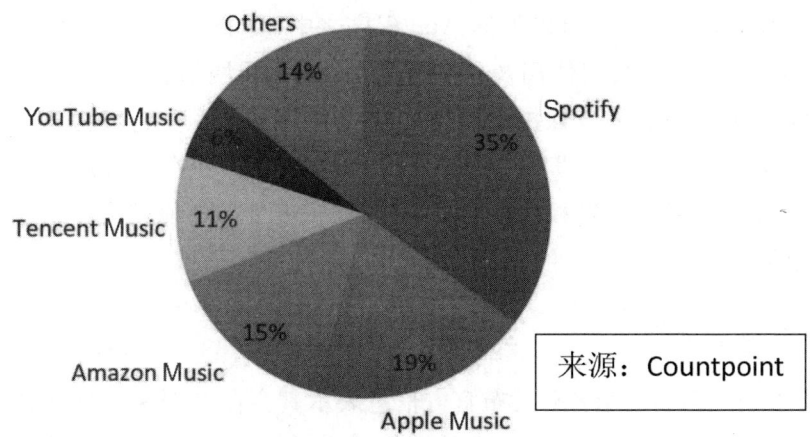

图6-3　全球流媒体音乐平台付费订阅及市场占比

五、趋势预测：持续增长、多方发力

（一）用户规模或达7.8亿

由于互联网的快速发展，新的播放器不断出现在中国音乐市场行业中，公众对在线娱乐消费的需求不断增加，数字音乐行业的市场规模不断扩大。

自2013年起，数字音乐用户规模都在逐渐增加。

科学技术的发展将带来新的思想和方法，用以克服数字音乐产业中出现的问题。因此，积极推动科学技术与数字音乐产业的融合将成为各音乐平台发展的关键。

（二）产权保护持续推进

版权一直是原创工作者最希望得到保障的权利之一。随着网民的线上音乐付费习惯的养成以及音乐平台对收听版权歌曲的严格把控，网络音乐的产权保护已经逐渐成熟。实现付费收听，一是能够使原创音乐者获得收入，激发音乐工作者的生产动力；二是能够推动数字音乐平台打造全新且多元的产业运营商业模式。

在接下来的发展中，线上音乐收听平台一定会更注意对音乐产权的保护。由于短视频 App 的爆红加之其对网络音乐的影响,网络音乐的产权保护会深入除音乐收听平台以外的 App 程序之中,要求用户在引用原创音乐时务必关注音乐的版权使用及相关说明,促进优质网络音乐的线上推广。与此同时,产权保护不仅保护原创音乐者,也使网络音乐平台成为竞争的斗兽场。在当今"版权为王"与"曲多为王"的时代,各平台在版权购买上一再谨慎。因此,网络音乐产权保护的加强,一定程度上能够使网络音乐行业的竞争更加公平,使整个行业发展更加规范。

(三)竞争激烈

2021 年年初,虾米音乐发布官方信息表示其会在 2 月关停虾米音乐播放器。与此同时,腾讯音乐二次上市。网络音乐市场的战线很长,从原来的体验感口碑之争到如今的版权之争,都是竞争的结果。

目前,在线音乐市场呈现出"一超多强"的显著格局。用户每月下载音乐应用约 4000 万次,约 40％的用户安装了不少于两款音乐应用,中小城市用户选择安装多款音乐软件并从中查找可以免费收听的音乐。其中,QQ 音乐和网易云音乐的用户忠诚度排名前两位。音乐社区以音乐为纽带,让用户更有归属感,用户互动又不断丰富着社区的生态,并且可以显著地提升用户的使用时长,从而能够对抗短视频抢夺用户的时间。而如今,国内市场的增长已经渐趋饱和,当前的网络音乐平台将发展方向放在了国外,网络音乐平台的全球化布局初见成效。

(四)线下落地,校园发力

音乐将人与城市建立了更紧密的联系,它可以以各种形式融入人们的日常生活中,从而帮助城市里的人们放松,为他们提供积极的情绪感受。许多城市已经将地区的自身优势和独特资源有机地整合到数字音乐产业中,以成为贯彻落实"网络音乐线下落地"的方式,促进城市文化的融合和创新,具体包括建设音乐主题公园和音乐景点,开放旅游生态通道,探索以城市为核心的独特 IP,促进音乐消费文化的全面发展。在线音乐的落地可以大大发挥音乐作为艺术门类的教育功能和认知功能,有助于提高人们的整体音乐赏析能力和艺术审美能力。更多的城市音乐空间为音乐家和普通人提供了互动交流的场所,在城市中创建音乐空间、经常举行日常音乐活动,不仅能够激发人们音乐创作和表演的热情,形成城市音乐生态的良性循环,还丰富了人们的美好精神生活。

对于全民音乐教育普及而言,高等院校可以说是重点建设对象,校园音乐教育体系的搭建和教育制度的改革在在线音乐落地的过程当中不容小觑。音乐公司承包校园迎新演出或大型晚会、著名音乐人进校园开展文化沙龙、演艺经纪公司签约校园原创音乐人,抑或是走"产学结合"的多样化音乐教学模式,都是未来的发展趋势。高校学子是中国音乐产业的未来,年轻群体对音乐的喜爱程度和他们的创作水准将成为音乐产业发展的一项重要指标。

结　语

互联网信息技术在中国音乐产业中日益增长的应用情况给当前的中国音乐产业生态系统带来了重大变化。在互联网的帮助下,音乐产业的资金如何得到更加充分的使用,音乐产业的创新水平如何显著提高,是中国音乐产业发展面临的新问题。在线音乐为音乐产业的不断升级增添了一股新的力量,借助互联网平台,音乐产业的资源得到更有效的整合和使用,使得音乐产业资源的价值挖掘有了质的飞跃。

"十四五"时期是文学艺术高质量发展的重要时期,网络音乐需要坚持新的发展理念,激发创作者的创造力,使其创作出让人民喜闻乐见的大众文化作品。

第七章 网络短视频：
"短"中取胜，"疫"路上扬

短视频行业萌芽于2011年，覆盖面极广的主题、用户参与度高的内容生产、快捷高效的传播方式都对短视频的发展有所助力。顺应受众碎片化时间的娱乐需求，短视频以势不可当的姿态进入用户生活，成为互联网的第三大流量入口。目前，短视频在社交媒体、资讯媒体等都占有一席之地，并突破了与直播、音乐等多个行业间的壁垒。本章着重阐述短视频行业的总体发展概况，以及疫情影响下该行业的技术、内容、用户、盈利、监管等多方面的改变。未来，随着5G技术的全面推广、平台多元变现的潜力挖掘、政策法规的正向引领，短视频占领互联网高地将指日可待。

第一节 关于"网络短视频"的研究综述

关于"网络短视频"的研究开始于2016年，研究议题主要集中在"网络短视频"的内容研究、特征研究、传播研究等方面。下文将依据网络短视频研究的议题与发展脉络对近年来关键研究文献的主要内容和观点进行系统梳理。

一、关于"网络短视频"的内容研究

在对新冠肺炎疫情的报道中，网络短视频在舆论引导方面发挥了举足轻重的作用。为充分适应普通大众的信息需求，网络短视频舆论引导影响

的主要范围、舆论监督时所可能采用到的监督方式以及舆论监督活动的具体内容三个方面都有了较大的调整。同时,应充分利用好的网络短视频,不断整合优化其传播内容,在重要新闻报道和重要突发事件曝光前,让官方和民间、主流媒体平台和其他社会化媒体渠道形成舆论共振,实现信息公开、舆论引导与监督、人文关怀、知识科普的兼顾(刘畅、汪潮,2020)。

二、关于"网络短视频"的传播研究

当前网络短视频在互联网传播空前火热的内在逻辑机理包括:移动互联网与社交场景紧密配合、人工智能技术得到广泛应用、移动互联网规训模式下浅表式阅读模式渐趋为常态(王长潇、刘瑞一,2019)。网络传播监管能力的持续加强、顶层政策的深入推动以及传播平台间的长期良性竞争,将给优秀的传统文化类节目创造一种更加稳定且有利的、持续的市场生态环境,互联网对民族传统文化精髓的深度传扬可以增加互联网短视频内容的附加价值空间和文化附加服务属性,勾勒出属于这个新时代的人的精神画像(于淼、高妍政,2020)。此外,网络短视频的传播机制和传播特征使其具有了议程设置的功能,但其在进行议题构建、赋予大众公民表达权的同时,既动摇了传统大众媒体的主导地位,又冲击了当下网络空间传播秩序的稳定性。因此只有多方联动共同推动网络短视频合理设置议程、构建议程框架、传播正能量,才能创造清朗的网络传播空间(孙宜君、王长潇、刘盼盼,2019)。

三、关于"网络短视频"的伦理与版权研究

随着网络技术和传播工具的发展,抖音类平台上的短视频强势走红,但随后也暴露出虚假低俗信息横行、易上瘾以及隐私易被侵犯等伦理"破限"问题。与此同时,要想实现短视频平台的伦理归位,需要多方协作,共同构建多层次、立体化的治理网络:政府需要完善法治监管,平台需要加强伦理自律,用户需要提升伦理素养,合力打造文明优质的短视频平台(周洁,2021)。

网络环境下的版权保护曾经是各国普遍面临的难题,而我国网络产业的现实决定了《数字化单一市场版权指令》等国外方案在我国没有借鉴的可

能性。同时,行业竞争的格局也决定了权利人向平台企业授权的方案缺乏可行性。因此,短视频版权纠纷的解决依赖于对"通知—删除"规则的改造。最高人民法院可以通过对典型案例的处理明确典型的合理使用情形,并将典型的合理使用情形纳入短视频平台的注意义务范围。据此,权利人可以依据"通知—删除"规则通知平台删除不符合合理使用情形的侵权视频(陈绍玲,2021)。

治理网络短视频产业乱象应当以著作权分享为法治治理理念,建立"传统许可"模式、"推定无偿许可"模式和相互转换模式构成的多元许可分享著作权的治理体系。同时,短视频的著作权分享应当受到人身权保护和"作品否定"的限制,通过建立和完善网络服务提供者的"合理注意"义务,建构网络短视频产业的法治治理机制(饶世权,2021)。

四、关于"网络短视频"的现状与发展趋势研究

目前,以快手、抖音、火山、西瓜等视频网站为主的新兴网络短视频媒体具有极强的娱乐性、简易性、参与性、开放性等诸多特征,短视频经济已成为一种新兴且重要的网络经济现象(覃芹、刘大明,2021)。从技术的本质看,网络短视频是器物、知识、活动和意志的表现;从技术与人的关系看,网络短视频既赋能用户又宰制用户;从技术发展的维度看,网络短视频应与用户在文化对话、技术创新和技术规制三方面进行协调发展(李晶、曹然,2020)。

第二节 2020年特殊形势下"网络短视频"的总体概况

一、概念辨析:题材多样,内容碎片化

短视频即短片视频,多指时长在五分钟之内,以互联网为媒介的新型网络内容传播方式,其内容涵盖技能分享、社会热点分享、时事评论、街头采访、日常分享、时尚潮流分享等多种主题。近年来,短视频行业快速崛起,目前已经成为互联网的第三大流量入口,为大众提供了丰富的泛娱乐化内容,

是低门槛的表达媒介。短视频的出现满足了目前受众对于互联网内容碎片化和消费生产移动化的需求，以势不可当的姿态占据了互联网用户的娱乐及社交平台。目前，短视频的类目主要分为社交媒体类（以抖音、快手为代表）、资讯媒体类（以西瓜、秒拍为代表）、BBS类（以B站为代表）、SNS类（以陌陌、朋友圈视频为代表）、电商类（以淘宝主图视频、京东主图视频为代表）、工具类（以小影为代表）。在短视频行业高速发展的阶段，除了行业内部相互竞争发展，各行业之间也在不断的发展中相互融合，影响波及直播、音乐、游戏等多个行业。

短视频行业萌芽于2011年，随着移动通信技术的高速发展，短视频应用呈现爆发式增长，掀起短视频全民化的风潮。在快手、字节跳动等企业的带领下，行业逐渐走向正规化，PGC、MCN机构入局后，内容专业化程度大大提升。现在，短视频行业已步入成熟稳定期，市场格局逐渐稳定，形成了"南抖音，北快手"的两超多强格局。短视频商业模式也逐渐成熟且呈现渠道多样化的特点，为行业资本、机构、用户的布局提供了新的发展思路。

二、发展背景：疫情影响，逆势增长

2020年，一场突如其来的新冠肺炎疫情让国人的活动空间受到限制，人们获取外界信息的重心由线下转移到了线上，短视频因此迎来了发展时机。Quest Mobile 2020年春节移动互联网战疫专题报告数据显示，受疫情限制和超长假期的双重影响，互联网行业的市场格局发生了很大的变化，春节期间短视频的总用户使用时长已经超过了往年的榜首——手机游戏。其中，快手、抖音因与中央电视台和地方卫视的春晚合作，通过实时红包等方式进行线上观众互动，用户增量均超过4000万。同时，短视频成为无法外出的用户实时获取外界信息的有效手段。根据人民舆情数据中心"众云大数据平台"统计，自2月6日至2月13日，短视频平台上发布了36,325条以"疫情"为核心内容的短视频，其中，受疫情影响最为严重的湖北省视频发布数量最多，达到5706条，其后则是北京、广东、上海等地。同时，在整体发展的背景下也催生出很多精品视频内容，不仅反映了实时的抗疫形势，也普及了很多防疫卫生知识，得到许多观众的关注，例如"回形针"创作的短视频《关于新冠肺炎的一切》在春节期间得到很多网友的关注，两天内全网的播放量已超过1亿;又如,央视频依托5G技术直播"火神山建设"等,这些对热点题材进行挖掘的短视频和直播节目为短视频内容的正向引领起到了很好的示范作用。

在疫情防控的背景下,以短视频为代表的互联网行业实现了逆势增长,据不完全统计,从2020年1月到2020年5月,全行业的投资事件共有1263起,其中种子轮和天使轮共计153起。数据显示,在此期间,受疫情影响和刚需拉动,企业网络服务、线上教育、医疗健康、文娱传媒是热门的投资方向,短期内流量激增。而在4月疫情相对稳定后,线下场景的服务行业和本地生活、旅游、金融等部分细分行业的短视频投放呈现出回弹现象,但美妆日化、食品饮料和IT互联网仍是KOL投放的前三名,这表明疫情对整个行业的影响仍有辐射现象。

三、用户规模:快速增长,稳步发展

2020年,受疫情影响,用户的学习、工作都不得不居家进行,此举相对增加了用户的休闲时间,提高了短视频的渗透率,使用户对短视频的依赖逐渐加深。自2019年6月以后,短视频App的移动互联网渗透率均稳定在70%以上;2020年2月,短视频行业用户规模突破6.4亿,且处于稳定发展阶段,环比增长率跌破1%。2020年上半年,在各传媒平台中,短视频App平均单机日使用时长占总时长的21.1%,占比份额仅次于即时通信(22.8%),已经超过在线视频(10.4%)。其中,短视频App抖音的用户月活指数突破5.18亿,月人均使用时长达34.1小时,占市场份额的三分之一。截至2020年12月,短视频总用户规模已达8.7亿,占互联网网民整体的88.3%,行业发展势如破竹。

作为目前主流的互联网媒介平台,短视频平台的市场格局相对稳定。抖音和快手两大短视频平台的活跃用户规模占整体的56.7%,稳居行业第一梯队;抖音短视频母公司字节跳动旗下的西瓜视频、抖音火山版,百度旗下的好看视频,腾讯旗下的微视处于行业发展的第二梯队,活跃用户规模占整体的24.9%;爱奇艺的随刻、波波视频、快手极速版、刷宝等短视频App处于第三梯队,活跃用户规模占总份额的18.4%。

从第三方大数据监测机构Quest Mobile提供的中国移动互联网报告我

们可以看出,截至2020年6月,短视频行业的月活跃用户数已经达到8.52亿,位于互联网通信行业活跃用户规模第二名,用户使用时长已经达到互联网用户上网总时长的20%。除此之外,短视频行业的广告收入效益已经全面超过在线视频行业。种种数据显示,短视频行业并未发展滞缓,而是开始进入一个新的发展阶段。

四、市场规模:逐年增长

随着网络基础设施的全面覆盖和互联网技术的高速发展,短视频的市场规模快速增长,由2015年的2亿元增长至2019年的1265亿元,年均复合增长率达到401.5%。5G的推广和普及加快了数据传输的效率,用户使用移动互联网的成本逐渐降低;AR、VR等短视频技术的研发渐入佳境,为短视频用户提供了更丰富的体验形式和感受,大幅度提高了短视频的吸引力。在内容层面,短视频平台也进一步寻求新的突破,如加入直播、电商等业务,积极促进产业融合及内容多元化发展。截至2020年年底,头部短视频平台已经在开发线上直播业务方面步入正轨,在商业效益的驱动下构建与其他内容创作者的合作关系,同时开发新功能,加强创作者与用户的互动性,进一步提高短视频内容产业对用户的吸引力。广告方也将传统的线上广告营销转向短视频平台,由此进一步扩大了短视频行业中广告营销的收入,为行业收益来源提供了多种发展思路。此外,短视频应用迅速占领海外市场,但同时也面临着政策风险,国家不断增强对短视频行业的监管、根据国际形势和法律法规调整本土短视频企业的出海战略,平台也在加强对用户发布的短视频内容的审核力度,助推行业符合时代标准、高效规范发展。

经过近几年的发展,短视频行业在产品和服务的层级上已经趋于成熟。随着国家政策支持力度的加大,短视频行业将进一步整合上下游资源,丰富行业应用场景,满足用户不断变化的需求,推动自身市场规模高速扩容。2020年,短视频市场规模为1408.3亿元,同比增长70%。未来,内容消费和广告营收还将进一步拉动短视频市场规模的增长,市场机会将继续增多。

2020年,疫情的出现使得短视频的发展潜力进一步被挖掘;2020—2022年,短视频行业市场规模仍以较快的速度增长,年复合增长率在44%左右;预计2023—2025年,其市场规模增速会有所放缓,但仍旧保持16%的年复合增长率;2025年短视频行业市场规模将有望接近6000亿元。

五、业态分析:闭环生态,门槛提高

随着2G—3G—4G—5G的迭代,内容的展现形式从文字、图像到视频、短视频方向发展。而短视频短小、精悍、易操作的特点能够顺应大众目前碎片化、移动化的内容接收习惯。短视频易于操作的特点也降低了目前泛娱乐化媒介表达的门槛,做到为大众赋予表达的能力,满足普通人自我表达的需求,使普通人能够通过这种简要直观的形式向他人和社会表达自己的观点和诉求。

目前,短视频行业呈现出短视频内容消费与生产创作相互促进的闭环生态特征(见图7-1)。海量的短视频UGC生产创作促进短视频的内容消费,大众对短视频的浏览与关注也激活了更多用户的创作表达欲。在此过程中,用户从单纯的内容消费到进行自我表达,再在各平台中找到兴趣圈层,与有相似爱好的其他用户进行进一步的深度社交,推进形成了以内容为基础、以短视频为媒介、以观点为核心的新型社交关系。

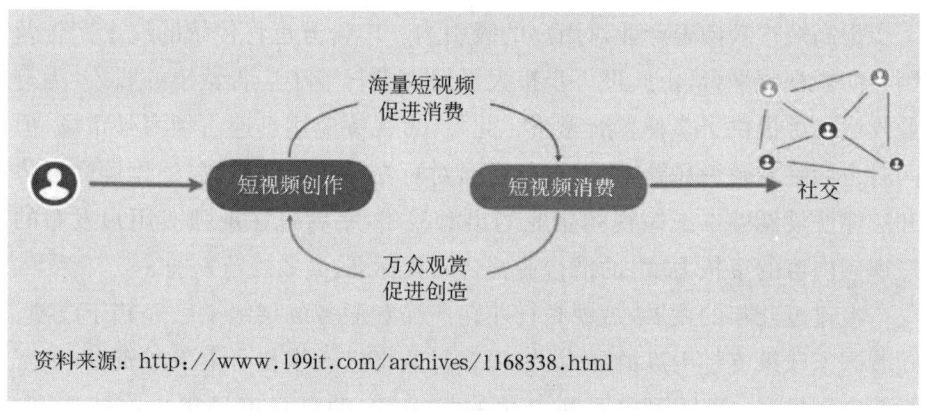

资料来源:http://www.199it.com/archives/1168338.html

图7-1 短视频行业的闭环生态特征

短视频内容的差异化和特色化是短视频核心竞争力的关键所在。目前,短视频的内容生产和输出都呈现出符合消费者领域的垂直化特征,这样也能凸显短视频自身的特点,促进其自身符号化和对IP的打造。在2016—2018年,短视频领域的MCN机构呈现出成倍增长的态势,在2019年之后,

MCN 机构增长率低于 100%,并呈现出垂直化、多元化的特征。而 KOL 作为短视频内容创作的主力,近年来在不同粉丝量级的占比上马太效应凸显,头部 KOL 的比例仅有 3%。

目前,短视频内容分发的市场呈现出三种不同状态。头部市场呈现以抖音、快手为代表的多强争霸局面,瓜分了近一半的短视频企业市场份额;腰部平台竞争激烈,有以西瓜视频为代表的互联网巨头布局的短视频 App,用户数增长明显,市场竞争加剧;而在尾部平台,MAU 同比上涨的 App 占比下降,面临生存考验。随着整体市场的逐渐成熟,短视频行业将迎来加速整合期,长尾平台或将逐渐被吞并或被淘汰。

与此同时,短视频平台进军支付领域,各大短视频平台相继通过收购方式获得支付牌照,形成电商业务发展闭环。一方面,电商良好的发展态势对支付功能与产品方的运营协作提出了更高的要求;另一方面,支付业务也有利于平台后续的精细化运营和业务拓展。

另外,短视频平台也与长视频平台相互渗透、融合发展。短视频平台尝试发展综合视频业务,推出与自身平台定位更为匹配的"微剧""微综艺"等来试水,通过调整用户视频拍摄时长的最大值、视频拍摄团队专业化程度、视频制作的精良度来提升用户留存时间,推出更多优质内容。

六、用户分析:年轻化,下沉化

由图 7-2 中 MobTech 提供的数据可以看出,目前短视频用户整体偏年轻化,发展主舞台为三、四线城市,在下沉市场的渗透率显著。由于最初的短视频行业就是从下沉市场发迹,短视频行业率先吸引下沉用户占据传媒市场,后以直播带货渗透下沉消费市场并持续加码电商。而在 2020 年疫情的影响下,短视频用户的构成发生了显著变化,18—44 岁的中青年用户、一线和新一线用户成为新生主力军,使短视频行业的商业价值持续释放。

从用户性别分布来看,我国短视频行业用户中男性用户占比达 56.8%,比其在全体网民用户中的占比高 4.1%。

从用户年龄分布来看,我国短视频用户年龄在 25—34 岁区间的数量最多,占比高达 45.5%,而年龄在 18—44 岁区间内的用户总体占比达到 87.2%。因此,目前,中青年用户更关注短视频行业,成为行业的用户主

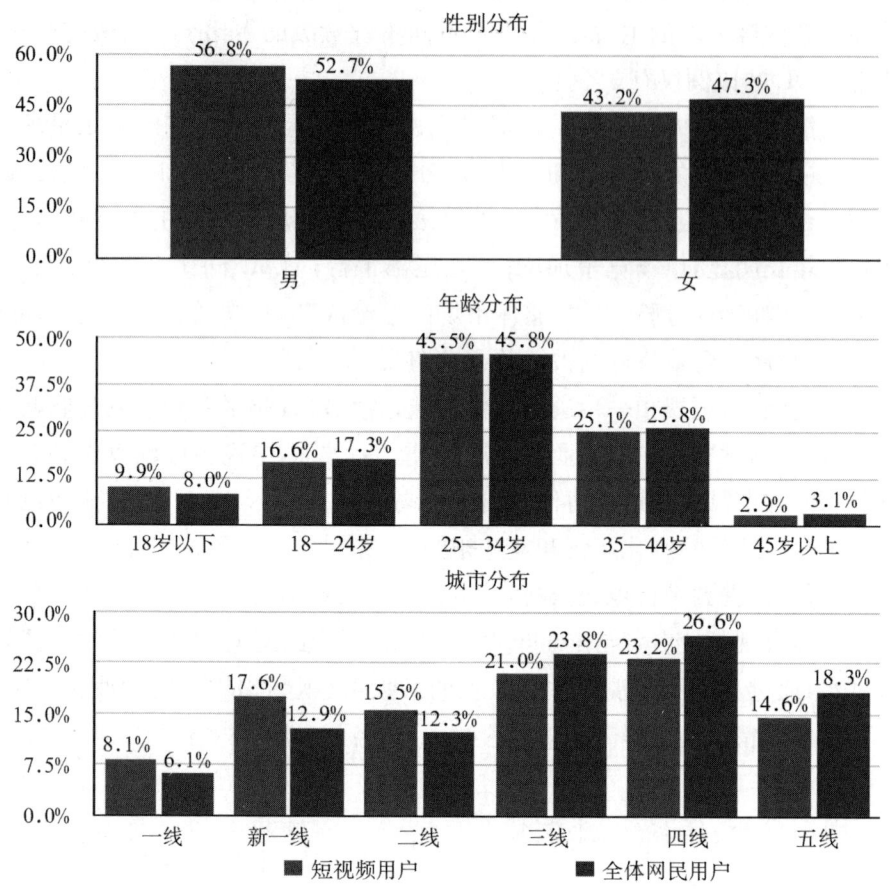

数据来源：https://www.mob.com/mobdata/report/114

图 7-2 用户分布图

力军。

不同年龄阶段的用户对短视频内容的偏好也有所不同。95 后、00 后的年轻用户对短视频休闲娱乐的诉求较高，其次是为自己所感兴趣的内容消费。而中老年用户更偏爱知识技术类短视频，对于本地新鲜事和好友分享的视频关注度相对较高，更注重视频间的互动性。

青年用户主要使用抖音、快手等短视频 App，他们依托短视频平台进行直播打赏、购物消费等，是短视频收入的主要贡献者。而中老年用户更倾向于通过微信、新闻 App、浏览器渠道关注短视频，且忠诚度较高。

2020年,短视频下沉化趋势日益显著。以短视频App快手为例,其用户分布在三线、四线、五线及以下城市的比例分别高于整体移动互联网用户1.7%、3.5%、1.9%。同时,快手在三线、四线、五线及以下城市的TGI指数均大于100,分别为108、118和114。

七、产业链构成:以内容为核心,破圈发展

随着短视频行业近年来的快速发展,行业产业链已经趋于完善,商业模式逐渐成熟。目前已形成的产业链主体包括内容生产方、内容分发方、用户终端、基础支持方(如技术服务提供商、数据监测商等)、广告商和监管部门等。内容生产制作的模式主要有UGC(用户生产内容)、PGC(网红经纪公司、专业视频制作公司)和PUGC("专业用户生产内容"或"专家生产内容",将UGC+PGC相结合的内容生产模式)。此外,产业链中还有监管部门、MCN、品牌方等机构。在整个产业链条中,平台方位于核心位置,MCN成为最重要的内容供应方。内容供应方和广告主通过营销服务机构和数据监测技术等获取用户的需求动向,进行内容生产和广告投放。相关内容由平台方和第三方监管部门审核后上传到平台之中,最后依据数据分析的结果被定向地投放到用户端。

从行业细分领域来看,短视频内容是短视频行业目前的融资关键,相关融资事件比例达到26.3%。这说明,短视频投资分布开始从前两年火热的平台转向产业链上游,集中在内容生产制作环节。过去几年的发展中,不少短视频平台为了追求内容下沉引发了过度模仿和夸大宣传等问题,导致短视频行业充斥着各种高度同质化的内容,甚至以恶搞低俗内容吸引流量。因此,在市场上充斥着同质化的视频内容和营销方式时,明确定位、不断变革、突破自身所在圈层成为各企业的发展重点。以短视频平台快手为例,为了遵守普惠的原则,其开发产品时倾向于优待中尾部创作者,由此被大众冠以"土、low"的刻板印象。为改变这一情况,快手平台在进行三次主要变革后进一步突破、扩展业务范围并调整商业模式,提高复合业务营收。完成内部结构改善的快手于2021年2月5日在香港正式上市,此次IPO金额达50亿美元,成为港股市场上近两年来除阿里巴巴之外规模最大的IPO。

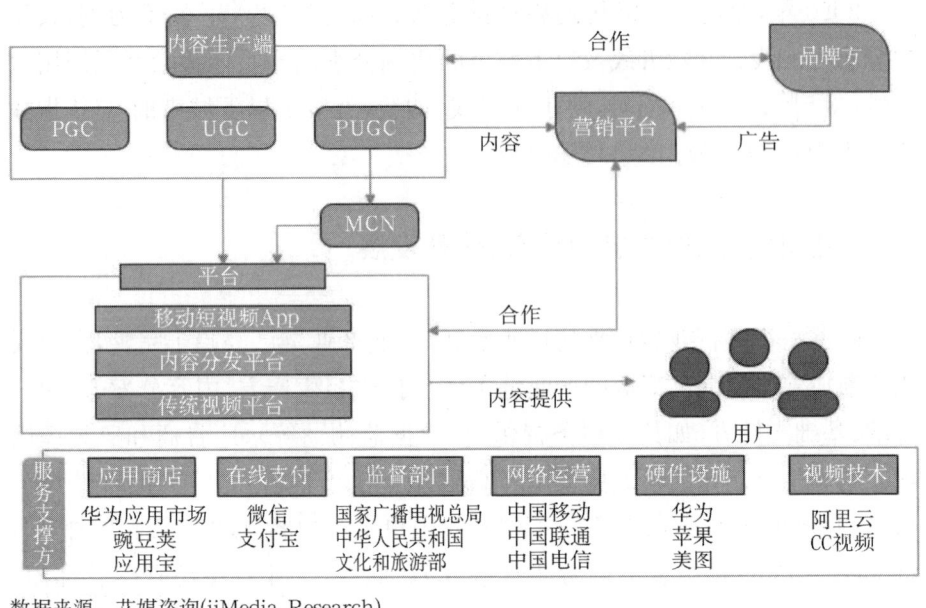

数据来源：艾媒咨询（iiMedia Research）
网址：https://www.iimedia.cn/c460/70004.html

图 7-3　2019—2021 年中国短视频产业链分析

第三节　2020 年特殊形势下"网络短视频"的发展特征

一、技术更新：体验更佳，成本更低

回顾短视频行业各阶段的发展历程，智能手机、3G 网络和 Wi-Fi 的普及使短视频发展步入初始的蓄势期；随后，4G 网络的普及、网络基础设施的完善和分发渠道的增加又使短视频行业迈向了转型期和爆发期。短视频行业发展至今，已进入稳定期和沉淀期，这离不开 5G 为其提供的坚实有力的技术支持。在短视频行业的发展过程中，技术因素是其迈向新发展阶段的基础性因素。

2020 年是 5G 技术商用及大规模普及的关键性年份，全国新建超 58 万个 5G 基站，5G 终端连接数突破 2 亿，同时实现了国内城市全覆盖。2020 年

1至11月,国内市场的5G手机出货量达1.44亿部,占到总体份额的51.4%。①

在5G移动通信技术的支持下,成本耗能降低,通信技术更加便捷、高效。5G网络移动终端上网时速是4G移动网络的100倍,在5GHz以上的高频段运行,每秒可传输约125MB的内容,宽带可提高至80MHz。5G的强大容量及网页兼容性能将会给予短视频及网络直播类App更佳的画面质量、更快的播放速度以及更好的播放效果,用户观看体验也会随之提升。

通信技术传播速度加快的同时也大大降低了消费成本,流量资费的下降为短视频行业的火爆奠定了基础,尤其是5G移动通信技术的支持将使成本耗能降低,使通信技术更加便捷高效。在此基础上,三大运营商推出迎合短视频市场的流量套餐,流量资费均价在不断下降。随着2019年5G套餐正式商用,5G用户便成为各运营商争相抢夺的对象;随着2020年5G网络大规模普及,各运营商更是纷纷祭出了电话推销、赠送流量、套餐促销等一系列举措,客观上降低了用户的消费成本,有利于短视频App使用率的提升。

二、内容变化:跨界合作,生产扩容

2020年受新冠肺炎疫情和超长假期的叠加影响,人们的工作学习、生活娱乐和资讯获取等需求都从线下转换到了线上。在此期间,短视频行业凭借短视频短小易操作、信息覆盖面广、内容消费碎片化和移动化等特点实现营收逆势增长,成为互联网第三大流量入口,并掀起了短视频全民化的风潮。在短视频信息消费崛起的同时,短视频内容迅速成为抢夺用户时间的核心变量。通过分析短视频行业产业链我们可以了解到,UGC(用户生产内容)和PGC(网红经纪公司、专业视频制作公司)是内容生产的两大模式。虽然目前平台人口红利已随着短视频内容创作梯队的竞争加剧以及基本团队扩容而逐渐消失,MCN机构和内容创作者的更迭愈渐频繁,但总体KOL数量仍呈现上升趋势,七大主流短视频平台中KOL数据变现趋势也大多数处于增长状态。

---

① 2020年新增58万5G基站 覆盖所有地市[EB/OL].(2020-12-24)[2021-02-01].http://www.gov.cn/xinwen/2020-12/24/content_5573126.htm.

游戏平台和直播电商等第三方平台的介入也成为2020年短视频行业发展的新态势。跨平台合作为行业变现提供了新的发展思路,有助于内容生态的持续繁荣。在电商领域,短视频市场体量大、潜力大。2020年,直播电商用户规模突破两亿,并呈现出以快手和抖音两大巨头企业为领导的两种直播电商特色方式。快手平台以私域流量为主,形成了以头部主播为中心的老铁文化,粉丝忠诚度较高,购物的转化率和用户复购率高。抖音平台以公域流量为主,由于受众多为95后、00后的年轻一代,因此平台的大众娱乐属性强,借助算法筛选爆款商品进行精准推送。商品以美妆、服饰百货为主,产品调性高,以品牌货物居多。

2020年,短视频与游戏的跨界合作则呈现出渠道与研发并举的新形势。短视频平台有流量优势,为头部游戏首选的广告投放渠道,而且短视频平台与游戏用户的重合率较高,也方便用户进行迁移。但目前游戏市场主流产品为研发门槛高、对时间周期和费用有一定要求的重度游戏,该情形对短视频企业的挑战较大,因此,游戏平台更倾向于选择短视频作为游戏的推广渠道。

三、用户特征:用户下沉、拉动经济

2020年,"向下走"成为短视频行业不约而同的一次集体选择。事实表明,在短视频行业中,下沉用户正在释放着远比想象中更大的消费能量。与一、二线城市用户不同,下沉市场用户工作时长短、压力小,有更多的空闲时间可供互联网行业填补。通过研究 Question Mobile 发布的相关行业报告我们可以看到,在移动互联网人均使用市场中,下沉市场用户表现亮眼,超越了非下沉用户。下沉用户的规模和市场增长迅速,短视频成为其增长最为突出的领域,这也意味着短视频平台在下沉市场中的竞争愈渐激烈。

面对下沉市场如此大的需求,各短视频平台也迅速地找到了适合自身内容的发展方式,不约而同地推出主 App 的极速版衍生 App。作为下沉市场用户的收割利器,极速版短视频 App 取消了创作功能,增加了分享邀请可赚钱、提现的功能;主要内容聚焦轻互动视频,覆盖面与主 App 呈现相同的多元化特征,但所占内存较小,操作难度系数降低,方便用户下载使用。

除了在市场下沉的过程中促进城乡之间信息层面日益频繁的交流沟通之外,短视频行业也为城乡发展分割的局面提供了实质性的改善方式,例

如,在推动农产品销售、带动乡村旅游等方面起到了正面作用,促进乡村加速脱贫。许多村民也在短视频平台化身视频博主,利用短视频帮助解决乡村特产的滞销等问题。还有的村民发挥创意拍摄了展现家乡特色风光和风俗的短视频,以期扩大当地知名度,吸引各地游客前来旅游,拉动旅游业的发展。

四、盈利模式:渠道丰富,模式完整

(一)短视频平台的盈利模式(以抖音App为例)

1.利润点和利润对象

短视频企业的核心竞争力是流量,而流量的本质就是用户,也就是企业的利润对象。短视频平台包含的各种类型的丰富内容对各年龄阶层的人群具有强大的吸引力,同时,平台还会通过技术精准推送内容,增加用户黏性。例如,抖音会凭借强大的智能系统,通过研究用户对各类视频的喜好度,为用户推送"常观看"类型的短视频,优化了用户体验,增加了用户黏性。平台鼓励创作者发布各种类型的短视频,还积极引进各类优秀的视听内容,例如,非物质文化遗产等相关内容在抖音上传播,又如,2020年1月,抖音上线了受疫情影响无法在影院上映的电影《囧妈》。

2.利润来源

首先,除了点赞、评论外,观众与视频创作者之间的互动还包括送礼物、打赏。例如,抖音App中通过人民币兑换"抖币"进行打赏,创作者和平台将按固定比例对用户打赏进行分成。其次,短视频平台还会获得广告收益。其广告主要包括开屏视频和广告类短视频,开屏视频是打开软件后的首界面,广告类短视频则作为软广告混入普通短视频中。通过相关数据估算,抖音每年的广告收入至少为124亿元。最后,"直播卖货"也在短视频App中被不断推广,部分商家在直播中向观众介绍产品性能以刺激观众消费,同时植入购买链接,以便观众购买。

3.利润杠杆

短视频App的社交属性及其传播十分依赖于互联网,因此,互联网大数据是其利润杠杆。平台通过聘请网络红人和明星在短视频软件中发布视频来带动影响力。同时，核心用户的作用和创作潜力也应当被充分挖掘，应将其视为优质内容的源泉和主力军。平台通过激励举措鼓励优质创作，使创作者可以通过流量获得实质性的收益。例如，抖音 App 中，创作者的短视频如实现超过 4000 次互动可开通直播卖货，"视频发布者—内容—用户—互动—购买商品—售后"的成熟链条可对创作者起到激励作用。

4.日渐突出的社会效益

各短视频平台为了巩固各自的行业地位，采取了多种体现其社会价值的措施，越来越注重承担社会责任，树立良好的企业形象。例如，2018 年抖音上线的青少年防沉迷功能，以及有关未成年人网络打赏的相关规定使家长们更为放心地让青少年通过网络学习和娱乐。同时，抖音的社会价值也随着媒体类、政务类单位用户以及《新闻联播》的入驻越来越受到重视。

(二)短视频自媒体的盈利模式

1.平台分成

短视频平台会根据创作者拥有的粉丝数量、曝光量、互动指数，对创作者进行一定比例的利润分成，从而激发创作者的创作热情，促进其创作出更优质的视频作品，为平台带来更多的流量、更强的用户黏性。

2.广告费

在自媒体发展早期，大部分的广告为直接插入的"硬广"，这种广告用户接受度较低，用户体验也不佳。随着"软广"的概念在各个平台上普及，这种更加柔和、用户接受度更高的广告方式受到了创作者和观众的青睐，产品方利用创作者的粉丝效益推广商品，并支付其赞助费，创作者可以采用"好物种草"等方式向粉丝推荐商品。

3.增值服务费

增值服务费原本指阅读付费和各视频平台的 VIP 会员服务费等，近年来直播的迅猛发展使得"观众打赏"也被列入其中，并且这部分费用成了短视频创作者的一大收入来源。观众们可以在直播时点击赠送小礼物进行打赏，打赏的收入则在平台抽成以后到达短视频创作者手中。

4.与电商结合

眼下,"直播带货"成为一种新型营销模式。这种模式使电商与视频、直播结合,观众可以在直播平台或者视频 App 内通过链接跳转至购物网站购买博主所推荐的产品并获得专属折扣,而自媒体平台也可以根据销量获得提成。同时,一些短视频自媒体摒弃了收取赞助费推广其他产品的模式,尝试自产自销。随着自媒体行业的不断发展,这种模式或将成为主流。

5.IP 运营

IP(Intellectual Property)运营是指运营者根据作品的特点、类型和用户属性,尝试多种运营手段,使内容或产品在其创作阶段就拥有大量忠实粉丝。

例如,李子柒等短视频创作者已成为现象级网红,经常受邀参加各类线下活动和电视节目,活跃在更大的平台上,他们的自有品牌成为具有国民度的 IP 品牌。同时,短视频团队还会推出各式周边产品,一方面是为了扩大 IP 的知名度与含金量,进一步刺激相关产品的销量;另一方面,短视频创作者的产品被打造成知名品牌产品后,创作者通过品牌营销获得版权费也是其盈利模式中重要的一部分。

五、监管情况:力度提升,引导有效

在短视频行业位于蓄势期阶段时,短视频内容质量水平不高,种类单一,行业发展较慢。随着短视频行业进入转型期和爆发期,短视频用户激增,分发渠道和内容多元化,行业发展速度提升,但同时也带来了一些内容低俗、虚假内容泛滥、内容抄袭等问题。自 2018 年起,短视频行业逐步进入稳定期,短视频平台的监管问题和法制化建设便成为发展新阶段的关键性问题。

网络短视频的监管问题和法律问题主要体现在短视频平台、短视频从业者、版权三方面。在短视频平台方面,平台内部分短视频内容质量差且平台自身缺乏话题引领力和对正能量话题的引导。在短视频从业者方面,由于短视频制作门槛低,内容品质和创作者素质参差不齐。有些创作者为了吸引受众眼球,在价值取向、文化观念等方面突破道德底线,甚至打法律法规的擦边球。在版权方面,由于短视频制作流程简单且传播途径广,因此更容易被侵权,短视频的侵权问题成为知识产权界讨论的热点。

虽然网络短视频的法治化建设遇到了很大的挑战,但令人可喜的是,2020年,网络短视频平台在内容引导、监管上仍取得了一些进展和提升。

2020年7月,国家网信办开展了"清朗"未成年人暑期网络环境专项整治活动,严厉打击了短视频平台中存在的涉未成年人不良信息。

2020年疫情期间,央视频依托5G技术对"直播火神山建设"等热点题材的挖掘和传播,为短视频平台正向运营起到了很好的示范作用。

2020年11月11日发布的新著作权法也回应了短视频的版权争议。这部法律完善了"作品"的定义和类型,"电影作品和以类似摄制电影的方法创作的作品"被改为"视听作品"。业内普遍认为,这意味着短视频等新类型作品的著作权已受到法律的保护。

六、出海爆发:业态初显,因地制宜

短视频行业不仅在国内的泛娱乐领域呈现爆发式增长,在海外相关领域中也具有出色的表现。自2017年欢聚时代进行短视频出海首次试水之后,火山小视频、抖音、快手等平台均推出海外版软件,这些软件也在一些国家的软件商店中登顶下载排行榜。面对具有发展潜力的海外市场,除了头部企业的探索,一些国内发展受阻的中小企业也开始在此探寻发展空间。但不可避免的是,短视频的海外试水也遇到了一些阻力。例如,2020年,印度禁用多款中国软件;又如,美国议会通过了禁止在政府设备上使用Tiktok的法案。

因此,考虑到地域文化差异,2020年,多数短视频企业将亚洲地区作为他们征战海外市场的第一步,之后再进入欧美市场。不同于文化的直接输出,以抖音为代表的短视频企业已将技术出海作为其全球化发展的战略核心,为全球用户提供统一的产品体验,在短视频运营、产业链等方面将国内成熟的模式和经验复制到海外市场中,同时收购或投资当地成熟的短视频企业,对其优秀的人才和团队进行吸纳,提出在营销方式、产品内容等方面因地制宜的策略,以适应当地的市场需求。

第四节 后疫情时代"网络短视频"的发展趋势

一、观感体验:科技叠加,视听体验升级

短视频行业对技术发展变革敏感度高,随着 5G 技术与 VR、AR、AI 等技术的不断成熟与结合应用,以及短视频与前沿科技的深度融合,短视频行业将迎来全面改造升级和模式优化。

5G 技术的全面推广应用将会激活一个体验经济时代,特别是满足用户情感体验的需要。VR、AR、AI 智能、3D 动画将带给人们前所未有的视觉冲击,向来以短、平、快取胜的短视频行业在 5G 时代将迎来爆发期。在 5G 技术的推动下,短视频将带给用户全新的使用体验以及不同于 4G 时代的观感,给用户带来更为强烈的感官刺激和更加直观的画面呈现效果。

5G 技术能够提供更大的容量储存空间和无延迟的网络传输渠道,虚拟现实技术也有机会使未来短视频实现全景切换式的交流互动。借助虚拟现实和现实增强技术,短视频的视频分辨率将达到 8K,会呈现出更为高清的画面。在 5G 技术的推动下,短视频中形式多样的情景转换效果也将带给用户更为美轮美奂的视觉享受。

二、商业运作:IP 运营,多元变现

随着短视频行业的发展步入稳定期,市场格局渐趋稳定,各短视频平台除了注重增加用户规模、丰富内容种类之外,更加重要的是应不断探索更深层次的商业价值、发掘变现潜力。

一方面,在当今的大 IP 时代,应当注重发掘短视频的潜在商业价值。李子柒等自媒体创作者成为现象级网红的例子数不胜数,创作者通过对自身 IP 品牌的运营获得可观的商业利益,短视频平台也借助网络红人收获流量和利益,这种商业模式逐渐成熟。因此,在大 IP 时代,越来越多的企业和个人通过短视频平台发布优质作品以扩大自身的影响力及知名度,越来越多

的新媒体企业和互联网企业通过上线短视频 App 来扩大用户群,可以说,短视频行业无论对于用户个人还是企业的发展都具有较大的影响。未来,企业将拓宽市场营业范围,通过短视频平台对自身产品进行包装、宣传、推广,在增强粉丝黏性的同时也能获得丰富的收益。

另一方面,应当充分利用平台积累的用户规模,探索多元化的变现方式。虽然目前以抖音、快手为代表的短视频行业领先者已经积累了一定的客户资源,但目前的客户流量仍不足以支撑行业至变现阶段。当下,自媒体短视频处于开发阶段,其平台的收入主要来自广告,或通过与电子商务平台及内容创作者合作来获得利润。为了进一步将短视频的内容资本化,平台将丰富变现模式,创造新的收入来源。例如,抖音及快手等领先平台正在与相关方洽谈,计划在视频推广中进行游戏植入,这不仅使专注于内容变现的自媒体营销服务提供商受益,也将使行业价值链上的其他业务合作伙伴共同受益。

三、市场动向:跨类竞争,差异化经营

短视频的火热促使更多资本流入该领域,不仅有各类网络应用引入短视频板块,独立短视频市场竞争也愈加激烈。在龙头初定、长尾效应显现的行业内,尾部平台获得独特市场地位最好的方式是通过特色内容、差异化经营实现。短视频的传统竞争对象是内容上与其直接相争的长视频,而随着短视频逐渐引入电商、直播、音乐、游戏等丰富的内容,其竞争对手也逐渐扩展至各种类型的内容提供平台。

跨类别竞争下的差异化经营是目前互联网内容产业的主趋势之一。引入丰富的内容表达形式、创建具有黏性的用户交流社群、增加多元丰富的变现渠道等,都能够促进差异化经营、适应不同消费者的需求,减少跨类别竞争引起的用户流失。

四、内容发展:专业优质,健康向上

用户在观看短视频的同时也在进行精神文化的消费。5G 时代短视频的发展更加注重质量以及更多正能量的"人性化"表达。2019 年年底,抖音

短视频品牌推广开始转向产品包装与人文情怀的结合,广告植入不再是无感情式营销。快手科技负责人表示,新时代的快手短视频要构建一个新的算法体系,打造网络生态循环系统,建立算法背后人性化的价值观;将积极、正能量的内容推送给用户,主动传播社会正能量,打造优良的网络舆论环境,构建一个短视频内容传播的新生态。

同时,内容创造也将趋向专业化。随着用户专业技能的提升以及资源的不断丰富,用户内容生产将越来越专业化和优质化。平台上也有多种功能和丰富的资源供创作者使用,协助其产出优质内容。此外,许多平台也提升了对多渠道网络内容的制作能力及资质设施的要求和准入门槛。

五、监管力度:多方责任,正向引领

网络短视频的法治化建设在短视频平台、相关政策法律等方面都有很大的提升空间。对于网络短视频现阶段出现的乱象,多数平台采取的自查自纠的方式是很难从根本上解决上述问题的,仅凭监管部门单方的作为也远远不够,因此应积极探索"平台+政府+用户"的平台监管机制,明确各主体责任,实现短视频传播的全方位监管。

对于平台方,应建立与业务规模相匹配的审核员队伍,完善信息内容审核管理制度,过滤不良信息,落实网络短视频平台节目内容先审后播制度。平台应对短视频的内容与价值进行审核把关,这是保障其健康长久发展的基础。

对于政府方,应完善有关部门的规章制度和行业规范。政府主管部门在对网络视频内容进行审核时应推进信息内容审核的精细化管理。例如,通过综合考量法律规定与道德要求、网络视频内容、用户年龄等维度,对短视频建立内容分级审核制度并设置用户观看权限。

对于用户方,应当加强对短视频传播主体的传播力、影响力、公信力等传播指标的测量、评估和规制,对于公民个人、社会团体、自媒体等多元传播主体都应有所规范,这对于促进短视频行业自治、优化短视频传播环境能够起到正向作用。同时,应建立健全举报投诉机制,加强外部监督。如在平台内设置用户"一键举报"功能,增加用户向监管部门和短视频平台监督举报的途径,扩展违法、不良短视频内容的发现渠道,加强对短视频内容的外部监管。

结　语

　　2020年的短视频行业已成功步入平稳期，以抖音和快手为头部企业的"两超多强"格局标志着短视频行业的市场格局逐渐稳定。在短视频行业发展的新阶段，其发展重点也从单纯地扩大用户规模和增加内容种类转移到了技术、监管、商业模式、内容生产、用户市场、对外输出等多个方面。未来，随着5G技术的普及和其他技术的不断成熟，短视频将会与VR、AR技术深度结合，带来视听观感的全面升级。随着各方主体监管责任的确立和落实、相关运营监管模式与法律制度不断健全，我们将会迎来一个更健康、更正向的短视频环境。随着大IP时代的来临，创作者和平台将会有更加多元的变现方式。在内容方面，短视频将推动更多的跨界合作，促进内容领域多元化发展。拓展海外市场以及发掘下沉市场等2020年的亮点工作正在逐步走向规模化和成熟化，或将给我们带来惊喜。

第八章 网络直播：
泡沫褪去，内容沉淀

网络直播自 2016 年兴起后便一直活跃在大众视野当中，后随着网络技术的不断发展、互联网用户数量的不断增多，网络直播用户数量也有了显著增长。近几年，数字经济迅猛发展为新个体经济开辟了新领域，很大程度上使个体经济的含义和周边充实起来，使新个体经济发展迅速，还推动了网络直播的发展。本章将对 2020 年网络直播的发展概况、行业特征和未来趋势及展望进行简要分析。

第一节 关于"网络直播"的文献综述

"网络直播"的相关研究大致可以分为三个阶段。第一阶段是 2002—2015 年，在这一时期，由于技术方面的限制，网络直播多与主流媒体融合，进行体育赛事、教育课堂、司法公开等方面的直播。第二阶段是 2016—2019 年，2016 年被视为"网红元年"，以"papi 酱"为首的网红以及相关网络直播平台受到大量关注，这一阶段的研究主要集中于对于网络直播自身的分类、传播学批判以及网络直播所带来的青年亚文化等方面。第三阶段是 2020 年至今，受疫情影响，网络直播呈现出了新特点，研究主要集中于疫情期间网络直播的新形态，以及网络直播为在线教育、出版行业的发展开辟的新路径。同时，也有关于网络直播消费行为的研究。

一、关于"网络直播"的分类研究

自网络直播诞生以来,就有大量学者从不同的角度对网络直播进行分类。网络直播具有泛娱乐化、内容杂乱、直播门槛低、消费女性文化等特点。受 2020 年疫情的影响,以网络直播为基本依托的线上消费受到学者们的大量关注。网络直播平台本来是游戏直播的天下,而后才发展出其他类别的内容,而网络游戏直播的前身是网络游戏视频。目前,网络直播平台按出品的内容来说主要分为以下几类:游戏直播、娱乐秀场直播、音乐秀场直播、户外直播、电商直播等(张昱,2016)。

从网络直播带货的角度出发,就平台来看,电商直播的主流平台主要有三大类:一是以淘宝、京东为代表的电子商业购物平台,二是以抖音为代表的内容娱乐平台,三是以微博为代表的用户社交平台。三大主流平台均具有带货功能,并逐步形成了淘宝直播、抖音直播、快手直播的三足鼎立的局面,其中又以淘宝直播和快手直播带货的量为主(潘锡泉,2021)。

从商业模式理论的角度出发,就价值主张、价值创造、盈利模式和技术框架四个维度来看,网络直播大致可以分为三类:以虎牙直播为代表的以直播平台为核心的网络直播商业模式,以快手直播为代表的扁平化动态网络直播商业模式,以淘宝直播为代表的行业组合垂直类网络直播商业模式。(宋立丰、杨正凡、宋远方,2021)

二、关于"网络直播"的传播学研究

网络直播平台在传播上具有以下特点:主播高度媒体化、有明确的用户目标、用户与主播之间的黏性较强、观看方式半碎片化、主播与用户双向互动、具有弹幕文化等(张昱,2016)。基于场景传播理论来看,网络直播场景中的传播是一种精准化传播,即网络直播提供的是个性化服务,网络直播中主播与用户之间的黏性较强,网络直播中传受双方的同时在场赋予了双方更深层次的交互体验,未来,网络直播依托于虚拟现实等技术的发展将深化用户时空一体化的体验(严小芳,2016)。网络直播媒介的独特性,即身体的同步在场,正是直播媒介不同于其他媒介的重要特点。一方面,直播间中的所有用户都可以再现的身体和他人展开同步的交流，交往双方通过身体实践能实时地感知彼此的存在；另一方面，由于再现的身体并不是用户肉身的表征，这为他们同时在另一情境中开拓关系网络提供了可能（张丽华，2021）。

三、关于"网络直播"中的女性形象研究

网络直播中的女性形象研究也是学者关注的重点。在逐利动机的驱使下，网络直播中身处表演情境的女性媒介形象被异化成可以塑造、选择、凝视、消费的"商品"。女性媒介形象内在异化表现为女性媒介形象被消费倾向突出、女性媒介形象被规训意识强烈、女性媒介形象符号化导向明显、女性媒介形象低俗化问题突出。而这种异化的根源来源于女权退化的现实氛围、直播逐利动机的驱使、直播平台自身的放任、大众集体无意识驱动（隗辉，2020）。从情感劳动与女性劳动者被异化的角度出发，在直播行业中，平台的设计看似高度自由，而实际上女性主播的人设塑造、娱乐行为、"亲密关系"等都被资本所监控，不断挤压着主播的劳动空间，由此导致对主播的剥削更加严重（张一璇，2021）。

四、关于"网络直播"的亚文化研究

网络直播亚文化具有以下表征：一是文化生产与传播内容以利益化为导向，最终指向流量变现的目的；二是礼物打赏行为体现出文化消费的狂欢化和虚拟化；三是弹幕社交产生集体"在场"的虚拟文化认同；四是传播亚文化的主播引发网络舆情，甚至产生网络意识形态安全的问题。网络直播亚文化存在诸多问题，例如监管存在漏洞、以经济利益为目的以及资本裹挟等，而情感缺失则构建出网络亚文化的心理基础。秀场类直播能带给用户多种狂欢式的体验，能够满足用户的猎奇、窥视等心理，这是用户在其他媒体和现实社会中不易获得的。但是这类直播存在严重的文化陷阱，金钱主义成为衡量一切的标杆（贾毅，2016）。青年人为了宣泄情感、追求个性、寻求本我的认同，依托于媒介技术构建了属于青年人自己的文化空间。这类文化空间中的社群以兴趣为纽带联结而成，展现了青年人在猎奇与窥视心

理下的情感宣泄,以及部分人由于现实社会中社会地位差异导致文化资本不足从而依托于网络直播的技术赋权以获取文化资本进行弥补。人们对于网络直播形式的偏好源自人们对于视觉文化的偏好,在直播过程中存在身体在场而缺失了个体的主体性(李其名、黄薛兵,2017)。因此,要建构与完善网络直播监管制度,充分发挥社会主义核心价值观的引领作用,培育网民的法律意识和媒介素养,由此才能占领互联网传播高地,掌握媒介话语权的解决措施(武豹、余建军,2021)。

五、关于"网络直播"的新形态研究

针对后疫情时代的网络直播的研究主要有以下几个方面:一是受疫情影响而出现的针对疫情进行直播的新形态研究,二是慢直播的创新,三是直播形态对于出版行业未来发展产生的影响,四是疫情催生出的在线教育直播的创新。

以《人民战"疫"》为例,这是由新华网推出的系列微视频疫情报道,报道中所呈现的新形态的网络直播大多通过专题呈现的方式进行,以满足受众多元化的信息需求。在这系列报道中,新华网联合全国各方媒体共享直播信息与平台,同时借助地方媒体所具有的特殊资源扩充报道内容,并集合信息平台共同建立了辟谣机制,全方位地展现了主流媒体的责任担当;在技术方面,以移动互联网、5G、多屏互动技术作为支撑,跨越时间空间对抗疫现场进行直播;在用户参与方面,通过话题引领激发用户参与度(张惠敏,2021)。再以火神山"云监工"为例,在这场慢直播中,受众直接成为参与见证事件的人,不同于快节奏生产出的视频内容,慢直播以其展现漫长时间内事物逐渐发生变化而使受众产生代入感吸引受众。这也给传媒行业一个启示:生活节奏逐渐加快,反其道而行的慢节奏生活展示也许是一种突破,盲目求快也许不是吸引受众的唯一的途径(李悦悦,2021)。

后疫情时代下,出版业与直播新业态融合发展,出版业运用直播营销模式提升品牌知名度、提高销售码洋的可能性和可行性等,都是当下众多出版单位试水直播的过程中要慎重考虑的问题。出版单位应立足知识传播,借助意见领袖带动销售码洋,运维私域流量,在直播新零售的带动下,尽早完善硬件设施,实现零售、发行的物流闭环(刘麟霄、杨铮,2021)。此外,5G时代使教育信息高效传播,从而使直播教育持续迸发活力,进而重构并优化直播教育的体验,创造直播教育的产业价值,使直播教育成为变革传统在线教育、创新教育教学形态的重要力量。尽管 5G 时代下直播教育蓄势待发,潜能巨大,但是目前尚不成熟,尚未形成直播教育产业链和生态链(王运武、王宇茹、洪俐、陈祎雯,2021)。

六、关于"网络直播"的消费研究

针对网络直播消费,有学者从心流体验理论出发对网络直播消费行为进行了不同方面的研究。网络直播的特征对消费者的购买意愿有显著的正向影响。网络直播的可视性、互动性、真实性和娱乐性皆对消费者购买行为产生正向影响,感知信任和感知有用性在直播特征与消费者购买意愿之间起中介作用(张宝生、张庆普、赵辰光,2021)。网络直播信息的专业性、互动性、吸引力和可靠性均对冲动性购买产生正向影响,心流体验在此过程中发挥了显著的中介作用(林钻辉,2021)。

网络直播的消费特征主要呈现为:规模迅速扩大,电商直播头部平台效应突显;直播单场规模跃升,头部主播带货效应显现;直播电商产品价格分布相对集中,直播商品品类特征明显。在此基础上,直播存在主播流量高度集中化,头部主播依然稀缺;直播电商的直播内容单一,且同质化现象较为严重;直播电商平台的主播素质参差不齐,功利化色彩浓厚;直播电商行业服务无序化现象突出;供应链整合度低、盈利点较为单一等方面的问题。强化监管,加快直播电商的规范化发展;提高直播电商平台主播的准入门槛,提升直播电商平台主播的职业技能;丰富直播品类,打造优质内容,契合客户多样化需求;整合优化直播电商供应链,营造直播电商公平竞争的营商环境是解决上述问题的对策(潘锡泉,2021)。

第二节 2020年特殊形势下"网络直播"的总体概况

一、行业规模：把握机遇、增长迅猛

2020年以来，受到疫情影响，直播行业迎来了发展新机遇。Quest Mobile调查显示，在2019年4月到2020年4月，网民使用移动互联网的时间由128.2小时增加到了144.8小时，这为平台直播提供了观众基础。中国互联网络信息中心（CNNIC）发布的第47次《中国互联网络发展状况统计报告》显示，截至2020年12月，中国网络直播用户规模达6.17亿，比2018年年末增加了2.2亿，占网民整体的62.4%。

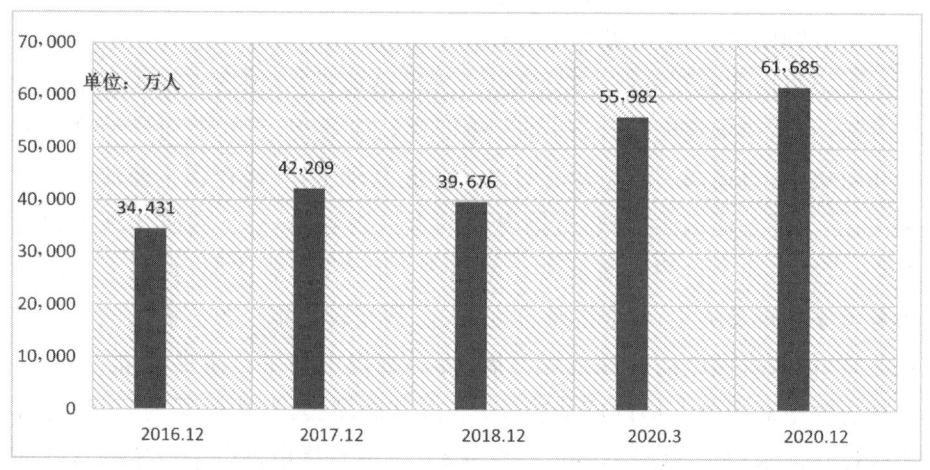

图8-1　2016年12月—2020年12月的网络直播用户规模

其中，电商直播用户规模为3.88亿，和2020年3月相比增加了1.23亿，占网民整体的39.2%；游戏直播的用户规模为1.91亿，和2020年3月相比减少了6835万，占网民整体的19.3%；真人秀直播的用户规模为2.39亿，和2020年3月相比增加了3168万，占网民整体的24.2%；演唱会直播的用户规模为1.9亿，和2020年3月相比增加了3977万，占网民整体的19.2%；体育类直播的用户

规模为 1.38 亿,和 2020 年 3 月相比减少了 7488 万,占网民整体的 13.9％。

二、疫情影响:用户依赖、类别多元

由于疫情期间无法外出,人们的娱乐方式大大减少,为了满足自身的社交和娱乐需求,人们更加依赖互联网,观看直播成为一个不错的选择。网络直播没有过多的开播限制,并且网络信息技术的发展与智能手机的普及降低了直播的准入门槛,只需拥有一台手机人人都可直播。同时在疫情期间,人们的心理压力增大,需要及时的交流沟通以相互鼓励,网络直播使全国各地的群众联系起来,在困境中相互鼓励、携手同行。目前,网络直播的内容已经越来越多样化,内容涵盖电子竞技、音乐、体育、娱乐表演、户外活动、真人秀、综艺、娱乐、美食等,可以满足网民的多种需求,网络直播也得到了进一步发展。

三、平台分析:注重形象、盈利亮眼

(一)直播平台的社会责任感

艾媒咨询调研数据显示,在使用者对平台社会责任感的认可度排名中,居首位的是快手直播,其后分别是虎牙直播和 KK 直播(见图 8-2)。艾媒咨询分析师提出,制订普通主播培养计划、鼓励主播推广公益项目和平台创办抗疫公益项目等公益活动可以提高平台的社会责任感,以此达到传递正能量、树立公司品牌形象的目的。

1.虎牙直播

其一,营收持续增长,构建直播生态。虎牙直播成立于 2014 年 11 月,创立以来持续运用精细化的战略,主攻游戏方面的直播业务。虎牙直播采用与流行主播合作、创作精彩内容等方法,迅速发展为使用人数在该领域领先的游戏直播软件。虎牙直播在 2019 年的收入达 83.8 亿元人民币,同比增长约 80％。

其二,优质主播+优质内容。虎牙直播成功的关键在于其平台上活跃

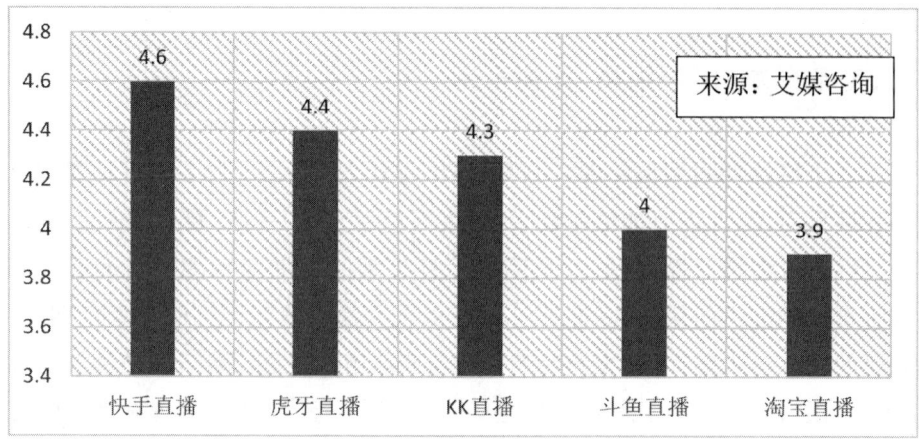

图 8-2　2020 年第一季度中国在线直播平台的用户对直播平台社会责任感认可度的评分

的主播,及其不断更新的具有吸引力的优质内容、产品及服务。为扶持优秀主播成长,虎牙推出"30 亿星主播计划"并加大投入以吸引更多热门主播。

其三,打造正能量板块"虎牙文化"。"虎牙文化"板块在 2018 年 8 月正式发布。"虎牙文化"是虎牙直播传播正能量的主要板块,其主要目的是使平台内容更加丰富以及承担更多的社会责任。板块内容包括区域经济、扶贫、环保等方面,成为在线直播行业做公益的标杆。

2.KK 直播

其一,深耕泛娱乐直播,寻求合作与突破。KK 直播开创了我国手机娱乐直播的先河,在粉丝经济的作用下,KK 直播苦心经营、运用先进的音视频直播科技与产业链结构,进攻我国的下沉市场,拥有注册用户 1.5 亿,建造了优质的平台生态与流量变现模式。KK 直播通过增加主播数量、直播出海、战略合作等方法,一直在寻找发展机会,多元发展的主播生态为平台吸引了更多用户。

其二,聚焦文化公益,践行社会责任。KK 直播长期与各媒体平台保持合作。2020 年,KK 直播与人民网、人民视频、陕西广播电视台、36 氪、齐鲁晚报等媒体平台合作,利用平台流量为抗击疫情提供优质视频内容,包括爱心科普、恢复地方经济、复工复产等多个方面,积极参与抗"疫",传播社会正能量。此外,这些年来,KK 直播运用"直播+"持续打造各种文化教育栏目,创造优秀的文化娱乐内容；并且关注公益活动，一边充实直播内容，一边逐渐升级企业形象，承担企业的社会责任。

(二)直播平台的数据分析

Mob 研究院发表的《2020 中国直播行业风云洞察》显示，截至 2020 年 3 月，在中国娱乐直播平台活跃用户榜上，YY 直播拥有 4120.4 万活跃用户，位居榜首。2020 年欢聚时代的半年报显示，第二季度欢聚时代直播总收入达 56.1 亿元，同比增长了 40%，占总收入的 96%，而欢聚时代收入增加的原因主要是 BIGO 业务。第二季度欢聚时代全球平均移动端 MAU(月活跃用户)同比增加了 21%，达 4.57 亿，其中的 91%来自海外市场。值得注意的是，相比 2019 年同期，在营业总收入方面，陌陌、天鸽互动、欢聚时代均出现不同程度的下滑；映客则相比 2019 年同期增长 48.42%。斗鱼、虎牙业绩增长明显，2020 年上半年，虎牙收入 51.09 亿元，同比增长 40.29%；斗鱼收入 47.86 亿元，同比增长 42.37%。从营收上看，两大平台不相上下。

2020 年 1—6 月，虎牙净收入 3.98 亿元，同比增长 115%，斗鱼净收入 5.74 亿元，同比增长超过 1000%。每经记者注意到，实际上，斗鱼和虎牙的营收结构非常类似，都以直播收入为主，广告等其他收入为辅。以 2020 年第二季度为例，虎牙总营收 26.97 亿元，直播收入 25.65 亿元；斗鱼总营收 25.08 亿元，直播收入 23.2 亿元。两者的直播收入占比均在 90%以上，虎牙直播收入的占比稍高。

从营收和净利润看，斗鱼和虎牙的数据都是正向增长的。2020 年上半年，斗鱼和虎牙营收的增速相比 2019 年上半年明显放缓。在净收入方面，2020 年上半年斗鱼与虎牙的业绩都比 2019 年上半年高。由于净收入与业绩的增高，2020 年，斗鱼与虎牙的股价也一直在增长，其中虎牙股价累计增长 45.85%，斗鱼股价累计增长 75.68%。[1]

---

[1] 每经记者.直播带火直播平台？数据揭秘 YY、虎牙、斗鱼、陌陌生存现状[EB/OL].(2020-09-27)[2021-02-05].https://m.thepaper.cn/baijiahao_9367194.

四、产业链构成：分工明确、内容为先

（一）内容提供方

直播产业链中的内容提供方包括网络主播、主播经纪和版权运营商，其中，各直播平台的主播在整条产业链的最前端，主播引导使用者争夺流量，直播内容直接影响着直播平台的核心竞争力，所以内容提供方的作用不容小觑。主播经纪主要包括主播经纪人、主播经纪公司和主播公会家族等，为主播安排事务和进行维权；版权运营商则主要指游戏版权和体育版权的运营商，如完美世界、腾讯体育等。

关于主播类型的划分，可以参考互联网用户的内容生产的分类。目前，互联网用户的内容生产主要分为三大类：UGC、PGC 和 OGC。普通用户是UGC 内容的生产主体，其生产和传播的内容主要是个人的兴趣分享、经历。UGC 的表现形式很多，例如视频中的弹幕、表情包的创作、对微博等的评论、抖音中的个人视频创作等。在直播领域，UGC 主要指素人直播。

PGC 是专业生产内容，其内容生产主体是那些在特定领域内已经具有一定的知名度、影响力的专家、人士或相关机构，他们具备一定的某些领域的专业知识。"丁香医生"就是 PGC 的一个典型案例。在直播当中，PGC 主要指有一定知名度的网红主播、明星主播等。

OGC 指职业生产内容，OGC 的生产主体是那些具有专业背景与一定知识的从业人员，他们利用自己的职业身份参与到生产中，从而获取相应的酬劳。生产者对 OGC 的内容制定了更高的标准，OGC 机制的生产内容实际是由专业媒体机构提供的，在直播领域中，OGC 并不常见。

目前的情况表明，UGC+PGC 的模式逐渐成为主流，两种机制的融合可以增加用户的黏性，能够发挥规模优势，提高平台的参与度与吸引力，两者融合后形成的 PUGC，即专业用户生产内容，得到了更多平台的青睐。这一点在直播领域也有所体现。直播平台既允许素人进行直播，通过 UGC 丰富产出内容、扩大产业规模，另一方面又签约网红、明星主播，靠 PGC 内容提升平台知名度、实现变现。

(二)平台运营方

直播产业链中的平台运营方主要指直播软件平台以及"直播+"平台，直播软件平台有 YY 直播、9158 直播等，"直播+"平台有微博、腾讯视频等，这些平台也同样拥有直播功能，并可以利用用户资源为直播引流。当下，众多的直播平台竞争激烈，逐渐走向功能化、综合化、垂直化。

(三)服务支撑方

直播产业链中需要的服务支撑很多，包括应用商店、智能硬件、视频云服务、内容监管、广告电商、支付软件等，负责保障直播应用的日常运营。其中，应用商店为用户提供平台的下载来源；智能硬件为直播提供硬件支持；视频云服务包括播放储存整个链路、推流转码、内容发放、基础设施建设，同时也激活了业务层面的功能，例如宽带压缩、秒级禁播、自动鉴黄、美声美颜等；内容监管负责监督管理直播内容；广告电商提供赞助；支付软件为用户提供支付途径。

(四)分成机制

总体来说，直播的分成机制与房间内购买 VIP 等级的人数、房间内充值的人数、房间内消耗的币数（活动参与人数）、单天的热度、房间消费礼物的数量等相关。视频聊天室中设计的产品包含但不局限于：活动——通过抽奖活动、宝箱活动等获得福利；物品——通过体验礼物、消费礼物来带动参与，例如代金券、道具；等级——通过获得 VIP、贵族、爵位等级别的身份享有特权。分成的方式也有多种，固定奖金就是其中一种。房间内消耗的所有虚拟币扣除成本之后将按比例划分，大部分划分给公司、负责人等，剩下的归主播所有。所以主播一方面鼓励用户给自己送礼物，一方面也鼓励房间内的用户互相刷礼物、刷道具，带动他们投票开宝箱，定时还会举办互动联谊之类的活动。主播背后也有绩效标准，用来衡量吸引了多少用户、促进了多少消费等。

例如，YY 平台的主播的收入主要分为两种方式。一种是工资提成收入。YY 官方为某个频道的主播提供基本的工资待遇，主播的收入可以分为固定工资与提成收入。如果主播直播表现优异，观看直播的用户数量多，主播就能从中得到提成,所以,提高主播的主持能力以获取更多的收看量是极其重要的。主播的另一种收入方式是公会抽成,主播在将蓝钻兑换成佣金时,公会会扣除其抽成的部分(公会的最高权限管理员设置公会抽成),剩下的归主播所有。主播可以从个人中心的"我的账户"中选择"蓝钻和佣金",点击"兑换红钻",便可以查看目前签约公会的抽成。一般来说,主播的收入要先扣除平台的佣金,再按照与公会的协议抽成比例来分配剩下的部分。比如说,游客刷 200 元礼物,YY 官方抽走 50%,剩下 100 元,若公会抽走 20%,主播则获得 80%,即 80 元。

第三节 2020 年特殊形势下"网络直播"的发展特征

一、发展阶段:产业互促、纵深布局

中国的在线直播行业历经了四个发展阶段。2005 年,直播行业主要的运营模式是观众打赏、秀场直播,有六间房、YY 语音等娱乐直播平台。从 2014 年开始,国家出台政策扶持电竞的发展,熊猫、虎牙、斗鱼直播等"小而美"的游戏直播平台发展迅速。2017 年,快手、抖音等短视频平台发展迅速,丰富的内容、素人直播使其获得了更多的关注。2019 年,李佳琦等人的网红直播间出现,电商直播平台位居行业的风口位置。中国在线直播行业发展进入多维发展、多强并行的成熟阶段。[1]

在直播行业刚开始出现时,其盈利模式比较单一,用户付费是其收入的主要来源。直播行业仅依靠单一的产业种类与商业模式是无法稳步向前的。随着直播行业逐渐成熟,在线直播进入多元化发展时期。"直播+"模式的推动让直播行业的价值得到了充分发挥。各大平台通过"直播+电竞""直播+音乐""直播+电商""直播+公益"等模式突破自己。这种模式推动各个产业链与直播平台相结合,有利于平台进行产品创新、内容创新,增加

---

[1] 艾媒大文娱产业研究中心.2020Q1 中国在线直播行业专题研究报告[EB/OL].(2020-04-30)[2020-12-15].https://www.iimedia.cn/c460/71255.html.

用户黏性。直播平台具有互动、透明、及时的特点,与此同时,直播还带动了其他行业的快速发展。"直播+"模式的出现与发展促进了直播平台及其合作行业的共同进步。

"直播+"模式得到了各大直播平台的积极推广,各大平台将教育、旅游、文化、综艺、电竞等产业与直播结合起来,致力于构建高品质、差异化、多元化的直播生态体系。比如,虎牙直播通过自制赛事IP、抢占赛事版权、签约职业战队等手段,进一步深入布局电竞产业链;[1]YY直播则不断尝试各种类型的自制节目,开拓旅游、美食、户外、情感、二次元等内容,通过引入跨次元合作、线上线下模式的结合、PGC机构等方式生产内容,丰富自己的内容体系。

二、用户画像:需求多样、年龄偏小

(一)用户数量下降,传统直播受到冲击

2017年,抖音、快手等短视频平台兴起,为素人主播提供了机会,一时之间,直播开始频繁地出现在大众视野里,成为一种现象,这一时期也出现了许多知名主播,如陈一发儿、冯提莫等。但近年来,随着网络文艺的发展,有更多形式、更多内容的网络文艺可供观众选择,如网络自制剧、网络自制综艺,短视频行业也在不断发展,在当代人生活忙碌、休闲时间较短的情况下,观看直播已经不是性价比最高的选择,传统的直播正在遭遇危机。因此,素人的直播很难再回到盛极一时的状况,在短暂的火爆之后,其近几年正渐渐淡出人们的视野。

(二)疫情期间用户习惯进一步养成

艾媒咨询所进行的相关调查研究结果显示,约七成的受访用户在疫情期间观看直播的时间长度以及观看直播的次数得到了一定的提升,其中约有34.1%的受访用户表示自身观看直播的次数得到了一定的提升,同时约

---

[1] 中商产业研究院.2020年中国网络直播市场发展现状及趋势预测[EB/OL].(2020-05-29)[2020-12-19].https://www.sohu.com/a/398392796_350221? qq-pf-to=pcqq.group.

40.9%的受访用户观看直播的时间长度得到了一定的提升。艾媒咨询的相关数据分析师提出,在疫情期间,用户观看直播的习惯进一步养成,这一现象促进了直播用户群体的固化、用户黏性的提升,以及用户增量向存量的转变。这在很大程度上助推了与个体相关的网络文艺直播的发展。

(三)疫情期间,寻求娱乐放松成为用户观看直播的主要原因

艾媒咨询所进行的相关调查研究结果显示,直播平台的用户在疫情期间观看直播的主要原因为消磨时间以及满足自身的娱乐需求,这也为网络文艺直播提供了更多的可能。当线下的演唱会直播、真人秀直播等官方直播不能满足观众需求时,个体的直播就有了更多机会,可以填补疫情期间用户的需求,发挥更大的作用。同时,在用户观看直播的原因中有"了解疫情相关信息"这一点,由于直播活动具有可视性以及实时性,因此用户更加倾向于通过这一方式来获取相关信息。

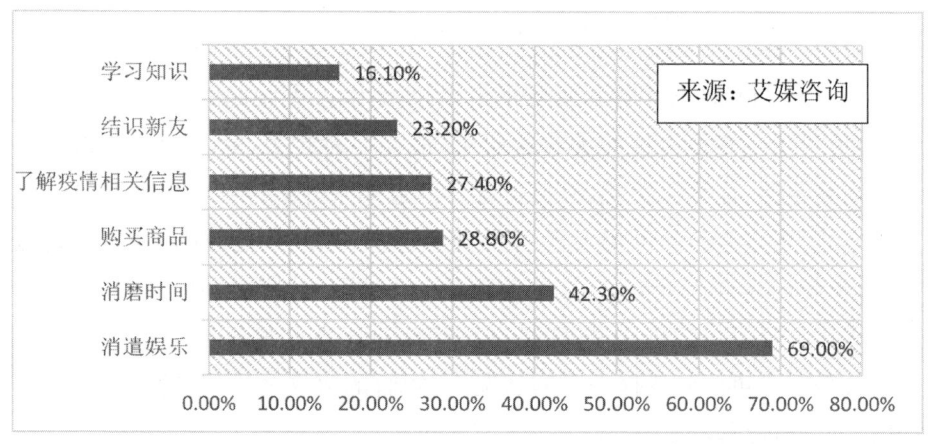

图 8-3　2020 年第一季度中国在线直播用户观看直播的主要原因

(四)用户观看需求多样化

艾媒咨询所进行的相关调查结果表明,2020 年上半年,消遣娱乐、获取知识以及购买产品是中国直播平台用户观看直播活动的主要动机。艾媒咨询的相关数据分析师提出,中国直播平台的用户对直播提出了更加多样化的需求,其不仅仅单纯地关注娱乐方面的直播,而是集娱乐、购物、学习于一

体。针对日趋多样化的用户需求，直播平台也在不断地对直播的内容以及相关产品进行升级。

(五)用户偏好趣味挑战方面的内容

艾媒咨询所进行的相关调查研究结果显示，在2020年上半年中，中国的直播平台用户更加倾向于选择观看脱口秀形式或含有趣味挑战的直播内容。艾媒咨询的分析师提出，伴随着逐渐丰富的直播生态，泛娱乐直播平台的主要立足点为更高质量以及更加丰富有趣的内容。

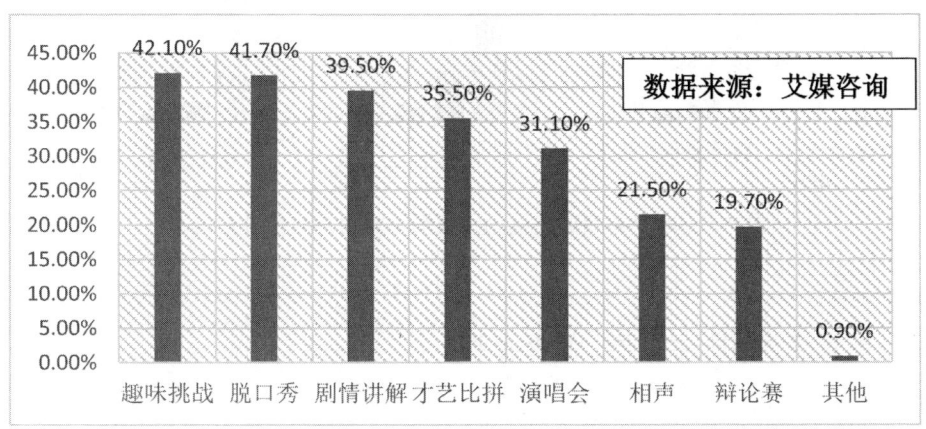

图 8-4　2020 年上半年中国在线直播行业用户对泛娱乐平台创新内容偏好情况

(六)用户年龄整体偏小

就2020年我国主要网络直播平台用户的年龄分布情况而言，数据显示，虎牙直播、YY直播和斗鱼直播24岁及以下年龄段用户占比最多。其中，64.4%的虎牙直播用户为24岁及以下的年轻人，斗鱼直播平台中24岁及以下的用户占到了60%，同时，在虎牙直播、YY直播以及斗鱼直播平台中也存在大量的25—30岁的用户，占比分别为：23.5%、32.8%、28.6%。由此可知，大部分网络直播平台的用户均为年轻人，正是如此，大部分的网络直播平台需要精心地对直播内容进行垂直化、精细化以及规范化的策划，使用户能够对产品价值有更加深入的了解，从而推动私域流量的转化率。①

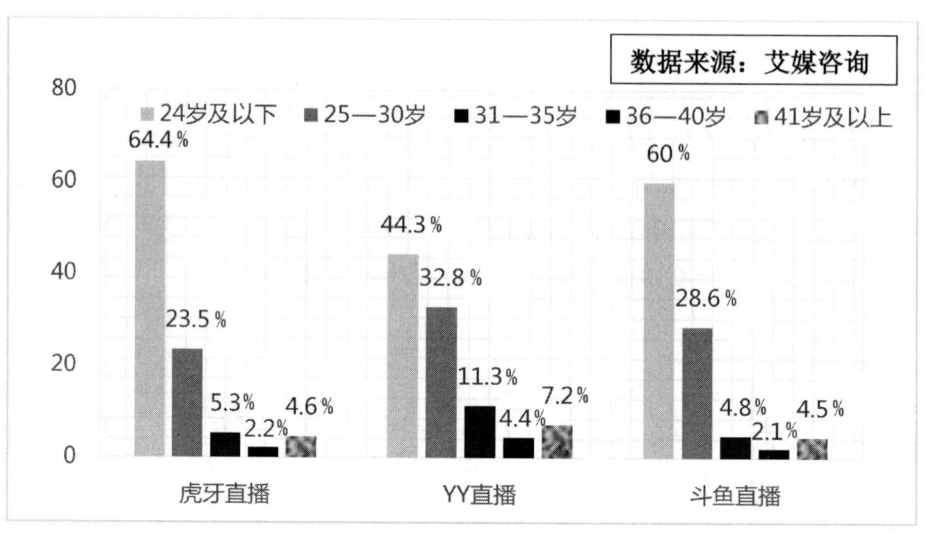

图 8-5　2020 年我国主要网络直播平台用户年龄分布情况

三、市场竞争：角逐激烈、专业者胜

在传统的秀场直播中，主播复制难度相对较小，内容与规模已相对稳定，而目前，在线直播行业又有了多元化发展，不再局限于个体主播在直播间表演，一些平台招募大量主播参加培训，进行体育竞技解说、游戏解说等，如虎牙直播采用"直播＋电竞"模式。2020 年疫情期间，电商又有了突飞猛进的发展，直播带货异军突起，如抖音的"直播＋电商"模式，使传统的主播直播受到强烈冲击。

基于此状况，平台和主播的专业化和差异化显得至关重要。伴随着日趋成熟的在线直播行业的产业链布局，在线直播平台为使自身的竞争力得到进一步的提升，通常会更加关注运营工作的精细化以及专业化发展。由此，各平台对主播的选拔与培训活动进行了一定程度的强化，采取专业化的方式运营，凸显专业化特色，以此强化平台优势，以期在激烈的竞争格局中

---

① 艾媒咨询.直播行业数据分析：2020 年虎牙直播平台 24 岁及以下用户占 64.4%[EB/OL].(2020-08-13)[2020-12-07].https://t.cj.sina.com.cn/articles/view/1850460740/6e4bca4402000oqkx.

赢得用户。只靠颜值和身材博人眼球的时代已经过去,现在的主播需要有专业深耕的领域,或是依靠"有趣的灵魂",来获得观众的喜爱。

四、科学技术:实时交互、5G 赋能

5G 技术能够有效地升级直播服务,使直播过程中网速更快、画质更清晰,不仅如此,在实时交互式以及催熟沉浸式的直播服务中使用 5G 技术,能够使用户的直播观看体验得到一定程度的提升。同时,5G 还能使直播活动中所使用的互动方式的效果得到一定程度的提升,例如,在腾讯直播平台上,用户给主播送的礼物可以更加生动、显眼的动画实时出现在屏幕上,同时,直播间里会显示刷礼物榜单的前三名,这促进了主播与观众的交流,活跃了直播氛围,增强了趣味性,有利于增加用户黏性,但不可否认的是,其在一定程度上存在诱导用户消费的倾向。

五、政策法规:加强引导、完善生态

近几年出现了大量的网络秀场直播以及电商直播节目,这一现象在互联网经济中较为常见,在网络视听节目的管理过程中需要予以必要的重视。2017 年,在线直播开始出现并逐渐流行,然而,新兴事物缺乏管控,出现了行业乱象,部分主播在直播时不守规定,打违法乱纪的擦边球。2017 年至今,每年均有一批被封杀的主播,这样的现象一方面让直播在大众心中的形象大打折扣,一方面又给观众带来了不适的观感,十分不利于行业发展,对社会造成了极大的不良影响。

因此,国家十分注重互联网环境生态整治。2020 年,国家多次开展"净网"行动,全面整治互联网乱象,直播就是其中重点审查和监督的一项。2020 年 11 月 23 日,国家广播电视总局官网发布《国家广播电视总局关于加强网络秀场直播和电商直播管理的通知》,进而使规范并引导网络秀场直播以及电商直播的活动得以加强,同时对价值导向进行强化,构建起一个较为健康的行业生态环境,对低俗、媚俗等不良风气加以遏制。该通知中提出,需要通过有效的方式,减少违法失德艺人的社会影响力,同时对直播领域之中存在的不良风气的蔓延加以遏制,以免对网络生态环境以及社会主义核

心价值观造成影响；不仅如此，需要对未成年直播用户的打赏功能进行封禁，同时要求各直播平台以国家的相关政策为基础，对各自的主播艺人进行整治，加强主播培养及筛选机制，严格遵守国家政策规定和法律法规，构建全面、完善的主播生态，创造优质内容。

中国特色社会主义道路下的文艺要服务于社会与人民，传递社会主义核心价值观，要把社会效益放在首位。网络秀场直播作为社会主义文艺的一部分，更应当承担社会责任，可以通过其所具有的大流量优势，使社会价值的实现速度得到一定的提升。

六、表现形式：竖屏观看、增加实感

网络直播是互联网时代的产物，在各个移动端中，手机最为小巧、便携且普及率高，于是手机成为观看网络直播最主要的移动端。鉴于手机自身的特性，大部分的网络直播也采用竖屏的形式。在观众通过移动设备收看直播的过程中，因为直播的画面较为狭窄，观众的视线会集中在单人或单个物品的展示中，使不同的细节能够较好地被呈现出来，继而使用户获得更好的现场感。不仅如此，竖屏的收看方式与平时人们使用手机的习惯更加契合。

第四节 后疫情时代"网络直播"的发展趋势

一、商业发展：业态结合、场景延展

随着网络技术的不断发展，网络文艺方面的娱乐内容日益丰富，传统的文艺直播已经不能满足观众需求，于是文艺直播逐渐出现于与其他业态相结合的新业态中。"直播＋公益""直播＋电商""直播＋音乐""直播＋电竞""直播＋旅游"等新形态为直播行业发展注入了新活力。

以"直播＋旅游"的形式为例，在当下较多种类的旅游营销活动中，旅游直播的方式较为流行。旅游直播营销活动的目标用户为90后的年轻群体，

业界正在积极地探索潜在的流量变现能力。2020年9月14日,中国旅游研究院规划所助理研究员郭娜博士代表课题组在线发布了《中国国内旅游发展报告2020》,报告中指出,从新冠肺炎疫情对旅游产业的影响层面上看,旅游产业的关键词为"智慧化、流量、转型"等。该报道提出,疫情推动了旅游智慧化发展,"无人服务""智能导览""数据监测"等成为各大旅游企业和景区智慧旅游建设的基本要求。随着逐渐出现的包括携程等在内的旅游服务商,地方政府领导人加入宣传旅游服务的现象也较为常见,这使得2020年成为"旅游直播元年"。[1]

相关报道显示,2020年4月,马蜂窝这一旅游直播平台的直播次数相较于3月增加了108%,主播数量则增加了约58%。从4月份开始,马蜂窝的平台用户数量持续增长,每日平均增长率达101.4%,同时,相较于初次观看直播的时长,用户再次观看直播的时长为前者的2.7倍。[2]

旅游直播的主播可以来自世界各地。例如,在马蜂窝平台中,国内主播大多来自国内的旅游热门城市,来自东京、大阪以及冲绳等地的主播在国外主播中的占比较大,此外,上海、黑龙江以及山东等地区的商家有着更高的直播接受度。我国的85后以及90后这一部分消费能力更强的群体是旅游直播的主要观众构成。根据相关数据可知,85后、90后是旅游直播的主要用户,整体占比过半,这群人同时也是"剁手"爽快的一批用户。除此之外,约20%的旅游直播平台用户为95后与00后。对观众的城市分布情况进行调查的结果显示,来自一线以及新一线城市中的用户接触旅游直播的频率更高;同时,在最爱观看旅游直播的观众中,北京、上海以及广州地区的观众占比较大。[3]

新媒体时代,"室内直播"的单一场景不能满足用户的需要,因此,直播的方式出现了一定的转变,而旅游行业的发展使直播行业获得了更多的直播场景。

---

[1] 中国国内旅游发展报告2020|新冠疫情与国内旅游:冲击与信心[EB/OL].(2020-09-14)[2020-11-30].http://www.ctaweb.org.cn/cta/ztyj/202103/d5a7e85180ba48f8b7d8455697eb6267.shtml.

[2][3] 旅游直播时代——文旅生态洞察2020[EB/OL].(2020-05-08)[2020-11-25].https://www.mafengwo.cn/gonglve/zt-964.html.

二、数字技术：基建升级、助力变现

当前，世界各国正在逐渐加强信息、科技等方面的基础设施建设，飞速发展的数字技术使产业融合的程度更为深入。不断发展的 5G 以及互联网技术为直播提供了发展的动力，直播画面更加清晰，网络更加流畅，直播的实时互动性也日益得到增强。

新兴技术的发展将为直播行业赋能。在未来的发展中，VR、AR 技术有望进一步普及并应用于直播中，增强直播的变现能力。

三、行业要求：门槛渐升、有所专精

自 2016 年网络直播元年至今，整个直播行业飞速发展，大批新主播涌入，起初门槛极低，因而也造成了网络直播环境鱼龙混杂的局面。随着观众审美取向的提高、政策约束的加强，网络直播对主播和平台专业化方面有了越来越高的要求。

几年前，人们极其容易关注到一名网络主播的视频，然而在当下的环境中需要相关团队的帮助才能使个人主播获得更多的关注。一名来自北京的直播行业从业人员认为：个人主播的最好的发展时期已经结束了，当前制作出一个质量较高的短视频需要更高的成本。① 即便是那些关注量较大的主播，其直播工作的不确定性也比较大。在对部分网络主播的工作进行长时间的跟拍之后，纪录片导演吴皓指出，网络主播的收入情况与此前相比并没有明显的变化。此外，从事直播行业的工作人员大部分没有接受过高等教育，缺乏足够的社会资源，这些人员缺少在现实生活中进行经营活动的能力，因此网络主播们正在尝试寻找新的发展方向。

随时可能被其他娱乐分流的观众、难以增长的收入、不可避免的不确定性，这些都使得网络主播工作陷入困境，也使网络直播行业面临困境。在这种情形下，主播只有提升专业素质，有所专精，完成从"UGC"到"PGC"的转

---

① CHENG E,王会聪.美媒：更专业化 中国网络直播门槛在升高[EB/OL].(2020-01-03)[2020-01-15].https://m.huanqiu.com/article/9CaKrnKoFWC.

变,才能提高自身的竞争力,在瞬息万变的直播市场中占得一席相对稳定的地位。与此同时,个体主播竞争力有限,他们多与行业各界人士接触,组建自己的团队,以期获得更多的支持,提升自身实力。

四、市场发展:泡沫消失、回归理性

随着行业监管措施的逐渐加强,直播行业的泡沫正在逐渐消失,行业内的竞争愈演愈烈。当前,直播行业的发展已经趋于理性,因监管措施严厉,部分不良内容以及中小平台逐渐退出了直播行业的舞台。在未来,直播行业将会更加规范,同时资本会更加关注行业中的头部平台,继而可能会引发"垄断"的问题。反之,规模较小的平台则可能失去竞争力,逐渐淡出竞争市场。

结　语

2020年,网络直播有了进一步的发展,出现了新的业态,依靠技术更新不断优化升级,根据政策不断规范调整。目前,网络文艺直播在与各种新兴形态的直播竞争中有势头衰退的趋势,但因互联网用户规模仍在不断扩大,它仍然占据一席之地。在新的环境下,网络文艺直播可以选择抓住机遇,积极与其他业态相结合,提高技术、加强创新,同时规范平台,加强专业化,打造自己的独特优势和魅力,这样才能与时俱进,在竞争中立足。

第九章　网络文学：
　　　以"文"战"疫"，降速提质

得益于移动互联网设备的普及、移动网络的迭代升级和热点覆盖范围的扩大，数字阅读用户量近年来呈现高速增长态势。在数字阅读行业发展逐步深化的背景下，网络文学行业市场规模逐步拓展，内容、规模和质量都得到了进一步的提升。2020年，受新冠疫情影响，原创网络文学作家开始更多地关注现实类题材，并且注重内容的社会效益和传播正能量；网络文学领域的企业积极迎接挑战，拓展阅读互动场景以提高用户黏性。随着政策法规的进一步落地、网文出海走向纵深与拓展，网络文学也将降速提质，最终回归内容创作与平台服务。

第一节　关于"网络文学"的文献综述

"网络文学"的相关研究大致可以分为三个阶段，第一阶段是1995—2002年，这一时期网络文学及其研究处于初步发展的时期，研究主要集中于对网络文学本体概念的界定以及相关特征的研究。第二阶段是2003—2015年，网络文学发展迅速，年度发文数量增长速度较快，因此，这一时期的研究主要集中于网络文学的审美新转向、网络文学的反思与未来发展的趋势。第三阶段是2016年至今，网络文学规模继续扩大，并与影视、游戏跨界融合，形成IP产业链，因此这一阶段的研究主要集中于网络文学产业化探索、网络文学走出去等方面。

一、关于"网络文学"本体价值的研究

自网络文学诞生以来,对于网络文学的文学性反思一直是研究关注的热点,近年来的研究主要有以下几个方面。一是对于网络文学经典化的研究。网络文学是具有民族特色与时代气息的、具有鲜明的娱乐性和商业性的文学。中国网络文学虽然难觅"永恒经典",但是产生了大量"时代经典"和具有经典"潜质"的作家作品。在此基础上,相关研究提出了针对网络文学的评价体系,即在传统文学的思想标准和艺术标准之外加上读者影响力、商业效益等进行多维度考察。而网络文学自身的文学性也有其特有的评价标准,包括作品的文笔、脑洞,作品是否有违和感、是否烂尾、是否有爽点等(周志雄,2021)。网络的媒介特性为瓦解精英中心统治提供了技术可能,它打破了精英文学与大众文学的二元结构,未来的网络文学将不再分"精英文学"和"大众文学",只有"主流文学"和"非主流文学"、"大众文学"和"小众文学"。在此基础上,相关研究认为,网络时代经典的认证者不再是任何权威机构,而是大众粉丝。而这种根植于"粉丝经济"的"网络性"使原本依据读者不同口味而形成的"类型性"获得了生机。这种类型小说的商业性不排斥文学性、程式化不排斥独创性、娱乐性不排斥严肃性(邵燕君,2015)。

二是对于网络文学语言的研究。当今媒介革命时代的网络文学语言突破了传统文学语言的既有疆域,拓展了传统文学语言的审美维度,主要表现在视听特性与图像转化的审美特征、杂语共生不断调适的良性发展状态,以及脚本化与跨媒介融合的辐射功能。网络文学之所以能使创作主体、作品和受众之间情感的关联度空前增强,能使网络文学作品及其衍生文化的受众群体空前庞大,能使自己跻身于当今社会文创产业链的上游,正在于其语言所具有的独特审美维度(郝然,2021)。

二、关于"网络文学"海外传播的研究

从网络文学的内容角度来看,我国网络文学得以在海外传播主要有三方面原因:一是网络文学精准地把握了海外受众的阅读期待和审美情趣,二是网络文学作品可译性强,三是网络媒体更加贴近现代社会人们的社交需

求(郭竞,2017)。

从"5W"角度来看,我国网络文学海外传播的现状为主体多元、内容丰富、平台功能突显、受众覆盖面广、提升了中华文化的影响力。我国网络文学海外传播具有"走出去"尚未形成整体合力、讲述当代中国故事的数字出版产品"走出去"乏力、缺乏与国际主流标准接轨的平台和格式、对受众的了解度不高、传播效果评估体系尚未建立等问题,基于此,相关学者提出政府、企业、协会齐同发力,加强内容建设,建设国际化网络文学平台,精准施策、效果优先的传播策略(陈丹 2021)。

从场域理论的视角来看,在我国网络文学海外传播的过程中,优质文化资本精准地捕获读者、行业内部优质文化资本沉淀、作品生产机制熟练高效以及中国在国际上的亮眼表现稳定了跨文化场域是我国网络文学成功走出去的原因。现阶段,我国网络文学具有类型少、文化资本匮乏、文本同质化严重、影响资本增值、翻译质量低、文化资本贬值、缺乏有效互动、场域稳定性下降等问题,应对这些问题可以从两个方面入手:一是优化内容与类型,确保文化资本增值;二是构建有活力的场域,培养读者的稳定惯习(王迪、王鹏涛,2020)。

从跨文化传播的角度来看,我国网络文学海外传播存在版权问题以及翻译群体不稳定、译者缺口大、受众群体不成熟、产业化程度低、传播类型单一、缺乏监管等问题。基于此,我们可以从版权、翻译人才、类型发展、文化生态链条的角度提出解决对策(吕振燕,2020)。

三、关于"网络文学"IP 改编的研究

从注意力经济的视角来看,网络文学 IP 热的本质是注意力经济,同时将注意力经济的运作规则延伸到整个文化产业。近年来,IP 成功的改编都具备吸引受众注意力资源的能力:一是题材的受众广,二是话题性强,三是易于符号化、易理解,四是符合社会流行审美标准。但是也要警惕 IP 热带来的负面影响,一方面,用免费阅读换取"注意力",会使绝大多数作家失去经济保障,进而使得写手数量减少,优秀作品难以产出,从而冲击整个网络文学的产业发展。另一方面,最大化适应受众偏好的写作方式会使网络文学的社会效益进一步被挤压,任何时代的文学作品如果沦落到通过各种版权的

买卖赚钱,实际上搁置了对文化经典和社会责任的追求。再一方面,过度强调注意力可能会导致"劣币驱逐良币",如果仅凭是否能吸引受众注意力来确定一部作品的价值与价格,那么创作生产就会出现以次充好的情况,短平快、市场更受欢迎的作品将会被大量创作,优质网络文学作品将会减少(闫伟华,2016)。

从文化资本的角度来看,网络文学 IP 改编的本质是布尔迪厄所定义的文化资本,在此基础上,由 IP 串联下的多场域发展策略可以用"场域共振"的概念来概括,这种共振是一个处于平衡状态的可供性复合场域,多个文化场域在优质 IP 的串联之下生成相互作用力,在多方协力作用下达到价值开发 1+1>2 的效果。这种复合场域可分为纵向延展型和横向整合型两种,其中纵向延展型是指一源多用的商业模式,将一个核心 IP 用于多个子场域之中,横向整合型是指多个原生 IP 的整合性文化产品开发,以某一产品开发的场域为原点,整合其他场域实现横向开放性共振(向勇、白晓倩,2016)。

从数字媒介环境下的媒介融合来看,跨媒介叙事是网络文学 IP 内容生态圈的新模式。不同媒体依据其媒介特性对元文本进行不断的补充和完善并生产出新文本是网络文学 IP 能够在当下持续得以延展的重要原因。产业化的发展一方面使得文化产业资本运用自身优势资源纵深开发优质 IP,实现了元文本内容的多样态和跨媒体平台发展,另一方面也出现了乱象,公司盲目囤积 IP、只捧头部 IP 等,资本虽然不断增值,但是留下的多是粗制滥造的低俗作品。在此基础上,相关研究认为,应在"内容为王"理念的指引下,尽量促成商业开发与文学旨趣的协调共生进而实现网络文学 IP 的可持续发展(曾一果、杜紫薇,2021)。

四、关于"网络文学"未来发展趋势的研究

网络文学的发展历程可以分为三个阶段:网络文学 1.0 时代(1995—2002 年)是艰难探索期;网络文学 2.0 时代(2003—2018 年)是野蛮生长期,这一时期,以起点中文网为首的网络文学网站加速了商业变现之旅;网络文学 3.0 时代(2019 年至今)是提质增效期,一方面,网络文学走向产业化,成为泛娱乐化体系的重要组成部分,另一方面,文学产业逐渐走向主流化、精品化。相关研究认为,网络文学 3.0 时代,内容创作上将有以下几个趋势:一

是主流化、精品化趋势日益凸显,具体表现在内容题材结构进一步优化、内容质量显著提升。二是体系化、规模化趋势愈发明显,具体表现在网络文学的创作群体进一步壮大,内容质量和数量规模得到提升,作家的责任担当意识明显增强。三是融合化、国际化趋势持续推进,一方面,网络文学的内容创作逐渐从个体平台向多方联动转变,并由此形成全 IP 产业链,进一步凸显了产业集聚效应;另一方面,网络文学的内容创作更具国际化视野,在传播中华优秀文化和展示中国文学方面发挥了重要作用(刘焕利,2021)。

从 5G 网络的技术角度来看,5G 技术的发展将为网络文学赋能。首先,5G 技术在信息存储和信息传播上的运用重塑了数字内容的生产,使阅读文本中可以加载声音、动漫、游戏等多种元素,引领移动阅读的数字化升级;其次,5G 技术使得万物互联得以实现,多屏或跨屏将成为网络文学呈现的新方式,进而实现以阅读为基础的产业重构;最后,5G 技术同其他技术的深度耦合,特别是 AR、VR 技术的叠加,可以丰富用户体验,实现用户的个性化需求。相关研究总结了在 5G 技术的背景下未来网络文学的发展方向:一是要提供高质量内容,倡导有价值的阅读;二是要挖掘数据价值,提供个性化阅读服务;三是要钻研用户需求,构建阅读生态(郭歌,2021)。

从价值链的内容角度来看,网络文学要丰富以 IP 资源为中心的内容生态;从价值链的渠道角度来看,网络文学要优化数字阅读产业的商业模式;从价值链的用户角度来看,网络文学要加强与用户的连接,促进数字阅读产业价值的传递(张建友、张祎鑫,2021)。

第二节 2020 年特殊形势下"网络文学"的总体概况

一、概念辨析:随网而生、强调媒介

自"网络文学"这一名词出现至今,学者对它的定义一直存在争议。庄庸(2015)将目前对网络文学的定义归纳为三种:一是网文界主流的定义,即指在网络文学网站上以更文形式连载、以小说为类型主体、以超长篇(二三十万字以上)等为篇幅体量的文学故事作品,以及在上述网站内部或百度贴

吧、网络论坛上以各种形式形态、文体语体、篇量体量演绎与原创的衍生文学作品与文艺文化现象(如中短篇同人小说和二次元文化现象)。二是学界、公众或官方在研究、评选或进行媒体报道时采用的"社会化"的定义:网络文学是指互联网兴起以来,发表于网络,具有一定创新性且形成一定规模和影响力的网络文学作品。三是全产业链视野中"跨界"的定义:网络文学是指那些具有"互联网+文学"属性且在此新文艺/文化生产机制中生产和传播的"网络"文学作品。① 邵燕君(2015)更强调其网络性,指出网络文学是在网络中生产的文学,网络是媒介,更是生产空间。②

从近二十年网络文学概念的变迁中,我们可以看到关于网络文学概念的最大分歧在于"网络性"和"文学性",有些学者偏向于从媒介的角度定义,有些学者偏向于从内容的角度定义。③

本书对于网络文学的定义,偏向于"网络性",即强调媒介性,尤其是网络文学的阅读写作平台。网络文学是指随互联网发展而产生的,在如晋江文学城、起点中文网等网络文学网站上连载并传播、以具有互联网特征的形式形态和文体语体来表现的、兼具文学性和娱乐性的一种网络文艺形式,其中以网络原创作品为主。

二、市场规模:高速增长、逐步拓展

移动互联网设备的普及、移动网络的迭代升级和Wi-Fi信号覆盖范围的扩大,使得近年来移动互联网用户数量快速增长。2020年,在全球经济受新冠肺炎疫情影响暂时停摆的严峻形势下,我国网络基础设施建设、互联网普及率、网民规模等仍创新高。第47次《中国互联网络发展状况统计报告》显示,截至2020年12月,我国网民规模为9.89亿,互联网普及率达70.4%;我国手机网民规模为9.86亿,网民中使用手机上网的比例为99.7%。④

---

① 邵燕君,周志雄,庄庸,赵斌.新媒体时代的文学形态——关于网络文学的对话[J].名作欣赏,2015(34):83-91.
② 邵燕君.网络文学的"网络性"与"经典性"[J].北京大学学报(哲学社会科学版),2015,52(1):143-152.
③ 刘志慧.从概念变迁看近二十年网络文学的发展[J].湖北工业职业技术学院学报,2019,32(6):65-68.
④ 中国互联网络信息中心.第47次中国互联网络发展状况统计报告[R/OL].(2021-02-03)[2021-02-20].https://www.cac.gov.cn/2021-02/03/c_1613923423079314.htm.

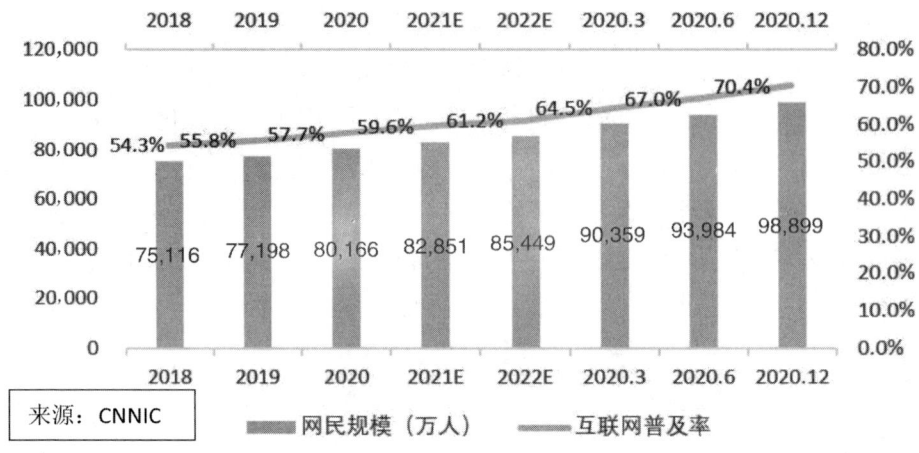

图 9-1 我国网民规模和互联网普及率①

我国数字阅读行业市场规模在 2020 年已经突破 300 亿元。艾媒咨询数据显示,2020 年我国数字阅读行业市场规模达 372.1 亿元,增长率达到 27.1%(见图 9-2)。②在数字阅读行业发展逐步深化的背景下,网络文学行业市场规模逐步拓展。

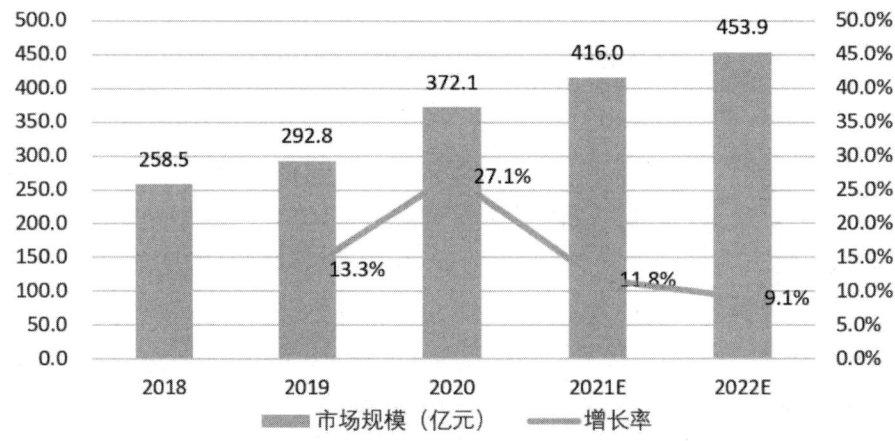

图 9-2 2018—2022 年中国数字阅读行业市场规模③

---

① 中国互联网络信息中心.第 47 次中国互联网络发展状况统计报告[R/OL].(2021-02-03)[2021-02-20].https://www.cac.gov.cn/2021/02/03/c_1613923423079314.htm.

②③ 艾媒咨询.艾媒咨询|2020 年中国网络文学作家影响力榜单解读报告.[EB/OL](2021-01-13)[2021-01-24].https://baijiahao.baidu.com/s? id=1688772152482827149&wfr=spider&for=pc.

我国网络文学市场规模可观。2020年7月,艾媒咨询发布的数据显示,自2011年以来,我国网络文学市场规模不断上涨,2017年突破120亿元,预计2020年将超过200亿元,达到210亿元,而2021年将达到236亿元(见图9-3)。①

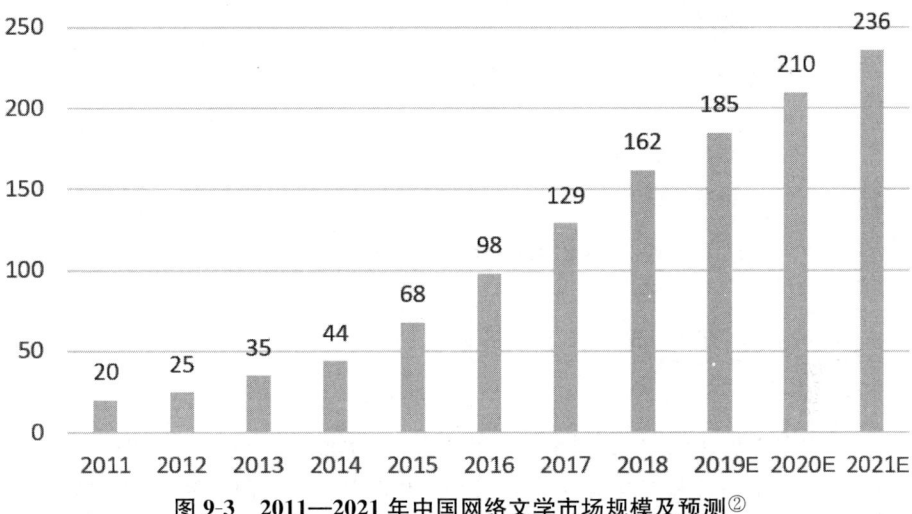

图9-3 2011—2021年中国网络文学市场规模及预测②

海外市场兴起,网络文学出海初具规模。谈及网络文学出海,我们可以回溯到2004年,起点中文网首次在全球范围内出售网络文学版权。历经近二十年,从直接出售版权到IP改编输出,中国网络文学出海版图不断扩大。无论是出海作品数量还是海外市场规模、用户规模以及原创作者数量,都呈现翻倍增长的态势。

---

①② 小玉.网络文学行业数据分析:预计2021年中国网络文学市场规模为236亿元[EB/OL].(2020-07-20)[2021-01-28].https://www.iimedia.cn/c1061/72800.html.

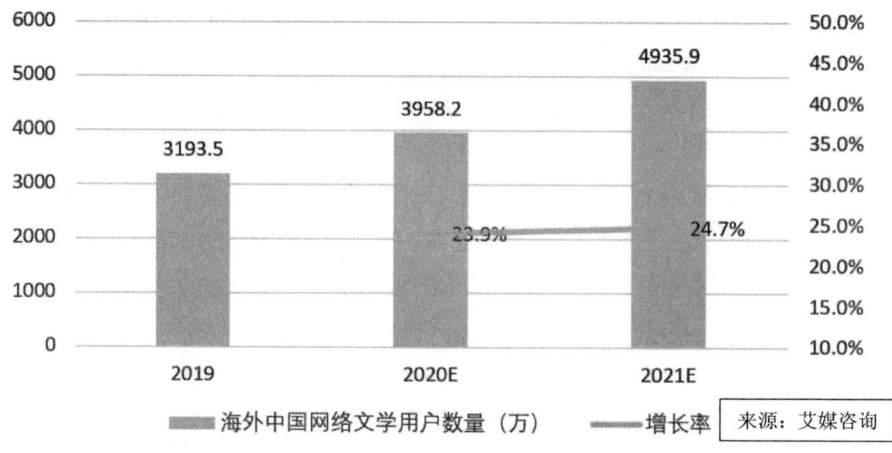

图 9-4　2019—2021 年海外中国网络文学用户规模

三、用户规模：数量可观、以青年为主

2020 年，近五成网民是网络文学用户。据统计，截至 2020 年 12 月，我国网络文学用户规模达 4.6 亿，占网民整体的 46.5%（见图 9-5）；手机网络文学用户规模达 4.59 亿，占手机网民的 46.5%（见图 9-6）。①

图 9-5　2015 年 12 月—2020 年 12 月网络文学用户规模及使用率②

---

①② 中国互联网络信息中心.第 47 次中国互联网络发展状况统计报告［R/OL］.（2021-02-03）［2021-02-20］.https://www.cac.gov.cn/2021-02/03/c_1613923423079314.htm.

图 9-6　2015 年 12 月—2020 年 12 月手机网络文学用户规模及使用率①

　　三线及以下城市和农村地区网络文学用户规模潜力巨大。一线、二线城市的网络文学用户数量基数大，用户数量增长空间有限；而得益于互联网基础设施的普及和改善，三线及以下城市和广大的农村地区的网民规模增长迅速，因此，这部分地区在网络文学用户规模增长方面有巨大的发展空间。首先表现在：三线及以下城市的互联网活跃用户占比截至 2020 年 3 月已经接近六成，用户规模呈增长态势；而三线以上城市，即一线、新一线和二线城市，其互联网活跃用户规模出现减少的态势。其次表现在：从 2020 年 3 月至 6 月，农村网民规模的增长比城镇网民规模的增长多 2501 万人，城乡地区互联网普及率差距缩小了 6.3%。②

　　网络文学用户普遍年轻化，付费意愿更强。在 2019 年网络文学的活跃用户中，95 后用户占一半以上；在网络文学的付费用户中，90 后占比已超过用户总量的六成（见图 9-7）。③ 值得一提的是，Z 世代成为网络文学用户的主力，他们付费意愿更高，也更注重参与、互动和表达，积极参与 UGC 创作。

---

① 中国互联网络信息中心.第 47 次中国互联网络发展状况统计报告［R/OL］.(2021-02-03)［2021-02-20］.https://www.cac.gov.cn/2021-02/03/c_1613923423079314.htm.
② 中国互联网络信息中心.第 46 次中国互联网络发展状况统计报告［R/OL］.(2020-09-29)［2021-02-20］.https://www.cac.gov.cn/2020-09/29/c_1602939918747816.htm.
③ 中国社会科学院 & 阅文集团:2019 年度网络文学发展报告［EB/OL］.(2020-02-20)［2021-01-28］.http://www.199it.com/archives/1009663.html.

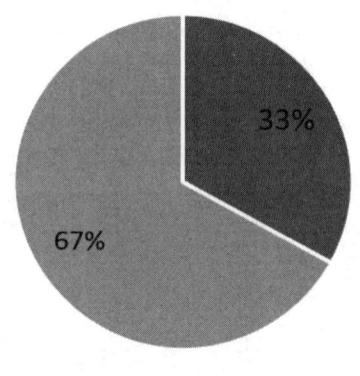

图 9-7　2019 年网络文学付费用户年龄分布情况①

第三节　2020 年特殊形势下"网络文学"的发展特征

一、政策督导：严控内容、打击侵权

（一）着重强化内容监管

国家网信办发布的《网络信息内容生态治理规定》（后简称《规定》）于 2020 年 3 月 1 日正式施行。该《规定》以包含网络文学在内的网络信息内容为治理对象，旨在通过健全网络综合治理体系，营造健康良好的网络空间和网络生态。针对网络文学，其重点厘清和规范了网络文学的内容生产者——网络文学作家、网络文学的内容服务平台——网络文学的阅读平台、网络文学的内容服务使用者——网络文学平台的用户以及网络文学行业组织的权利和义务，强调对网络文学的内容进行更加严格的监管。

2020 年 6 月 5 日，国家新闻出版署发布的《关于进一步加强网络文学出

---

① 中国社会科学院 & 阅文集团：2019 年度网络文学发展报告［EB/OL］．（2020-02-20）［2021-01-28］．http://www.199it.com/archives/1009663.html．

版管理的通知》(后简称《通知》)更具针对性地规范了网络文学出版管理七个方面的内容,包括网络文学的整体市场秩序、行业队伍的建设和人员职责、出版前期的内容审核、出版中期的登载发布、出版后期的评价考核和评奖推选等。《通知》更加明确地将监管提升到内容层面,强调了网络文学的社会效益,强调对选题、内容、结构、质量和创新等方面的要求,尤其提出网络文学要避免陷入模式化和同质化的泥沼。与此同时,多家官媒就"网络文学"方面的问题密集地发表了评论文章,为网络文学管理新规造势。

表 9-1 官方媒体 2020 年 6 月关于"网络文学"方面问题的评论文章

日期	媒体	文章标题	行业问题
6月3日	人民日报	《网络文学的新使命与新课题》	玄幻题材:一些作品中出现由套路化、程式化构成的自我重复。现实题材:作品中的典型化营构和文学性提炼明显欠缺。各个类型的小说缺乏精心的营构、精到的叙事,用严格的文学标准来衡量,这些作品基本上属于还不够成熟的半成品,或自我摸索的练习作。
6月8日	人民日报	《网络文学:既要高质量也要正能量》	网络文学领域良莠不齐、泥沙俱下的问题还较为突出,平庸之作较多。历史虚无主义、伦理道德、凶杀暴力、过度色情描写等问题依然存在,甚至还出现了历史观、民族观、边疆观、史学观的错误。老百姓特别是广大青少年家长迫切要求加强网络文学管理。
6月8日	光明日报	《担负起塑造时代精神的重任——网络文学的宏观与局部定位》	由于片面注重点击率,求多求快,网络文学作品中出现了"工业化生产"的现象。
6月10日	光明日报	《网络文学需要更多接地气有人气的作品》	网络文学作品中出现不尊重事实逻辑的胡编乱造的内容,包括虚拟世界中人物的超能力凭空而来、人物无约束地任意挥霍钱财以及随手可得"美女宠妃"等。网络文学作品中还存在主题上的盲目跟风。某一作品受到强烈追捧、获得很大效益后,这类主题的作品就会被快速复制,导致同质化、盗版问题严重。
6月18日	人民日报	《人民日报新语:网络文学 期盼时代精品》	期待网络文学能挤掉泡沫,在深耕细作中提高质量,获得更健康长远的发展。

2020年10月17日,《中华人民共和国未成年人保护法(修订案)》经十三届全国人大常委会第二十二次会议表决通过。修订后的未成年人保护法对网络文学的要求体现在禁止网络文学中出现危害未成年人身心健康的内容,尤其是宣扬淫秽色情、暴力以及引诱自杀等不健康的内容。

在严格的政策督导和相关部门的监管下,晋江文学城多次整改,2020年曾关停"纯爱—无cp"栏目,并对多篇文章进行关闭锁定处理。与此同时,"对话小说"类的应用也存在低俗、色情内容被查处的情况。国家网信办2020年的"清朗"专项行动依法查处了大量存在问题的网站和应用软件,其中就包括"对话小说"应用克拉有读和克拉克拉,这些应用里面涉及大量色情低俗的小说和群组内容。

(二)畅通职称评审渠道

2020年9月28日,国家人力资源和社会保障部官网发布了人力资源和社会保障部、文化和旅游部印发的《关于深化艺术专业人员职称制度改革的指导意见》(后简称《意见》)。该《意见》明确地提出要畅通包括网络文学作家在内的新文艺群体的职称评审渠道,在职称评审方面,应将新文艺群体和国有文化企事业单位的艺术专业人员一视同仁。畅通职称评审渠道不仅有利于建立健全人才激励机制,建设高质量的网络文学作家队伍,而且有助于提高网络文学的内容质量,营造良好的网络文学生态。

(三)严厉打击侵权盗版

2020年11月11日,第十三届全国人大常委会第二十三次会议审议并表决通过了《关于修改〈中华人民共和国著作权法〉的决定》,修改过后的著作权法加大了对著作权侵权的惩处力度。例如,增加了惩罚性赔偿制度;法定赔偿数额最低限额设定为500元,最高限额从500,000元升至5,000,000元。[①] 新修订的著作权法积极适应新形势下知识产权保护的新要求,尤其是回应了互联网环境下侵权成本低、维权成本高的问题。加大对侵权盗版的打击力度,对保护网络文学产业链、维护网络文学生态等方

---

① 全国人民代表大会常务委员会关于修改《中华人民共和国著作权法》的决定[EB/OL].(2020-11-11)[2021-01-28]. https://www.chinacourt.org/index.php/article/detail/2020/11/id/5572728.shtml.

面有着深远意义。

在政策的督导下,目前网络文学领域版权保护工作初显成效,但打击侵权盗版任务艰巨。自十多年前打击盗版的"剑网行动"开展以来,该行动共查办网络侵权盗版案件六千余起,移送司法机关追究刑事责任的案件六百余件,一定程度上抑制了网络文学的侵权盗版行为。然而,PC端中小型盗版网站侵权势头依然猖獗,移动端盗版侵权更加隐蔽化、地下化、分散化,网络文学IP实体衍生品盗版和IP改编领域侵权乱象持续存在。① 同样困难的是网络文学出海的版权保护,跨国维权步履维艰。

二、市场竞争:跨界投资、竞争升级

对于产业链内部而言,下游企业开始不断加入网络文学的市场竞争战局。例如,行业下游的传统在线视频网站爱奇艺基于自身用户数量大的优势,也开始提供网络文学服务并形成了一定的用户规模。对于产业链外部而言,信息科技企业跨界投资,加剧了市场竞争。例如,字节跳动上线了依靠会员和广告服务收入的阅读应用,趣头条则推动旗下网络文学公司完成了新一轮融资。②

2020年,字节跳动在网络文学行业的投资金额十分抢眼,包括掌阅科技、九库文学网、塔读文学、鼎甜文化、秀闻科技这五家网络文学公司。同年,字节跳动还推出了番茄小说,以"广告＋免费"的模式在竞争激烈的网络文学市场赢得了一席之地。随后,字节跳动在网络文学领域不断加码,正如腾讯布局阅文集团,看重的是网络文学背后的IP孵化能力。③

三、内容题材:聚焦疫情、结合现实

2020年12月29日,在中国作协的组织下,136位知名网络作家在上海

---

① 艾瑞数智.2020年中国网络文学版权保护研究报告[EB/OL].(2020-06-29)[2020-12-08]. https://baijiahao.baidu.com/s?id=16707150671491104158&wfr=spider&for=pc.
② 中国互联网络信息中心.第45次中国互联网络发展状况统计报告[R/OL].(2020-04-28)[2021-01-28].https://www.cac.gov.cn/2020-04/27/c_1589535470378587.htm.
③ 剁椒娱投.疯狂押注游戏,放弃影视文娱,2020年七大巨头文娱投资图谱[EB/OL].(2021-01-10)[2021-01-28]. https://mp.weixin.qq.com/s/Vf8gQblU5DvMkdaM5wj91A.

发出《提升网络文学创作质量倡议书》，从行业组织的角度呼吁网络文学作家承担起时代责任和社会责任，强调将社会效益放在首位，不仅要创作出高水平和高质量的作品，尤其是现实题材作品，还要讲好中国故事，助力网络文学出海。

为提高平台网络文学作品的质量从而提升行业竞争力，企业方面也积极作为。2020年11月20日，阅文集团举行发布会，成立阅文起点大学。阅文起点大学立足于改善网络文学长期野蛮生长的现状，以培养行业高质量人才为目标，以腾讯新文创战略为指导，为网络文学作家提供多维度的课程和多层次的选择，为未来网络文学平台良性发展以及行业生态建设提供了开创性的示范。

(一)现实题材作品大量涌现

目前，网络文学作品的主要分类有二十余种，细分类别更是达到二百余种，其中，脱贫攻坚、乡村支教、医疗改革、红色文化等领域的正能量题材作品大量涌现，对基层警察、乡村教师、高中生、大学生等普通人物的描写也深受读者喜爱。

2019年，国家新闻出版署和中国作家协会联合举办了"2019年优秀网络文学原创作品推介活动"。在脱颖而出的25部优秀作品中，现实题材的作品占大多数，历史题材和幻想题材的创作取得了进步。现实题材作品人物形象真实立体，既有对典型模范人物的刻画，又有对平凡而伟大的小人物的描写；历史题材作品根据真实历史记录和民间传说改编，并加以艺术想象，展现出历史改编小说的独特魅力。其中，表现改革开放伟大进程的有《大江东去》《浩荡》《大国重工》《繁花》，历史题材的作品有《宛平城下》《太行血》《燕云台》《沉鱼策》，刻画铁血警察、军人的有《朝阳警事》《青春绽放在军营》《雷霆突击》，歌颂工匠精神、着眼传统文化的有《传国工匠》《一脉承腔》《观音泥》《长干里》，刻画典型英雄形象的有《粮战》《铁骨精魂》，探讨医风医德的有《全科医生》《八四医院》，科幻小说有《魔力工业时代》《地球纪元》《星域四万年》，诉说青春和梦想的有《致我们终将逝去的青春》《为了你，我愿意热爱整个世界》《吻安，我的费先生》。

(二)男频女频作品各具特色

根据艾媒咨询发布的《2020年中国网络文学作家影响力榜单解读报

告》,2020年,网络文学女频作品中女性意识更加显著,而男频作品题材走向多元。在男频榜单前十名的作品中,仙侠和玄幻题材占比达到五成。上榜作家的年轻化趋势明显,如荣小荣、黑夜弥天、齐佩甲等多位作家年龄不到25岁。此外,悬疑、电竞等小众题材也开始拥有一定的读者群体。女频作家作品榜单以言情题材为主,榜单前十名的作品均为古代言情和现代言情题材,分别占比42%和34%,纯爱类小说占比也达到12%。大女主作品《有匪》《山河盛宴》等以女主角为主视角,剧情主要以女性通过自身努力而成长来展开,体现了强烈的女性意识,与现今流行的"她影视"形成呼应。

(三)医疗题材作品备受青睐

2020年疫情期间,医疗题材的网络文学作品备受青睐。

首先,优秀的抗"疫"纪实文学涌现,网络作家积极发声,回应社会关切。在疫情期间,爱读文学网作者唐宁线上采访了同是爱读文学网签约作者的武汉高中生阿箫。之后,唐宁继续采访了另一位爱读文学网的签约作者——山东聊城某医院的医生阿辰,作为一线医生,他曾战斗在防疫一线。于是,非虚构作品《唐宁疫情访谈录》诞生,主打文章为:《网文如何定义我的青春——阿箫》《医生作家阿辰:疫情期间不写作,坎坷终将变坦途》。此书得到了中国出版研究院数字所和中国"网络文学+"大会的支持,中国出版研究院数字所官微专门对本书进行了报道,同时这本书也作为重点推荐作品报送2020年中国"网络文学+"大会组委会。

其次,关注医学、歌颂医生医德的作品数量有所增长。在第四届现实题材网络文学征文大赛的获奖作品中,医疗题材的作品有《向癌挣命》《手术直播间》《生活挺甜》《大医凌然》。阅文集团原创内容部高级总监李晓亮介绍:"从2015年至今,阅文平台医疗题材作品的数量年均增长率达到40%,越来越多的人参与到医疗题材的创作中来。除了医护人员的工作与生活,还有诸如学术、技术、养老、研发等更多相关写作方向,有待于作家们发掘。"[①]从中我们可以看出,发人深省的医疗题材网络文学作品,不仅只是以医护人员作为主角或是以医护人员的视角叙述,还需要作者深入生活、学习医学知

---

① 澎湃新闻.2020上海书展|网络文学聚焦"国企改革"和医疗题材[EB/OL].(2020-08-15)[2021-01-28]. https://kuaibao.qq.com/s/20200815A04OKL00? refer=spider_push.

识。《大医凌然》《规培医生》《手术直播间》三部作品的作者都曾深入了解过医疗行业,有的是三甲医院的医生,有的是医生家属,有的则亲自到医院见习。正是这样来源于生活的见解和思考才能为优秀的现实题材作品提供创作的土壤。值得一提的是,这些优秀的医疗题材作品也得到了读者的积极回应,疫情期间很多读者自发在作品的留言区表达了对武汉的鼓励和对医生的感谢。

最后,关注病毒和医学以及思考中医与传统、过去与未来的作品陆续出现。抗击疫情以来,网络作家们用键盘写下自己对抗"疫"的感受以及对病毒与人类关系的深刻思考。在网络文学天马行空的世界里,作家们书写着中医与抗"疫"的故事。笔者在起点中文网搜索关键词"疫",共检索到二百多部相关作品。这些作品有的改编自真实事件,书写伟大的抗"疫"精神;有的回到古代世界,畅想古人中医济世的抗"疫"故事;有的放眼未来,想象未来科学与中医结合,人类再次面临病毒时从容不迫⋯⋯目前疫情还没有完全结束,关于人类与病毒的探讨还会继续,未来网络作家们也会持续聚焦现实、回应社会关切,以高质量的网络文学作品为现实生活提供更强大的精神力量。

四、内容传播:扬帆出海、稳定发展

在国家政策的支持下,中国网络文学积极出海,有效地推动了中华文化"走出去"。我国网络文学出海不仅覆盖了东南亚地区,也在逐步覆盖欧美以及"一带一路"国家和地区。在海外的网络文学平台WebNovel(起点国际)上,目前的授权作品有将近一千部,在线社区日评论也超过了四万次。

(一)出海模式逐步确立

在出海模式方面,目前主要有翻译出海、直接出海与改编出海三种。翻译出海是指把中国网络文学翻译成其他国家的语言进行传播;直接出海是指将中国网络文学在海外出版发售;改编出海是指将中国网络文学改编成影视、动漫等内容IP出海。其中,翻译出海占七成以上,成为主要的出海模式。[①]

[①] 艾瑞数智.2020年中国网络文学出海研究报告[EB/OL].(2020-09-08)[2020-12-10].https://baijiahao.baidu.com/s?id=1677097722619307653&wfr=spider&for=pc.

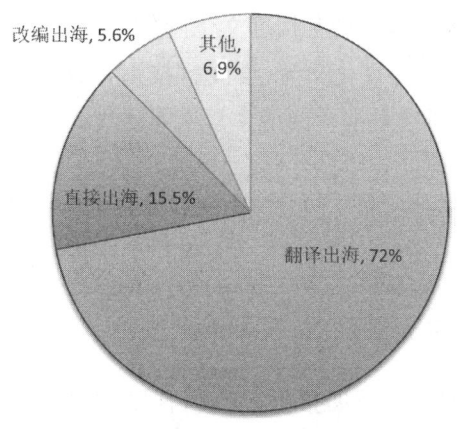

图 9-8　中国网络文学的出海模式及占比①

(二)翻译方式不断进步

在网络文学出海中,从人工翻译发展到人工与 AI 相结合进行翻译,体现了翻译方式的进步。随着人工智能技术的进步和应用的普及,AI 翻译开始被应用于网络文学出海,明显提高了翻译效率和准确度,有望在未来适应海外市场逐步增长的内容阅读需求。

(三)商业模式稳步构建

网络文学出海也在依据消费者画像探索商业模式,从而涌现出多元的付费模式。网络文学出海的收入主要包括版权出售、广告投放收费以及众筹打赏等。目前,相关平台正在尝试在海外推行国内常见的付费订阅模式,同时也以"免费阅读+广告观看"的形式开拓下沉市场,以会员包月的方式满足老用户的需求。

(四)核心企业合作稳定

阅文集团、掌阅科技和推文科技三家企业各有所长。阅文集团侧重于

---

① 艾瑞数智.2020 年中国网络文学出海研究报告[EB/OL].(2020-09-08)[2020-12-10]. https://baijiahao.baidu.com/s?id=16770977226193076538&wfr=spider&for=pc.

挖掘海外本土原创作品,以具有相近文化的作品赢得市场;掌阅科技侧重于输出中国故事,加强中外文化交流;推文科技则将重心放在提高翻译的质量和水平上,借助 AI 新技术推动网络文学出海的规模化。

五、阅读服务:平台互动性增强、用户黏性提高

(一)拓展阅读互动场景

《2019 年度网络文学发展报告》显示,在网络文学活跃用户和付费用户中,90 后已分别达到用户总量的七成和六成。这些"网生代"已占据网络文学用户和数字消费用户的半壁江山。他们更容易被具有强烈个性、互动性以及参与性的内容吸引。因此,网络文学平台将未来发展的目光放在了吸引用户的"注意力"上,以期通过拓展阅读互动场景来赢得市场。

阅文集团通过增加段评、配音等功能,鼓励用户参与 UGC 创作,从而增加用户与作者、用户与作品、用户与用户的互动。在用户与作者的互动方面,用户可以使用"段评"功能发表对网络小说每一章节、每一段落的想法。这样不仅能找到心意相通的书友,而且及时给予作者反馈,便于作者调整、完善后续情节。在用户与作品的互动方面,配音功能给予用户自由再创作的可能,用户可以给喜欢的角色配音并上传,一方面加深了用户对小说人物的理解,以新的方式诠释作品;另一方面发布者可以收获对配音作品喜爱的粉丝,形成兴趣社群。在用户与用户的互动方面,用户在阅读平台提供的社群平台中相互推书、交流,共同讨论情节和人物设定,找到了共同的兴趣圈层。以上种种拓展阅读互动场景的功能不仅增加了用户、作者、作品三者的互动,而且提高了用户对平台的黏性,一定程度上提高了平台的营收能力。

(二)起点中文案例分析

下面笔者将以阅文集团旗下的起点中文网为例进行分析。近年来,起点中文网移动端 App 起点读书致力于打造网络文学阅读论坛,不仅提供网络文学阅读服务,而且积极经营兴趣社群,更拓展出漫画、听书等服务。

值得注意的是,"对话小说"作为一种新型的网络文学形式,也被起点读书纳入服务范围。对话小说是通过对话展开情节、刻画人物性格、推动剧情

发展的小说，读者可以从人物之间的对话获取信息。对话小说依托于手机移动端的聊天界面，用户每点击一下屏幕，便跳出一条对话，从而构成即时、碎片化的阅读。对话小说语言简单直白，同时借助一些图片和表情包共同构成叙事，具有极强的代入感。最早的对话小说 App 是 2016 年美国名为"Hooked"的 App，该 App 曾数周打败 Facebook 和 Snapchat，蝉联 App Store 的下载冠军。2017 年，我国国内便出现了三十余个对话小说 App，如乌冬轻读、三言两鱼、快点阅读、迷说、白鲸对话小说等。但风口过后，由于缺乏成熟的商业模式和稳定的用户，大部分公司已经销声匿迹。而起点读书是老牌成熟的网络文学阅读平台，拥有大量的稳定用户，其对话小说依托平台得到了较好的发展，目前发展出都市言情、古风言情、青春校园、游戏科幻、架空历史等十二个稳定分类，并签约了大量对话小说作家，也拓展出相应的对话小说兴趣社群。总体而言，起点中文网的对话小说作为传统网络文学的一种补充形式，呈现出稳中向好的发展态势。

在读者与作者的互动方面，起点读书 App 的"发现"功能给网络文学作家提供了发声平台。在这个类似于微博的平台上，作家可以通过发布动态和读者、粉丝进行互动，讨论小说剧情走向、小说人物设定等。"红包广场"中有网络文学作家向全站发布的有条件领取的红包，用户可以向作家作品投出推荐票、月票从而领取作家的红包。在读者与作品的互动方面，起点读书 App 提供了"专栏"，即好书推荐的互动区域，读者可以自由发布好书推荐的帖子，同时也可以收藏其他读者的书单。在读者与读者的互动方面，起点读书 App 提供的"点点圈"功能可以帮助用户找到兴趣小组，可以是某一类型的网络文学作品的爱好社群、某一网络文学作家的爱好社群或某一角色的爱好社群等。"新书投资"也是起点读书 App 的创造性功能之一，用户在作品新书阶段便成为读者，可以选择投资新书，与作品一起成长。如果投资的新书取得新成就，用户可获得点币收益；如果新书停止更新超过 7 天，则视为投资失败。在该功能的基础上，起点阅读 App 又开辟了新玩法——"新书押宝"，结合起点新书的经典榜单三江榜、青云榜进行运作，该榜单由每周编辑精心挑选的潜力佳作组成，用户可预测阅读中的作品是否能上榜，预测成功即可瓜分奖池。这些功能增加了用户与作者、用户与内容、用户与用户的互动，从而提高用户对于平台的黏性。面对激烈的市场竞争，阅读平台不再局限于提供阅读服务，而是积极拓展服务内容，开拓商业模式，增加自身的市场竞争力。

六、盈利模式：版权收入增长、付费阅读与免费阅读互补

(一)版权收入增长迅速

网络文学行业的企业主要有两大块业务，一是在线阅读业务，二是版权业务。在线阅读业务一直是数字阅读平台的传统业务，值得注意的是，随着网络文学作品质量的提升，用户付费意愿得到了一定的提升。阅文集团2020年中期业绩显示，2020年上半年其用户月均付费金额同比上升51.6%。近年来，版权运营的收入增长也十分抢眼，其增长潜力巨大。对于掌阅科技和阅文集团两家数字阅读领域的龙头企业而言，版权运营已成为其继传统在线阅读业务之后的第二大营收来源。据统计，在2018年至2019年热度最高的百部影视剧中，改编自网络文学的占比高达42%。[①] 随着越来越多的网络文学改编剧出现，版权收入有望成为网络文学行业新的增长点。

(二)付费阅读和免费阅读互补

除此之外，和以往付费阅读不同的是，近年来网络文学行业拓展了通过免费作品吸引用户进行广告变现的商业模式。在用户方面，下沉市场消费人群对价格比较敏感，直接表现为更偏爱低价甚至是免费的内容。在广告商方面，在互联网流量成本和获客成本日渐走高的情况下，能快速反应、以结果为导向的效果类广告被更多广告商所接受。通过政策督导和相关部门对网络文学侵权盗版的整顿治理，用户版权意识得到了提升。综上，广告费用支付版权成本的免费阅读模式得以循环，并且形成互补，一方面避免了侵权盗版带来的用户分流，另一方面拓展了企业的营收渠道。

(三)阅文集团案例分析

在中国网络文学领域的上市公司中，阅文集团规模最大。2017年，阅文集团正式在香港股市分拆上市；2018年，阅文集团收购新丽传媒。阅文集团

---

① 布尔特.新业态之下，网文的影视进击[EB/OL].(2021-02-02)[2021-02-20]. https://www.tmtpost.com/4966831.html.

在前些年经历了领导层更迭和"合同事件",遭到了一定打击,但是总体而言其地位并没有被撼动。目前,阅文集团旗下拥有种类数目多、受众分类全面的网络阅读平台,包括云起书院、红袖添香、QQ 阅读、创世中文网、起点中文网、红袖读书、起点国际、起点女生网、起点读书、新丽传媒等;旗下入驻的网络作家总数超过 800 万,其中白金以及大神类别的作家超过 400 位。截至 2020 年,这些入驻的作家一共创作了原创文学作品 1150 万部,占据了中国网络文学的半壁江山。也正是由于其自身具有的作为追求经济效益的企业的融资经历的丰富性和作为负有社会责任的文化企业的资源的多元性,阅文集团成为中国文化产业里一个典型的企业代表,下文将从产业链角度对阅文集团的盈利模式进行分析。

在迈克尔·波特的"价值链"理论中,企业的使命为创造价值,企业的价值活动由支持性活动和基本活动两部分组成。而企业的价值性活动则贯穿了企业价值链和 IP 的全产业链开发,其参与者包括上游、中游以及下游的各个合作商,通过上、中、下游三方的协同发展搭建起完整有序的产业链。而 IP 从生产到延伸至其他多个领域,正是借由产业链完成的。腾讯、阿里巴巴、百度等大型企业非常重视网络文学本身的增长性,并以网络文学的 IP 为基础构建整个文化娱乐产业,促进了千亿级别市场的形成。通过入股和并购等资本运作方式,互联网巨头们与产业链上、中、下游的平台合作,使网络文学 IP 产业链闭环,实现统一运营,打造泛娱乐生态。①

首先,阅文集团通过融资收购等资本运作促进 IP 开发。以腾讯为例,其通过对持有资本的运作形成了运行有序的网络文学泛娱乐产业链。产业链的上游有丰富的网络文学原创内容作为支撑,中游有以新丽传媒和哔哩哔哩为代表的影视类公司,下游则有腾讯的用户群作为支撑。通过资本在产业链上、中、下游的运作助力 IP 开发。

一是阅文集团分拆上市,登陆港股。自 2014 年腾讯收购阅文集团后,后者就成为腾讯旗下的全资子公司。2016 年,作为腾讯全资子公司的阅文集团决定在香港上市。腾讯集团间接控制了阅文集团近百分之六十五的股份,如果阅文集团想要上市,则必须采取"分拆上市"的方法,即将阅文集团本身的业务从腾讯剥离、公开招股,向公众吸纳资金实现 IPO。2017 年,阅

---

① 郭美馨. 融合背景下阅文集团价值链创新研究[D].上海:上海师范大学,2019.

文集团旗下的网络书籍阅读覆盖率已经达到了惊人的72%。阅文集团于2017年11月8日正式登陆港交所,其证券代码为00772. HK。根据阅文集团发布的公告,其一共发行1.51亿股,每股为55港元,上市当日截至收盘的时候,阅文集团股价增值至每股102.4港元;从11月13日港股收市时的数据来看,阅文集团的市值已经超越了全球最大的出版集团——培生的市值,成为当时全球最大的出版公司。同月,腾讯股票涨幅达到13.9%,这无疑是市场对腾讯这一重大事件的正向反馈。而之后腾讯系之所以能够对文娱产业施加强大影响,也离不开网络文学这一IP产出源的帮助。

二是阅文集团并购新丽传媒,进行IP开发。2018年3月,腾讯以33.17亿元购买了新丽传媒近28%的股份,成为其股东,在同一年的8月,已经在香港上市的阅文集团用155亿元并购新丽传媒的全部股份。通过此次并购,腾讯对新丽传媒持有的股份被转换成对阅文集团持有的股份,新丽传媒也成为阅文集团的全资附属子公司,并成为腾讯文娱的一部分。而阅文集团在买下新丽传媒时签订的业绩"对赌协议"则要求在其购买新丽传媒后的三年内,新丽传媒需要获得的净利润分别不低于5亿元、7亿元和9亿元。阅文集团将以新丽传媒完成业绩的比例分三年向新丽传媒的股东支付股价。

阅文集团主要负责提供大量优质的网络文学内容,而网络文学作为中国IP的重要产出地,备受重视。曾经在阅文集团旗下的起点中文网诞生的爆款IP有《斗罗大陆》《斗破苍穹》《诛仙》等,它们都是极具开发价值的潜在文化资源。在整个IP开发的产业链中,文学与影视的融合被证明是非常成功的。因此,为了联合上、下游产业实现优质IP的经济价值,阅文集团采用了收购影视行业企业的方式。

阅文集团选择新丽传媒也是考虑到了新丽传媒本身的优势。新丽传媒在被收购前更专注于电视剧的业务,同时也开始尝试涉足电影领域。2015年,新丽传媒出品了电影《夏洛特烦恼》,受到了观众的欢迎,而且其依托精品剧集储备不断拓展领域,获得了良好的收视率和业界影响力。新丽传媒的招股书显示,其属于轻资产类型,且早在2016年新丽传媒投资并设立了天津阅新文化传播有限公司,将此公司用来进行IP影视剧方面的开发。因此新丽传媒与阅文集团有着共同的IP开发目标和方向,其在2019年上映的《庆余年》收获了口碑与市场的双赢,也为IP产业链的开发创造了一个典型的成功范例。

2016年,阅文集团整合了包括作家、版权方、影视漫画游戏等开发商、投资方在内的出版产业链上、中、下游各端合作方,创新探索出"IP共营合伙人"制度,通过协同打造围绕 IP 不同阶段与形态的开发体系,构建了动漫、影视、游戏等全产业链生态,实现 IP 价值最大化。一年后,阅文集团携腾讯影业、腾讯游戏及万达影视宣布成立合资公司,共同探索"IP 全产业链",开发新模式。直至今日,资本助推产业链升级的趋势仍在继续,而阅文集团以网络文学为中心的 IP 策略也得到了进一步的发展。①

其次,从阅文集团的商业运作来看,阅文集团作为产业链顶端的内容生产平台,提出了"IP 价值=内容价值+影响力价值+情感价值+营销价值"的模型。② 由于其 IP 开发多为垂直型开发,对于 IP 本身的培育就成了重点。从上游内容生产来看,阅文集团通过对作家、作品、平台、读者采取不同的策略以达到打造爆款 IP 的目的。在这一阶段,阅文集团的主要营收来源于读者的付费订阅、打赏,广告商的广告投放收费。从中游与下游来看,阅文集团及其背后控股的腾讯借助其在文娱产业链中的优势,从电影、电视剧、动漫、游戏、实体书、实体周边等领域进行全产业链开发。在这一阶段,IP 改编费用则为其收入的主要来源。

第四节 后疫情时代"网络文学"的发展趋势

一、网文③平台:背靠资本、合作共生

(一)主流网文平台背靠资本发展

网络文学内部的平台竞争存在依靠 BAT 的平台占据行业发展优势、小

---

① 李明霞,赵晴.网络文学泛娱乐化运营模式下 IP 版权价值计算与收益分配问题探析——从盛大文学衰落到阅文集团崛起[J].戏剧之家,2020(12):184-186.
② 郑敏."泛娱乐"生态下网络文学 IP 的精细化运营研究——以阅文集团 IP 的全产业链开发为例[D].武汉:中南财经政法大学,2019.
③ 网文即网络文学的简称,后同。

众平台不断寻找生存之道的现象。当前我国国内具有数量庞大的网页端和移动端在线阅读平台，但是大部分平台不具备良好的原创内容生产力和储备量。只有包括起点中文网、晋江文学城、飞卢小说网、阿里文学、7k 小说网、纵横中文网等在内的小部分主流网络文学网站及应用软件具有较充足的原创内容储备量和较好的内容更新能力。以上的平台大部分都成立于我国网络文学发展初期阶段，且很大一部分已被 BAT 收购。就网络文学平台的行业地位而言，阅文集团是中国网络文学市场中的中坚力量，其旗下拥有近十个主要品牌，包括起点中文网、云起书院、潇湘书院等。2019 年，阅文集团平台上的作家数量已达到 810 万人，作品总数也达到 1220 万余部。而阅文集团正是由腾讯文学、盛大文学重组而成的，属于腾讯文娱板块的重要组成部分。①

(二)新型小众阅读平台不断涌现

随着网络文化和相关平台的发展，专注于某一具体网络文学方向的平台陆续出现。这部分平台把握住市场中的长尾部分，专攻冷门领域，聚集了黏性较强的消费者，也获得了一定的发展，比如长佩文学与刺猬猫等。因此，依靠资本的主要网络阅读平台仍然保持着良好的发展趋势，但是小众阅读平台也同样在市场中找到了一定的生存之道。

(三)业内合作联动促成良好发展

以阅文集团为例，其收购了位于产业链下游的新丽传媒公司，将自身平台丰厚的内容储备与新丽传媒出色的影视剧开发和制作的优势相结合，有力促进了资源整合以及高质量网络文学原创 IP 的影视开发。而另一面，核心企业掌阅科技持续进行原创内容与平台的投资以弥补自身短板，有效提升了自身的市场竞争力。未来，用户阅读需求不断提升，用户对高质量精品内容的追求以及阅读平台对完善自身业务的需求也将进一步促进网络文学行业的兼并整合。②

---

① 前瞻网.从阅文集团财报看，中国内容产业 IP 版权运营的发展前景［EB/OL］.（2020-03-20）［2020-03-25］.http://finance.sina.com.cn/stock/relnews/hk/2020-03-20/doc-iimxxsth0638997.shtml.
② 艾瑞数智.2020 年中国网络文学版权保护研究报告［EB/OL］.（2020-06-29）［2020-12-08］.https://baijiahao.baidu.com/s?id=1670715067149110415&wfr=spider&for=pc.

二、盈利模式：日渐丰富

（一）商业模式日渐丰富

网络文学行业当前的变现方式趋于多样化。多元化的业务构成逐渐成为网络文学平台的固定变现手段，受益于影视制作版权与游戏改编所支付的版权费用和广告收入的不断提升，网络文学平台的盈利能力显著提升，促进了行业的健康发展。

（二）免费阅读表现亮眼

目前，各大平台也越来越重视通过向用户提供优质的免费作品加以广告投放变现的商业模式的应用。从 2019 年开始，阅文集团和爱奇艺等陆续推出免费网文作品，构建以会员、广告、版权为基础的多种业务复合发展的商业模式。数据显示，阅文集团 2019 年非在线阅读业务营收占比达到 55.6%，同比提升 31.5 个百分点。[①]

三、内容表现：传递能量、反映时代

近年来，网络文学的内容更加注重社会效益，表现社会正能量的主流作品不断涌现。政府对原创网络文学的地位与意义给予了肯定与追认，通过正向政策引导扶持产业发展，举办各类活动传播与推广内容充实、主题健康、审美精良的文化作品。在"庆祝新中国成立 70 周年"主题网络文学作品暨 2019 年优秀网络文学原创作品推介名单中，国家新闻出版署和中国作家协会联合推介了 25 部作品，金宇澄的《繁花》、阿耐的《大江东去》、唐家三少的《为了你，我愿意热爱整个世界》、辛夷坞的《致我们终将逝去的青春》等入选。反映现实生活、注重现实表现的网络文学作品数量较以往得到了提升，部分玄幻网文的创作者也开始尝试从社会现实着手进行创作。未来，在政

---

① 中国互联网络信息中心.第 45 次中国互联网络发展状况统计报告[R/OL].(2020-04-28)[2021-01-28].https://www.cac.gov.cn/2020-04/27/c_1589535470378587.htm.

府相关部门的提倡推动下,更多反映时代生活的现实题材作品将不断涌现,网络文学在正能量积极传播引导上也将大有可为。①

四、网文出海:规模扩大、多维提升

(一)多元创作助力出海规模扩大

网文出海市场广阔,文化吸引叠加产业链深化将有助于开拓海外市场。在"一带一路"的倡议下,中国文化正加速走向海外,为网文出海奠定基础。海外原创网络文学市场具有巨大的潜力,一方面,国内优质资源的海外输出给内容端带来了生产动力;另一方面,海外出海平台利用资本积累以及与海外本土平台合作的方式扩展了分发渠道,加速开拓市场。

网文企业的出海模式与时俱进,从最初单纯的内容输出发展到目前的文化输出,出海方式也在逐渐升级。最初网文多采用以出版授权为主的出海方式,但伴随网文出海趋势的持续推进,网文企业形成了以线上阅读为核心,兼具出版授权和开放平台等方式的出海综合体系。在此体系下,国内网络文学核心企业培养本地创作者的出海内容也已逐渐成形。阅文集团财报称,截至2019年年底,其旗下的海外网文平台起点国际的英文内容库已上线了近九万部外语原创文学作品。而我国国内本土公司Dreame则选择了不同于阅文集团的道路,在海外招募当地的文学创作者,选择收录来自海外的原创小说。目前,该平台拥有3000多名原创作者,积累了超过3万部原创小说,说明越来越多的外国人走上了网络文学创作之路。艾瑞咨询分析认为,未来,网文出海面向的国家和地区会逐步增加,相关IP作品也将逐渐走向世界。在政府、企业与海内外网文创作者与爱好者的协力支持下,中国网文出海拥有可观的前景。与此同时,随着海外UGC的涌现,未来海外网络文学市场的作品数量规模也将不可限量。②

(二)出海题材日益丰富

我国网文出海的题材范围日益扩大。随着网络文学出海规模的发展,

---

①② 艾瑞数智.2020年中国网络文学版权保护研究报告[EB/OL].(2020-06-29).[2020-12-08].https://baijiahao.baidu.com/s? id=1670715067149110415&wfr=spider&for=pc.

走向海外的中国网文的题材也得到了补充与拓展。原本出海的作品题材大多集中在玄幻、奇幻与都市言情等领域,但是目前越来越多的小众题材也得到了海外读者的青睐。科幻、游戏、体育等更为新颖的题材不仅吸引了更多相关领域的爱好者,扩展了受众面,也更好地满足了细分领域内不同人群的差异化阅读需求。可开发的 IP 范围也随之得到扩大,助力相关的产业化 IP 衍生开发并输出,推动了中国文化的出海。

(三)人工智能翻译能力多维提升

在翻译方面,网站的 AI 翻译发展速度加快,翻译语种数量增多。未来,网文出海在翻译技术与语种这两个方面都会得到提升与拓展。

在技术方面,人工智能的不断发展和参与可以有效提升翻译的效率与质量。同时,人工辅助和人机协同参与翻译可以进一步提升网文出海翻译的准确性,用户自身作为受众也可以通过纠错机制对平台上网文翻译的错误进行修正。

在语种方面,出海翻译的语言将不局限于英语,未来,网文将会被翻译成更多语种,扩大受众范围。

在技术的支持下,网文出海作品的规模稳步增长,输出规模持续扩大。2019 年,海外输出的网文作品总数已经超过一万部,翻译的网文作品出海数量也达到近 3500 部。随着各方合力推动,在未来,我国网文出海作品的规模将持续扩大。

(四)网文输出层次向纵深拓展

首先是输出内容得到进一步深化。中国网文受到越来越多的来自世界各地的读者的关注及喜爱。未来,随着出海平台的不断建设发展,海外的网络文学市场将更为注重中国网文内容的创作技能的输出。平台将会挖掘海外的原创作者,注重培育海外本土原创网文市场。

其次,在未来的内容分发层面,应该跳出目前中国网络文学海外传播媒介渠道中"由下至上,由外而内"的模式,积极拓宽海外分发渠道,与海外本地市场阅读平台及媒体建立合作,从而加大中国网络文学作品在海外的传播力度,扩大海外市场的受众覆盖面。①

五、盗版侵权:趋于复杂

(一)盗版侵权地下化、隐蔽化

网文侵权行为将向地下化、隐蔽化的方向发展。借助互联网新技术,盗版网站以更为隐蔽和分散的方式在不同终端与平台上传播。大型盗版站点基本被关停,但是中小型盗版站点和 App 呈现长尾式分布,隐藏深、打击难度大。同时,新的侵权盗版模式也在涌现,侵权主体和侵权手段更难被追踪和侦测。盗版内容的传播路径更加多元化,形式更加多样化,给用户提供了更多的选择,由此,网络文学的著作权侵害和盗版现象将进一步发展。随着移动互联网在国内的普及,盗版内容不断地寻找生存的空间,网络文学的著作权侵害地下化的形势将进一步加剧,网络文学的版权保护进入了新的发展阶段。

(二)实体领域侵权现象增多

网文 IP 实体衍生产品的著作权侵权和盗版现象日益增多。随着网文企业不断重视 IP 的精细化运营和管理,各行业围绕泛娱乐 IP 改编的联动加强,网络文学行业也更加重视 IP 周边衍生领域商业价值的培养。但是,目前,国内 IP 实际衍生产品市场的版权保护规则还不完善,大量盗版周边衍生产品不断通过电子商务渠道进行销售。同时,随着基于网络文学 IP 的各形式的作品的开发不断推进,大量的网络文化 IP 投入市场。这意味着网络文学的实体衍生产品的著作权侵害和盗版现象也将随之日益增多。与内容的直接侵犯著作权和盗版相比,IP 周边的著作权侵权行为和盗版与实物产品的设计、生产、销售等多个程序息息相关,脉络错综复杂,打击难度很大。另外,对于 IP 衍生领域的著作权侵权问题并没有良好的技术监测方式,因此,通过人工监测和验证申报的权益保护效率非常低,打击效果并不理想。针

---

① 艾瑞数智.2020 年中国网络文学版权保护研究报告[EB/OL].(2020-06-29)[2020-12-08]. https://baijiahao.baidu.com/s? id=16707150671491104158&wfr=spider&for=pc.

对于此,建立规范化的 IP 权限授予交易渠道、强化电子商务平台的监督责任是应对这种趋势的可行策略。

(三)侵权现象保持增势

随着网络文学开发的不断精细化,作品、人物、形象等各种构成要素的商业价值越来越高,网络文学 IP 的意义日益丰富,网络文学 IP 的改编权侵害也会越来越频繁。除了文字侵害和盗版外,利用 IP 各种要素进行创作的搭便车的不正当竞争行为将持续增加。而且近几年来,利用著名作品要素进行再创作的同人作品发生的纷争也越来越多。由于立法和司法上的延迟,部分侵犯权利的行为还没有受到限制,并且大部分侵害行为还在持续进行。

无论是关于网络文学 IP 的不正当竞争行为还是利用 IP 各种要素进行再创作,都是对权利者相关权益的侵害。随着这种侵权行为扩散到更多的综合娱乐领域并渗透到网络文学 IP 开发的整体产业链中,其对网络文学企业发展产生的负面影响将会越来越大。因此,业界应该警惕不正当的 IP 侵权行为,保护行业良好的风气。

结　语

在 2020 年的疫情形势之下,中国原创网络文学在内容、规模和质量上都得到了进一步的提升与发展,市场规模破三百亿元,增长速度明显提升。2020 年,尽管受到新冠肺炎疫情等不利因素的影响,我国的网络建设、网民规模仍创新高。近五成网民是网络文学用户,其中多为青壮年,拥有较强的付费意愿。而疫情的出现也反过来推动了以网络为媒介的娱乐活动的发展,网络文学也不例外。人们使用手机的频率与时间不断增加,阅读网络文学作品的时间也随之增多。由于政府的督导与支持,2020 年,网络文学作家在内容领域更多地拓展了现实类题材网文的深度与广度,反映了积极向上的社会现实与正能量。2020 年疫情期间,医疗题材的网络文学作品也同样备受青睐。应社会呼声要求,越来越多的作者开始关注抗"疫"这一网文内容领域的新秀,抗"疫"纪实文学纷纷涌现,同时,关注医学、歌颂医生医德的作品数量也得到了一定的增长。关注病毒和医学、思考中医与传统、过去与未来的作品陆续出现。网络文学在内容交互与社区构建等领域同样培育了新的模式与机制。拓展阅读互动场景和提升用户黏性成为网络文学领域企业关注的重点。通过虚拟形象在线伴读、配音、段评等功能，用户消费网络文学这一产品时的体验感得到了良好的提升。网络文学企业逐步构建了完整的盈利模式，通过在线阅读订阅收费和版权IP运营获得经济收益。背靠资本的网文公司通过对IP的改编获得变现，向整个文化产业输出了较多优质内容和资源。除此之外，近年来网络文学行业更是拓展了通过免费作品吸引用户进行广告变现的商业模式，其表现较为亮眼。同时，中国精品网络文学内容储备为网文出海不断走向纵深与拓展打下了坚实的基础。随着人工智能翻译技术的不断提高和中外企业合作的进一步加强，我国的原创网络文学已经找到了一种全新的发展道路，其未来的发展值得我们关注与期待。

第十章　网络动漫：
　　　　　逆风飞翔，破元向前

2020年，网络动漫产业经受了疫情带来的经济冲击。作为受疫情影响较小的朝阳产业，网络动漫产业积极践行社会责任，为中国经济复苏做出了重大贡献。从作品制作方面来看，疫情发生在寒假期间，属于动漫集中上线的时期，大部分动漫制作在疫情前已完成，上线计划未受太大影响。从用户方面来看，因疫情期间用户无法外出，网络动漫的用户流量大幅上涨，寒假效应有所延长。从中长期来看，疫情使多个行业经济承压，面临资金紧张的危机，这也会对动漫产业各个方面产生极大的影响。

第一节　关于"网络动漫"的文献综述

"网络动漫"的相关研究大多以产业视角为主。综合来看，虽然关于我国网络动漫的研究较少，但是学者普遍认为其未来有广大的发展空间，网络动漫作为一种新兴产业呈现利好趋势。

一、关于动漫产业发展概况的研究

在新的媒介环境下，动漫的发展呈现出了新的特点：在文化背景方面，动漫领域出现了青年亚文化的特征，二次元文化形成了新的圈层；社区文化凸显，用户黏性增强；虚拟文化成为新的文化景观。在传播过程方面，媒介领域发生了巨大的变革，新的传输终端催生了新的传输形式；受众既是内容的消费者又是内容的传输者;接受方式的变化带来了审美的新变化。在创作生产方面,碎片化的叙事可以让受众进行自由想象和解读;题材细分使青少年能够在网络世界中寻找身份认知和情感共鸣;创作形式更加自由丰富,作品更新与传播的速度加快。在产业方面,市场主体得到拓展,大量平台开启了动漫板块;动漫成为全媒体IP产业链的前端;赢利模式主要以内容付费为主(孙平,2017)。

大型互联网企业入住动漫游戏产业彻底改变了传统动漫的创作模式,打造了"金融＋互联网＋动漫"的新产业模式。未来的互联网动漫将呈现"去中心化"的特征,传统动漫产业链中意见领袖的优势地位逐渐消失。互联网动漫改变了国人的消费观念,动漫企业开始通过增值服务来获利,出现了"网络众筹"模式等新型投融资模式;在未来,科技将助力互联网动漫的发展(李晖、刘博,2017)。当前,动漫图书销售萎缩,取而代之的是互联网漫画平台;虽然国产动漫产量下滑,但是这种下滑是一种理性回归;国产网络动漫逐渐发展,未来IP变现将会提升动漫企业的竞争力,利用大数据技术进行精准运营将成为动漫IP开发与运营的方向(牛兴侦、宋迪莹,2018)。

二、关于"网络动漫"产业发展的研究

网络动漫是一个新概念,是在互联网和以移动数字载体为代表的智能终端高速发展的前提下产生的,它集合了新媒体技术、数码科技技术、网络信息技术三者的优势,具有成本低廉、观看接近免费、交互平台流畅等特征。此外,新媒体环境与网络动漫产业的发展是相互促进的,一方面,网络动漫是新媒体环境发展的重要推手,网络动漫所特有的艺术形式完善了新媒体环境架构中的设计艺术需求;另一方面,新媒体环境是网络动漫的良好"触媒",网络动漫借助新媒体所特有的优势同受众进行有效的连接,从而扩大受众群。而在未来,网络动漫的受众将继续细化,网络动漫的题材将呈现分类化与多样化的特征;就渠道而言,新媒体将成为网络动漫输出以及网络动漫产业发展的主要平台;IP转化将成为网络动漫产业商业变现的重要推手(高原,2019)。

第二节 2020年特殊形势下"网络动漫"的总体概况

一、产业特征：以"创意"为核心、发展遇瓶颈

(一)行业概述

动漫(Animation & Comic)，即动画和漫画的合称，两者均为采用夸张、比拟等表达手法描绘现实或想象空间，承载娱乐与社会价值的艺术形式。不同的是，漫画主要是以绘画描摹为基础、借助纸质媒体创作传播静态作品的门类艺术；动画主要是以漫画、摄影、音乐等内容产业为基础，借助数字媒体制作传播动态作品的综合艺术。根据载体的不同，动画可分为网络动画、电视动画、卡通杂志和动画电影四大类。动漫产业以"艺术创意"为核心，以动漫卡通为表现形式，包括动漫类的书籍、报纸、电影、电视节目、视听材料、音乐作品和基于当代信息传播方式的动漫产品的开发、设计、制造、发布和市场营销，以及与动画形象相关的服装、小玩具和网络游戏等衍生产品的生产经营。网络动漫是在新媒体技术条件下动漫产业的应用，具体表现为互联网平台上播放的动画或连载的卡通及其衍生产业。

(二)发展历程

从整体来看，中国网络动漫产业的发展先后经历了高速增长期、震荡调整期、平稳发展期三个阶段。2012年，国家为鼓励文化产业内容消费市场的发展，颁布了对文化和创意产业的支持政策，以鼓励精品动漫电影的创作。互联网上的动漫销售市场已逐渐受到多方资产的青睐，我国动漫产业进入了一段快速发展的时期。自2015年以来，随着泛二次元客户的增加以及许多盗版作品的离线，互联网动画公司已成为项目投资的渠道。2016年，网络动漫领域在互联网上投融资的个人行为达到历史最高点。2017年年初，ACG联盟资金短缺，布丁动画公司停止运营。受销售市场波动影响的互联网动画产业进入了短暂的过渡期。随着消极信息生产力的市场清理和销售

市场中足够的再生动力,互联网动漫公司股权融资的频率恢复了秩序。2018年,我国动漫金融市场已恢复常态,网络媒体娱乐产业向纵深发展,动漫作品的种类和主题日益多样化,动漫产业集群和产业园区日益增多。我国动漫产业的总产值从2013年的882亿元增加到了2020年的2200亿元,增长了149.43%,年均增长13.97%。我国已成为世界动漫强国之一。

图10-1　中国网络动漫行业的发展阶段

（三）行业现状

2020年,网络动漫产业受疫情影响是难以避免的,但除此之外,整个网络动漫领域在2019年仍然受到影视寒冬的影响。根据相关统计分析,新成立的国漫公司2020年获得的项目投资只有12个,其中大部分还是B站和腾讯官方等行业资产增加的项目投资。但是,2020年的动漫销售市场并非没有亮点。尽管前两年,除《一人之下》《全职高手》《魔道祖师》之外,主要网站上没有出现过爆炸性作品,但出现了诸如《雾山五行》这类风格独到的作品。

在传统媒体时期,国产动漫被困在产业链的薄弱环节之中,并且缺乏承担单一包装和印刷的风险和成本的能力。连载只能依托期刊生存,当时,《漫画世界》《知音漫客》《漫友》等杂志是国内动漫的主要创作阵营。然而,随着我国传统媒体的衰落和互联网技术的飞速发展,网络动漫和互联网技术领域的融合已成为新的发展方向。网络动漫已成为继电视连续剧、电影和娱乐节目之后中国各大视频平台的第四大内容。在这个阶段,A站、B站、酷米、淘米视频等一批垂直视频动漫网站出现,它们从许多国家购买了优质原创内容,将其分发给网民用户。视频平台依赖于数据产品极低的复制成本和互联网极低的发行成本。它取代了传统电视,成为动漫内容产品整合发行的主要新闻媒体。新一代动漫媒体聪明、数字化,并且其垂直化、社交媒体化和集成化的特征逐渐凸显。

目前,我国已经进入"互联网+"时代,新媒体可以为广大用户提供各种各样的动漫作品和由此延伸出的衍生品,在这样的大环境下,泛娱乐文化应运而生。在网络动漫知名度不断提升的基础上,各类衍生品所具备的商业价值越来越高。但从实质来看,泛娱乐的最终目标其实是尽可能扩大受众层面,凭借知名的动漫 IP 来让动漫本身存在于各个媒介之中的用户粉丝产生联系,同时融入产业循环内,逐渐将粉丝情感转变成受众价值,并由此来获得商业利益。

(四)作品特点

注入资本的网络动漫市场迎来了新一轮的产能激增,而同时也带来了畸形的市场格局和泥沙俱下的动漫产能。2020 年,国产动画片较三年前规模增长了 75%。国内市场共有 34 部动画电影上映,总票房超 27 亿元。然而,国产动画电影仅靠《姜子牙》的 16 亿元票房独挑大梁,剩余 17 部国产动画电影票房均处于 5000 万元以下,口碑不佳、反响寥寥。国产动画电影的票房份额由 2019 年的 77% 降至 2020 年的 60%。国产番剧则普遍面临续作评价大跳水的困境,Under Man 的豆瓣评分从第 2 季的最高分 9.1 跌至第三季的 7.8。《国王的化身》的豆瓣评分从第一季的 8.4 下降到第二季的 7.3。票房、口碑两面受挫。

尽管网络动漫仍继续坚持探索中国化道路,讲好中国故事,但新作叙事混乱、续作口碑跳水的问题依然存在。生产端技术推陈出新,中国动漫持续行进在创作生产工业化、数字化,动漫产业链条不断完善的大道上。市场端则以"燃"和"中国道路"为导向,进一步凝聚本土消费者乃至作品出海。"燃"向作品以《西行记》《四海鲸骑》《斗罗大陆》为代表,着重讲述少年主角成长和冒险的故事,青少年可以通过代入角色获得极大的满足感。"中国道路"方向的作品以《天官赐福》《雾山五行》《姜子牙》《妙先生》为代表,除了将新技术与中国传统视觉元素相结合外,更重要的是这些作品以中国故事为核心,寻求传统文化和价值观的现代表达,反映了当下的社会生活图景。从文化认同的角度来看,国漫 IP 显然要比海外 IP 更加契合本土消费者的精神世界。

但制作技术的长板不能掩盖作品叙事的短板,在一些作品中,画风特效沦为晦涩混乱的故事内核的载体。以票房龙头《姜子牙》为例，整部影片急于输出观点却讲不清故事，就别指望观众能在电影中找到没有明确表达出来的内在精神了。另一个典型案例则是《妙先生》，这部标榜成人向暗黑动画的作品在上映前打上了"建议十三岁以上观众观看，PG-13"的噱头进行宣传，叙事节奏的崩坏导致其票房表现和话题度远不如《大护法》。"讲不清、看不懂"绝不应该成为成人暗黑作品的固有标签，完善叙事节奏和方式任重而道远。

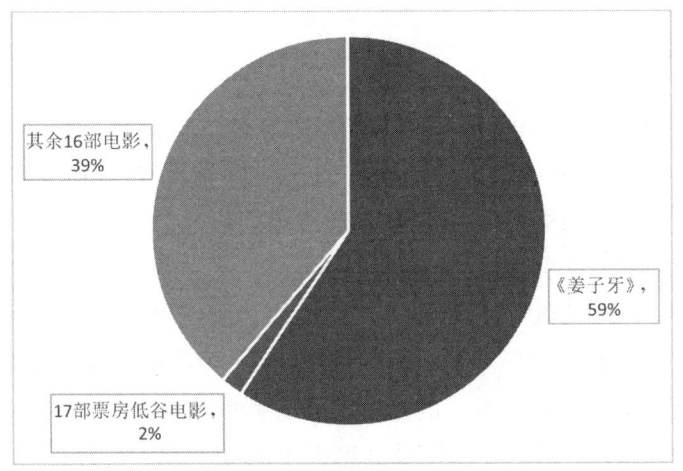

图10-2 2020年我国动画电影市场份额

二、产业产值：规模增长、平稳发展

2013年以来，我国文化产业的内容消费市场发展迅速，动漫产业在文化产业中的比重稳步上升。在国家政策与专项资金的支持下，融媒体娱乐产业深入发展，泛二次元用户规模增长，动漫作品类型和题材日渐多元化，非低幼向原创动漫蓬勃发展，动漫产业集群带和产业区培育初现端倪。2020年，我国动漫产业总产值突破2000亿元，我国成为世界动漫大国，至此，我国动漫产业发展速度趋于平缓，迈入平稳发展时期。

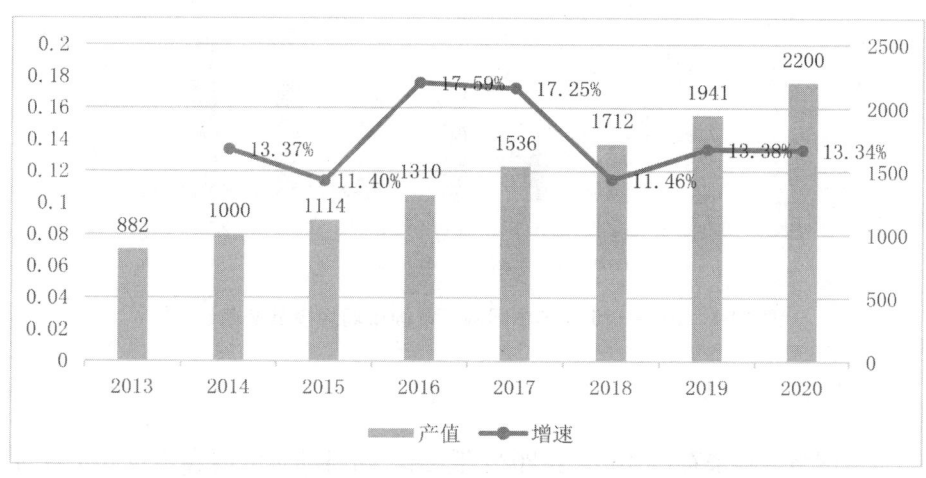

图 10-3 2013—2019 年中国动漫产业产值及增速趋势①

三、市场规模：长期向好、综合发展

(一) 网络漫画

从网络漫画来看，自被业界称作"知识付费元年"的 2016 年开始，以用户付费为代表的平台增值服务培植了新生代网民的知识消费观。2018 年，依托新生代网民发展的网络动漫平台涌现出大批优质原创内容。中国产业研究院 2020 年年中发布的报告指出，2020 年，中国网络漫画市场规模或达 33.5 亿元，同比增长 25%。从 2015 年的 0.7 亿元到 2020 年的 33.5 亿元，6 年增长了近 47 倍，年均复合增速高达 90.5%（见图 10-4）。机遇如此，挑战犹存。总体经济面临下行压力，原创新作宣发营销资本遇冷，网络漫画盈利模式有待探索，在线动漫平台用户增长步入瓶颈期。总体而言，网络漫画产业的发展长期向好，企业唯有正确把握泛娱乐融合机遇，方能将网络漫画内化为中国娱乐文化的一部分。

---

① 中研普华.2020—2025 年动漫行业市场深度分析及发展策略研究报告[R].北京:中国产业研究院,2020.

图 10-4　2015—2022 年中国网络漫画市场规模及增速预测①

(二) 网络动画

从网络动画来看,2018 年至 2020 年,国产网络动画的内容质量和市场规模都在逐年提升。这不仅体现在作品数量和播出数量上,也体现在了好作品的影响力上。在内容领域成功的一个重要标准是好的标题和热门风格标题的影响力。每一个新的爆款作品的诞生,都会把更多的观众拉进国漫的圈层,从而使整个网络动画行业跃升一个台阶。2018—2020 年,第一季度上线青年向国产动画作品数量最少的是 2019 年,该年第一季度上线了 13 部作品;而 2018 年与 2020 年第一季度上线作品数量持平,均为 15 部(见图 10-5)。

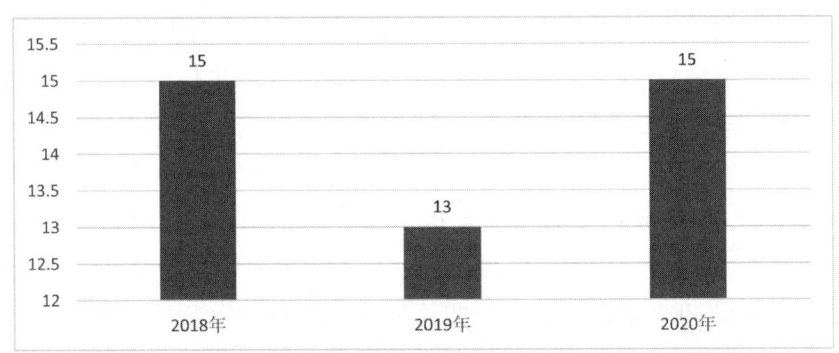

图 10-5　2018—2020 年第一季度上线的网络动画作品数量对比②

---

① 中研普华.2020—2025 年动漫行业市场深度分析及发展策略研究报告[R].北京:中国产业研究院,2020.
② 宝珠.2018—2020 年 Q1 同期网络动画数据对比[EB/OL](2020-04-01)[2020-06-22].http://www.sohu.com/a/384911457_56624.

在2018—2020年第一季度上线的青年向国产动画作品题材中,古代、玄幻和奇幻题材的作品数量最多。值得一提的是,从2019年开始,女性向题材逐年减少。

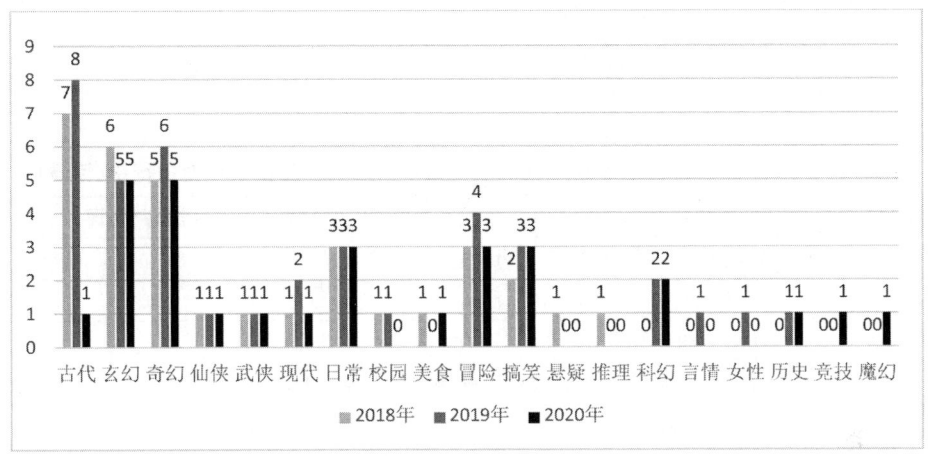

图10-6　2018—2020年第一季度国产动画题材数量对比①

(三)原创与改编作品数量对比

2020年第一季度上线的原创国产青年向动画作品数量最少,仅有5部作品;而2019年第一季度与2018年第一季度上线的原创国产青年向动画作品数量持平,均为6部。

2018年第一季度上线的小说改编国产青年向动画作品数量最多,整个第一季度上线了4部小说改编作品;而2019年第一季度与2020年第一季度上线的小说改编国产青年向动画作品数量持平,均为3部。

2020年第一季度上线的漫画改编国产青年向动画作品数量最多,整个第一季度上线了7部作品;而2018年第一季度上线的漫画改编国产青年向动画作品数量次之,整个第一季度上线了4部漫画改编作品;2019年第一季度上线的漫画改编国产青年向动画作品数量最少,仅3部。

2020年第一季度没有游戏改编的国产青年向动画作品。而2019年第一季度与2018年第一季度均上线了1部游戏改编的国产青年向动画作品。

---

① 宝珠.2018—2020年Q1同期网络动画数据对比[EB/OL](2020-04-01)[2020-06-22].http://www.sohu.com/a/384911457_56624.

(四)豆瓣、B站评分及评分人数

在豆瓣评分及评分人数方面,2018—2020年第一季度上线的作品中,2020年1月12日上线的《请吃红小豆吧(第三季)》以9.2分的成绩获得豆瓣评分榜第一名,同时该作品被4936人评论,获得近3年同期上线的作品豆瓣评分人数榜第一名。

表 10-1　2018—2020年第一季度上线的国产青年向动画作品骨朵热度排行榜(豆瓣)①

排序	片名	平台	上线日期	豆瓣评分	评分人数
1	《请吃红小豆吧!(第三季)》	B站	2020年1月12日	9.2	4936
2	《迷域行者》	B站	2018年2月3日	8.4	298
3	《灵契(第二季)》	多平台	2018年2月23日	7.7	297
4	《斗罗大陆》	腾讯视频	2018年1月20日	7.5	2459
5	《斗破苍穹(第二季)》	B站	2018年3月3日	6.9	446
6	《仙王的日常生活》	B站	2020年1月18日	5.6	4238
7	《领风者》	多平台	2019年1月28日	4.1	1728

在B站评分及评分人数方面,2018—2020年第一季度上线的作品中,2020年1月21日上线的《我的三体之章北海传》以9.9分的成绩获得B站评分榜的第一名,而2020年1月18日上线的《仙王的日常生活》以24.1万人次评论获得近3年同期新上作品B站评分人数榜第一名。

表 10-2　2018—2020年第一季度上线的国产青年向动画作品骨朵热度排行榜(B站)②

排序	片名	平台	上线日期	B站评分	评分人数
1	《我的三体之章北海传》	B站	2020年1月21日	9.9	74,000
2	《如果历史是一群喵(第四季)》	B站	2020年1月26日	9.8	8761
3	《请吃红小豆吧!(第二季)》	B站	2019年1月13日	9.7	3146
4	《凹凸世界(第三季)》	B站	2019年1月25日	9.7	5347
5	《百鬼幼儿园(第二季)》	多平台	2019年3月26日	9.7	351
6	《喂,看见耳朵啦(第二季)》	B站	2019年2月2日	9.5	400
7	《解药》	B站	2020年1月9日	7.2	2488
8	《仙王的日常生活》	B站	2020年1月18日	4.8	24,100

①② 数据来源:骨朵国漫,数据选取时间:2018年、2019年、2020年1月1日至3月29日。

四、用户画像:数量庞大、年轻化

(一)互联网用户

从互联网用户整体来看,截至2020年12月,中国的网民规模已经达到9.89亿,互联网普及率达到70.40%(见图10-7)。网络媒介在文艺作品传播、文创产品消费等方面具备明显的市场优势和发展前景,这在5G技术"野蛮生长"的中国市场尤是。《中国动漫产业发展报告(2012)》显示,动漫消费主体与网民主体高度一致,占当年网民总数(4.3亿)的75%左右。由14岁至30岁的人群组成的动漫消费主体的消费总额超过13亿元。中国原创动漫品牌就生长在这片互联网沃土之上,庞大的用户群体正是动漫内容平台盈利模式的根基。应当注意的是,2018年以来互联网用户流量红利的消失的确对动漫平台"流量为王"的发展模式构成了挑战,但这种由流量到内容的转型绝非朝夕之间,用户规模仍会在未来一段时间对动漫产业发展产生重要影响。

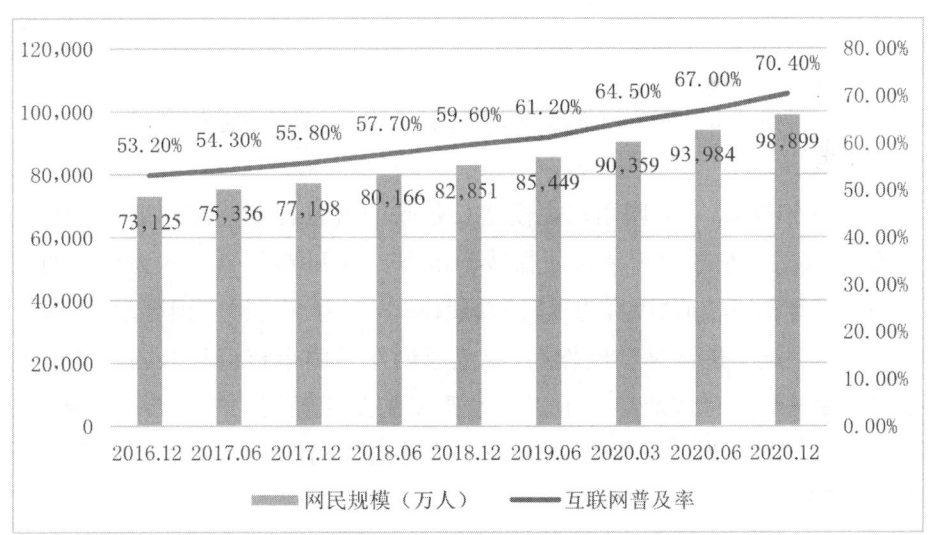

图10-7 2016—2020年中国网民规模以及互联网普及率
数据来源:中国互联网络信息中心

(二)泛二次元用户

从泛二次元用户来看,截至 2019 年,我国泛二次元用户规模达 3.9 亿,同比增长 11.4%,泛二次元用户群体由此步入平稳增长期。中国互联网络信息中心相关数据显示,90 后至 00 后用户在动漫市场用户中的占比超过 61%,其显然已是整个动漫行业中最重要的消费主体。不同于中生代群体,新生代用户自出生以来便接触并消费着动漫产品,ACGN(Animation、Comic、Game、Novel)仿佛是其生活中必不可少的一部分。相关数据进一步显示,90 后和 00 后 ACGN 月均消费支出超出 1600 元,文娱消费支出占比为 28.9%。

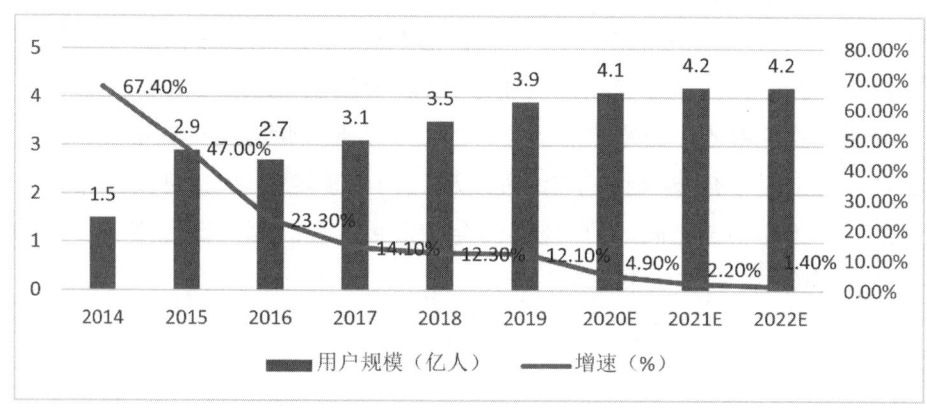

图 10-8　2014—2022 年中国泛二次元用户规模及增速预测①

2018 年以来,互联网用户规模增长带来的流量红利逐渐消退,基于"流量为王"模式盈利的动漫平台面临转型压力。以 bilibili、Acfun 为代表的在线动漫平台积极转向"内容为王"的发展模式,大力支持推广国产动漫创作,经由正规渠道引进国际动漫作品,规范原创作品的审核流程。国内外优质动漫作品的涌现有效地推动了二次元亚文化在年轻用户中的传播。从"流量为王"到"内容为王",网络动漫产业身处互联网产业大循环新一轮的洗牌、重塑之中。

---

① 中研普华.2020—2025 年动漫行业市场深度分析及发展策略研究报告[R].北京:中国产业研究院,2020.

五、平台业态：双向模式、资源整合

网络动漫平台是创作、推广优质原创动漫作品的主力军。近年来，竞逐市场的动漫平台对盈利模式做出了自己的探索，以腾讯动漫为代表的 PGC（专业生产内容）模式和以 bilibili 为代表的 UGC（用户生产内容）模式赢得了竞争，为未来网络动漫平台的发展指明了方向。

PGC（Professional Generated Content），即专业生产内容，指平台方依托具备专业资质与业界话语权的创作主体进行内容生产。成立于 2012 年的腾讯动漫作为腾讯文娱体系旗下的重要品牌，多年来致力于平台自制动画内容的推广。2020 年，腾讯动漫平台月活跃用户数已超过 1.2 亿，签约动画片已超过 1000 部，签约作者数量已超过 700 人。腾讯动漫平台致力于打造精品，《武庚纪》《斗罗大陆》《一人之下》等均是相关平台播放量较靠前的自制动漫，其中，《武庚纪》播放量达到 49.3 亿次，《斗罗大陆》播放量更是高达 177.3 亿次，《一人之下（第三季）》播出不到两个月，播放量已超过 6 亿次。

UGC（User Generated Content），即用户生产内容，指社区用户创作的内容通过互联网平台进行推广和传播。相比于坚持平台自制剧的腾讯动漫，bilibili 更加致力于对用户社区的打造。截至 2020 年，B 站已经拥有日漫、国漫及游戏等多个内容分区，形成了 200 万个文化圈层、7000 个核心文化圈，成为我国二次元文化的重要发源地。B 站的高黏性源于自身社区氛围的营造和维持。B 站作为社区运营者和管理者，通过考试答题筛选正式会员，提高社区准入门槛；在提供弹幕社交服务、UP 主 UGC 生产服务的同时，注重维护社区生态规范。2019 年，从关于 B 站的相关统计数据来看，和日漫区进行比较，国漫区月活用户数创新高，首次超越日漫区，并且累计播放时长高达 3 亿小时，和上年相比，上涨幅度达到 125%。

UGC 和 PGC 的区别在于创作者有无专业的学识、资质，是否在所共享内容的领域具有一定的知识背景和工作资历。其实动漫的专业性、水平高低一目了然的特点已经客观上决定了它要以 PGC 作为主要内容输出方式，而 UGC 模式中创作者由于缺乏专业技术与资金，主要还是利用自己的创意输出，对原有动画内容进行修改。无论是 PGC 还是 UGC，都是秉承互联网

"免费、共享"精神的动漫创作者与掌握发行渠道、制定行业规范的动漫平台合作产生的化学反应。网络动漫创作者必须意识到,动漫作品的内容创作具有同质化倾向,唯有依托品牌方能占据市场高地,而品牌正是网络动漫平台具备的资源。

网络动漫平台追求资源的高度整合,"互联网+"时代到来,现实空间与数字世界深度融合,谁能在用户的碎片化时间下用最快的速度在信息海洋中抓取用户需要的内容,谁便赢得市场。这要求网络动漫平台一方面做好信息技术支撑,另一方面与内容创作者开展深度合作,以此整合网络动漫资源、顺应互联网产业链的发展要求、拓宽网络动漫的发展空间。源于热爱的原生IP唯有走上平台化、品牌化的运营之路,方能为中国动漫的未来提供无限可能。

第三节 2020年特殊形势下"网络动漫"的发展特征

一、官方政策:保质保量、端正导向

(一)保持高质量发展,全面实现市场精品化

在《中共中央关于制定国民经济和社会发展第十四个五年规划和二〇三五年远景目标的建议》中反复提到了"高质量"三字,大到方针、政策指标,小到具体方案、实施方案,"高质量"可以说是贯穿该文件的始终。

在文化建设上,如果说"十二五"时期主要关注扩大市场规模、实现产值突破,"十三五"时期主要关注保持中高速增长、实现初步中高端转型,那么"十四五"时期就是要保持高质量发展、全面实现市场精品化。由此可见,我国文化产业的发展方向已从对数量上的追求转变为对高质量精品内容的创造。因此,对于中国动漫产业,如何创作出更高质量的动漫作品,如何以更高质量的作品激发受众的需求,如何更高质量地构建动漫文化市场体系,如何更高质量地完善产业链延伸,都是未来几年我们将要面对的问题。

2020年,文化大数据、数字内容、媒体融合、智慧文化旅游、人工智能、数

字文化与博物馆等领域成为产业融合的新热点,并渗透到文化遗产资源、场馆教育、演艺娱乐等行业,不断催生出新场景、新模式、新业态。文化产业通过改变传统产业的生产方式,形成了开放、网络化、智能化的新型文化生产体系,激发出产业发展的新动能。2020年7月,国家发改委等13部门联合印发的《关于支持新业态新模式健康发展 激活消费市场带动扩大就业的意见》指出,要推动15种数字经济新业态发展,重点涵盖线上服务模式、产业数字化、个体经济、共享经济等领域,进一步为新兴文化产业的培育提供土壤。

(二)释放市场供应潜能,激发文化消费需求

2012年7月,文化部发布《"十二五"时期国家动漫产业发展规划》,鼓励创作精品动漫电影,不断完善和推进产业融资政策,努力把动漫打造成为文化产业发展的重要增长点。2017年5月,中共中央办公厅、国务院办公厅发布的《国家"十三五"时期文化发展改革规划纲要》指出,要推进中国国际动漫游戏博览会等重点展会的市场化,支持原创动漫的创作、生产和推广。2018年4月,《关于延续动漫产业增值税政策的通知》对相关税收给予了优惠:动漫企业的增值税一般纳税人销售自主研发生产的动漫软件,且其实际增值税税负超过3%的部分将实行即征即退政策。

"十四五"规划提出,要实施文化产业数字化战略,加快发展新型文化企业、文化业态、文化消费方式,从国家层面进行战略部署。文化和旅游部发布的《关于推动数字文化产业高质量发展的意见》提出,要以优化产品供给、培育新业态、文旅融合、打造产业生态为重点,从产业层面提供发展指导。从市场层面来看,数字文化市场供需两旺。一方面,截至2020年6月,我国互联网普及率达67%,网民数量达9.4亿,个性化、网络化的文化消费需求持续上升。另一方面,新基建和产业融合的推进将进一步释放市场供给潜力。这些因素都将加速文化产业数字化进程,推动产业供给结构优化升级、新业态培育、消费习惯巩固、数字化治理水平提升。

畅通内部流转,需要深化文化产业供给侧结构性改革。"十四五"规划提出,要以提高社会文明程度、提高公共文化服务水平、完善现代文化产业体系为重点,促进文化事业和文化产业繁荣;深化文化产业改革,需要完善文化市场体系,破除生产要素市场化配置障碍和商品服务流通障碍,使生产、分配、流通、消费各个环节畅通无阻,形成开放统一的国内大市场和良性

经济循环;要以科技为关键力量,加强文化金融创新,改善金融供给,为产业发展注入新鲜血液;通过产权分离、社会购买等方式,改善公共文化服务供给,进一步改革文化产权制度和管理体制。

二、技术革命:创新突破、模式换代

文化艺术与数字技术的紧密结合催生出许多新的增长极,互联网技术、互联网大数据、5G 等各个领域的全方位融合使各种新的商业圈诞生。2020年上半年,文化艺术形式创新特点突出的 16 个领域的营业收入比 2019 年同期增长 18.2%。移动互联网总流量达到 745 亿 GB,同比增长 34.5%。

作为以年轻用户为主体的动漫产业链,内容艺术创造力的不断提升和方法的自主创新是吸引用户的关键途径,也将为市场进一步发展保驾护航。随着现代科学技术的发展,人工智能、5G、VR、AR 等为该领域创造了新的发展前景和由想象力建构的空间。

(一)AI 关键技术迎来突破,生产模式创新指日可待

近年来,"二渲三"技术已在国产动漫销售市场中被广泛使用,《大头儿子和小头爸爸》等动画片以动画电影的形式再度进入我们的视野之中。《哆啦 A 梦:伴我同行》虽然在三维化之后得到了观众的好评,但事实上,2D 到 3D 技术的突破仍处于发展阶段,未来有着无限的可能。此外,AI 技术还可以将背景照片转换为漫画风格,并为角色线条草稿快速上色,从而大大提高了动画制作的效率。将来,随着各种技术的改进,电影、VR、AR 和传统游戏的制作步骤也有望得到实际的改进。Touch Man 等人将科学研究应用到了将真实场景拍摄转换为卡通和自动着色的过程中,并完成了卡通智能生产的系统流程,从而提高了创作效率。

(二)5G 时代即将来临,产业结构升级步伐加快

随着 5G 技术的演进,其高速传输、低延迟和超大范围连接的特征无疑在多个层面上给网络动漫带来了巨大的变革,例如精细的画面制作、更多的自定义功能和更易操作等。用户可以在整个动漫作品中使用机器和设备来根据自己的喜好决定故事的方向和角色的命运。听觉系统的自然环境处理

允许用户进行现场反馈,以实现人机交互的目标。此外,5G 还催生了三维动态捕捉,授予 CG 角色电子信息并将其扩展到虚拟偶像直播室、MV、离线促销 LIVE、手机游戏等技术,提高了影视动画制作效率,促进产业集群升级和产业结构升级。依托 5G 和 AI 技术,爱奇艺视频已在动画行业的多个阶段应用了智能生成和动态捕获等技术,以提高动画生产率和用户体验。

(三)虚拟现实技术紧密集成,突破维度触手可及

虚拟化技术与网络动漫领域的联系日益紧密。VR 和 AR 的技术创新、在应用领域的解决方案及其促进的内容生产、制造和在文化行业层面的独特体验吸引了广大消费者。业内专家李志毅强调指出,随着新技术应用的改进,"数字动画的现代化水平将进一步提高,智能写作和动画渲染可能会产生新的变化。现实世界与虚幻世界之间的接触不再是天方夜谭。《头号玩家》的场景会在不久的将来出现"。也许在 VR 和 AR 技术集成之后,用户甚至可以突破第四面墙,并能够以动画角色的身份参与冒险。

(四)建设互联网大数据服务系统,维护数据信息生态环境

《2020 年国务院政府工作报告》强调,要应用新的基础设施建设;中宣部文改办发布的《关于做好国家文化大数据体系建设工作的通知》强调,要加强中国文化艺术互联网大数据的基础建设。文化艺术数据信息是文化艺术数字交易的关键。建立基于文化艺术互联网大数据的文化艺术生产经营管理新体系,将促进互联网动漫生产的系统升级,带动网络动漫产业的发展。但是,在数据信息内容协作的过程中,每个人都会在不知不觉中涉及网络信息安全或数据信息隐私保护,这就要求我国颁布法律法规、制定标准,以保护私人信息并确保数据、信息、资金的安全。此外,每个人都应该适当地拥有一些非敏感的云计算资源,充分探索数据的价值,以便能够更好地为自己服务、为我国的社会化服务。

三、用户特征：打破圈层、全面推进

（一）代际分布：破圈层作品涌现，全龄化时代到来

相关数据显示，90后和00后的ACGN月均消费支出超出1600元，文娱消费支出占比为28.9%。在95后漫画用户ACGN的消费中，购买周边占比56.2%，游戏付费占比48.5%，购买漫画占比47.3%。移动互联网的普及带动了动漫作品的普及。步入社会的新生代网民也用内容付费的方式支持着动漫IP的价值变现。

事实上，如今网络动漫用户的年龄结构较过去也在发生着改变，早期的网络动漫主要在20—40岁的群体内进行传播，然而随着互联网与新媒体在全年龄段的普及，青少年、中生代乃至"银发网民"对网络动漫产品的定位提出了细致化、多元化的要求，网络动漫用户全龄化特征显著。从微博数据中我们可以看到，30岁以上的群体约占据动漫用户市场的三分之一（见图10-9）。基于用户类型的不断增多，各大视频网站审时度势，结合动漫的具体内容做出合理分类，并开设各类专栏，满足了各年龄段互联网用户对于动漫娱乐的文化需求。

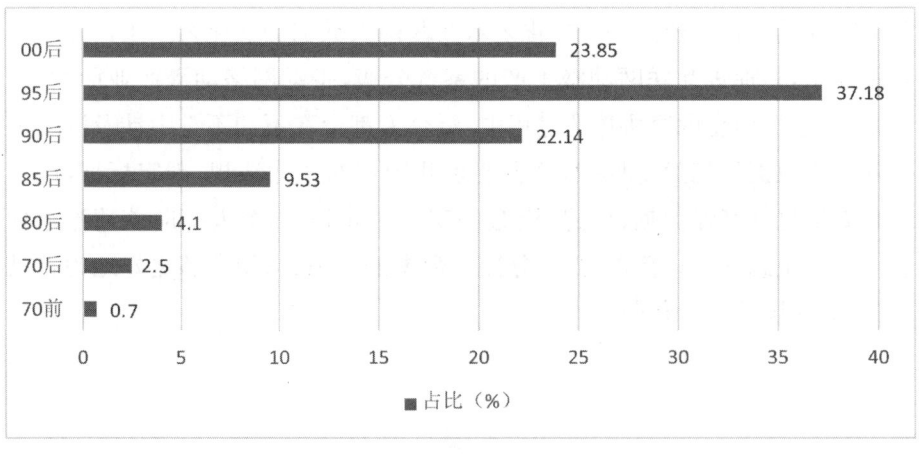

图10-9 微博动漫用户年龄对比

近几年,突破固有文艺作品圈层认知的原创内容在市场中不断涌现,凭借"破圈层"之东风开辟出更加广阔的市场空间,并吸引了众多人的目光。在这种情况下,亚文化、地域文化和中国传统文化通常以小切口,如平民百姓的故事和精致的生活细节来反映历史和时代的现实,由此促进了主流文化与其他圈层文化和艺术之间的沟通与交流,体现了文艺作品创作者面对年轻一代品位的变革做出审美品位的探索。红色文化主题作品进入我们的视野,如主旋律歌曲表演《中国军魂》《钢铁洪流进行曲》在B站2020年跨年晚会上出现;5位00后女孩结合歌剧艺术之内容和短视频之形式,在抖音上通过15秒钟的京剧表演获得2000多万的点赞量。这些突破性的文艺作品的出现最能反映出当今时代文化艺术创作能力的提高,也体现了各界人士对美学的共识。

(二)城市布局:一二线市场地位稳固,三四线市场下沉推进

在城市布局方面,一二线城市用户在全国动漫市场用户中的占比达38.8%,三线城市用户在用户市场中的占比增长速度则较为明显。这说明经济发展较好地区的常住居民有更多的机会和能力接触和消费网络动漫等文化产品。

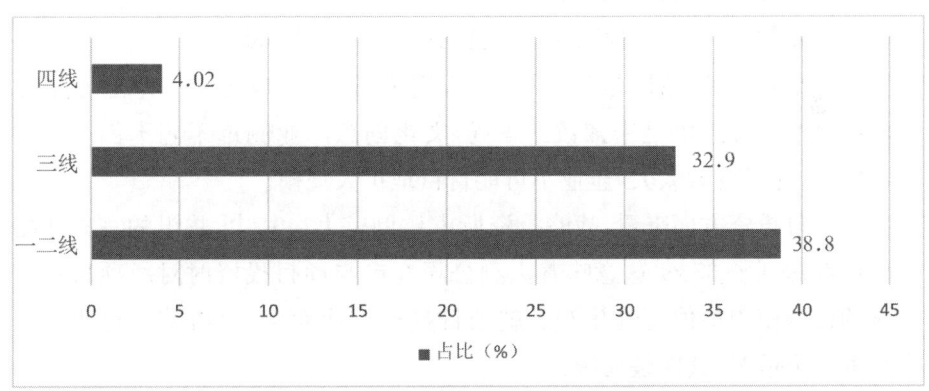

图10-10　微博动漫用户地区占比①

---

① 孙芊芊.论近年来中国网络动漫发展[J].艺术教育,2020(10):256-259.

四、金融领域:形式多元、向好扩展

(一)头部机构引领资本动向

在动漫界,腾讯于2020年年初再次正式支持B站,持股比例升至18%。此外,腾讯正式投资了四家动漫公司:花原文化、炎央文化、暖域科技和百漫文化。其中,花原文化是由绘梦动画公司的创始人之一王昕创立的。Dream Animation 是中国最大的二维动画公司,承担了中国二维动画制作业务流程80%以上的工作。此外,自2019年10月以来,绘梦动画已逐渐被纳入B站,包括王昕、腾讯、创新工厂等在内的主要公司股东陆续撤出。2020年1月8日,天眼查显示,B站已经完成了对绘梦动画的独资并购。

(二)市场份额争夺持续不断

B站2020年内投资了24家文娱公司,比前两年都要多,其在2019年投资了5家、在2018年投资了17家。2020年,B站的月活跃用户数达到1.97亿,其美股市值超过了爱奇艺,正式开启了"出圈"之路。于是B站也开始加速投资布局,以拓展自己的内容库。

在动漫领域,B站和腾讯对动画公司的争夺持续不断。

不管是腾讯、B站还是其他平台,人们都希望其"成为下一个迪士尼"。谁能最终实现理想仍是未知数。毕竟,文化创意产业侧重于艺术创造力的自主创新,并且变数太大,企业不可能盲目地扩大规模。

从项目投资方面来看,战略投资所占比例较大。其中,腾讯的官方战略投资份额达到了65%,这意味着大型公司在参与项目投资时对新项目在该领域的长期使用价值更为乐观。就项目投资行业而言,手机游戏行业的项目投资数量最多,其次是动漫。

ACGN领域在2018年陷入僵局,网络动漫行业的许多新兴公司都被关闭并出售,甚至腾讯动画等首屈一指的公司也逐渐减少了对原创作者的预算。而2020年之后,随着二次元游戏、衍生产品的流行以及虚拟偶像服务的普及,与动漫相关的新项目开始有了回暖的迹象。

第四节 后疫情时代"网络动漫"的发展趋势

一、行业融资：回归理性，新人涌现

在企业融资层面上，有许多资产逐渐流入动漫销售市场，但自2017年以来，我国的动漫销售市场逐渐进行了调整，资产热潮逐渐降温。2017年动漫市场的项目投资总数为109个，到了2018年仅有51个，2019年则降至36个，由此可见，网络动漫商业资本市场正逐步恢复理性。但就行业类型而言，随着整个产业链的扩展和拓宽，越来越多的传统行业领导者对动漫产业产生了兴趣，在可预见的将来，动漫行业的大量新投资者将继续涌现。互联网公司、房地产公司和日用品公司将成为关键，一方面，他们可以取代传统的资产方，成为行业投资的主要监管者，缓解商业资本投资不足的压力；另一方面，他们还将投资与动漫公司基于合作项目的产品（即订单信息），促进网络动漫内容制作的发展和国漫IP的开发与设计。

二、市场发展：产业拓展，模式革新

我国动漫产业已进入快速发展阶段，看着日漫和美漫长大的80后和90后成长为社会骨干，随着资本的不断投入，中国动漫的发展将不再停留在传统文具行业、娱乐行业中，会主动向新领域迈进。知识产权和商业房地产在各个商业区的整合催生了多种经营模式，例如主题风格的临时展览、主题游乐园和主题风格的咖啡馆等。

因此，越来越多的骨干企业和大牌明星企业逐步将业务流程扩展到整个产业链的上、中、下游。例如，此前，奥飞娱乐对"喜羊羊与灰太狼"和"超级飞侠"系列的开发一直局限于衍生小玩具的生产和制造，将其作为利润的主要来源。而近年来，奥飞娱乐与水上主题风格的室内游乐设备和主题游乐园等实体行业建立了联系。时装制造商Bubble Mart也正在推进现有IP动画内容的生产、制造和设计。目前，网络动漫公司业务类型的界限变得越

来越模糊，但总体趋势是朝着产业链各个环节全方位发展。在这个过程中，产业链中各公司的核心竞争力得到提升，股权生态链也已经衍生出来，也就是说，每个公司都在自己的主业中发展，利用各自的优势探索共赢模式。

三、内容题材：精品多元，靠拢世界

随着中国动漫产业的飞速发展，中国动漫也逐渐走向成熟，而这所谓的成熟除了体现在由科技进步带来的技术层面的进步上，还体现在质量的提高、品类的丰富和动漫IP的打造上。通过对中国动漫和外国动漫的比较我们可以发现，中国动漫缺乏自主创新，这实际上反映在动漫作品缺乏中心思想和艺术创造力上。伴随着市场容量的不断扩大，中国网络动漫市场上已经有了许多投资成功的项目，展现出特色的资本力量。目前，我国非青少年动漫内容进入新一轮的发展，在优质作品红利、国漫出海、新技术的推动下，以《天官赐福》《雾山五行》《刺客伍六七》为代表的国漫在广大观众群体中获得了较好的口碑。除此之外，《哪吒之魔童降世》《白蛇缘起》等电影大作也有效促进了国漫题材的推广，为国漫销售市场注入了新的活力。

四、技术革命：机遇到来，生产变革

国内动漫领域在技术和硬件配置方面的自主创新必须加速接近或赶上全球卓越水平。尤其值得注意的是，我们必须充分利用虚拟现实技术、人工智能技术等新一代技术革命所带来的机遇，将中国的动漫推向世界。一方面，高科技技术为动漫的主要表现方式带来了大量的自主创新；另一方面，诸如AI优化算法之类的技术产品研发将推动动漫生产和制造全自动装配生产线的发展。动画产业结构升级的总体目标是从原始绘画设计和写作的复杂基础工作中解放人力资源，由此减轻创作者的工作强度和减少人力资本投资。AI优化算法和其他技术将充分发挥其中的关键功能，以期在动画制作的流程中有所突破。

五、人才培养：存在漏洞，建立机制

相关调查报告显示，动漫行业从业者年龄普遍偏小，大多数年龄在30岁以下。相关公司在雇用劳动者时不光看文凭，其更关注的是特定的工作能力，那些熟练掌握动画相关技能并能够立即参与作品制作的人就会受到热烈欢迎，由此可见动画行业人才的稀缺。由于工资和劳动效率之间的不匹配，高素质的人才和从业人员的缺乏始终是问题。因此，迫切需要整合我国动漫产业人才缺口的实际情况和产业链要求，建设一个全新的动漫人才培养与激励体系。

六、新冠疫情：短期冲击，长期影响

2020年，新冠肺炎疫情的出现使所有人措手不及，但疫情对动漫界的影响主要集中在中长期方面。从作品的制作方面来看，实际上，绝大多数的动漫作品都是在新冠肺炎疫情出现之前制作完成的，总体的发行计划未受太大影响；从用户的角度来看，由于新冠肺炎疫情导致用户无法出门，动漫平台的总访问量显著增加，用户对平台的使用率在一定程度上有所提高。然而，从中长期来看，疫情使多个部门的经济发展承受压力，并遇到资金短缺的困境，这也将对动漫产业的各个领域造成极大的影响。

七、循环发展：提质升级，构建生态

党的十九届五中全会明确提出，要加快建设中国的大规模循环系统，打开国内国际双循环相互促进的发展新格局。文化艺术经济的发展是双循环中的关键一步。文化产业正逐渐成为扩大内需、促进经济发展的重要动力。2020年3月，国家发展改革委、中宣部等23个机构联合发布了《关于促进消费扩容提质加快形成强大国内市场的实施意见》，提出促进休闲娱乐业和文化旅游业娱乐消费升级的方法。在我国的文化艺术市场上，需求规模和经营规模具有明显的优势。此外，Z世代和其他人群的新需求为文化、艺术和经济的发展提供了新的驱动力。

产业链的所有领域都必须抓住信息内容经济全球化所创造的机会,包括我国的动漫产业。鉴于我国庞大的流通体系,我们必须充分发挥我国市场容量巨大的优势。我国动漫产业应将巨大的市场前景转变为特定的需求,催生出大量新的突破点、增长点,并有效地联系生产。只有在制造、分销、商品流通和消费的各个阶段发力才可以完善动漫产业经济发展服务体系,加快建立外部需求管理制度。大规模市场容量是我国参与全球市场竞争的关键优势和重要支撑点。

在中国和国际的双重循环中,内部循环是"主导"的,内部和外部循环是"相互促进的",这是辩证统一的。在网络动漫领域,必须将中国市场视为一种战略资源和竞争优势,以此作为扩大我国对外开放的一种方式。

结　语

"人们总是高估未来两年的转变,而低估未来十年的变革。"把握行业动向不易,然详尽数据终能指点迷津、开辟道路。中国网络动漫尚有很长的道路待探索,将中国网络动漫内化为国民娱乐文化的一部分,可谓任重而道远。

参考文献

[1]向志强,高雪.网络文艺不会取代传统文艺[J].中国广播,2016(7).

[2]石恒利,王春光,徐明君.网络艺术教育[M].北京:人民出版社,2008.

[3]汪代明.网络艺术概论[M].成都:四川民族出版社,2006.

[4]王卓斐.我国网络文艺学研究热点的回顾与反思[J].甘肃理论学刊,2007(2).

[5]彭文祥,付李琢.何谓"网络文艺"?[J].现代传播(中国传媒大学学报),2017(12).

[6]黄聘.新媒体时代的网络文艺:发展态势、传播特征与引导策略[J].美术大观,2020(7).

[7]本雅明.机械复制时代的艺术作品[M].许绮玲,林志明,译.桂林:广西师范大学出版社,2004.

[8]邵燕君,周志雄,庄庸,赵斌.新媒体时代的文学形态——关于网络文学的对话[J].名作欣赏,2015(34).

[9]邵燕君.网络文学的"网络性"与"经典性"[J].北京大学学报(哲学社会科学版),2015,52(1).

[10]刘志慧.从概念变迁看近二十年网络文学的发展[J].湖北工业职业技术学院学报,2019,32(6).

[11]中国互联网络信息中心.第47次中国互联网络发展状况统计报告[R/OL].(2021-02-03)[2021-02-20].https://www.cac.gov.cn/2021-02/03/c_1613923423079314.htm.

[12]艾媒咨询.艾媒咨询|2020年中国网络文学作家影响力榜单解读报

告.[EB/OL](2021-01-13)[2021-01-24].https://baijiahao.baidu.com/s?id=1688772152482827149&wfr=spider&for=pc.

[13]中国互联网络信息中心.第46次中国互联网络发展状况统计报告[R/OL].(2020-09-29)[2021-02-20].https://www.cac.gov.cn/2020-09/29/c_1602939918747816.htm.

[14]艾瑞数智.2020年中国网络文学版权保护研究报告[EB/OL].(2020-06-29)[2020-12-08].https://baijiahao.baidu.com/s?id=1670715067149110415&wfr=spider&for=pc.

[15]中国互联网络信息中心.第45次中国互联网络发展状况统计报告[R/OL].(2020-04-28)[2021-01-28].https://www.cac.gov.cn/2020-04/27/c_1589535470378587.htm.

[16]郭美馨.融合背景下阅文集团价值链创新研究[D].上海：上海师范大学,2019.

[17]李明霞,赵晴.网络文学泛娱乐化运营模式下IP版权价值计算与收益分配问题探析——从盛大文学衰落到阅文集团崛起[J].戏剧之家,2020(12).

[18]郑敏."泛娱乐"生态下网络文学IP的精细化运营研究——以阅文集团IP的全产业链开发为例[D].武汉：中南财经政法大学,2019.

[19]张国潮,唐华云,陈建海,沈睿,何钦铭,黄步添.基于区块链的数字音乐版权管理系统[J].计算机应用,2021,41(4).

[20]赵海峰,王雪梅.智媒时代"网络音乐＋"的产业发展再布局[J].四川戏剧,2020(11).

[21]戴礼蓉.网络自制剧的价值链研究——以爱奇艺视频网站为例[D].合肥：安徽大学,2017.

[22]陈旭光,张明浩.回眸与前瞻：走出疫情阴霾的2020年中国电影[N].中国艺术报,2021-01-15.

[23]侯顺.中国网络影视产业研究[D].武汉：华中师范大学,2019.

[24]陆生发,王冬生.产业剖析：疫情下中国电影发行的现况分析与未来展望[J].传播与版权,2020(10).

[25]韩一菲.网络电影面临的"危"与"机"[J].中国电影市场,2020(9).

[26]曲翔鹏.2020年网络电影调研报告 从催化剂到强心剂,网络电影

离迈向主流还有多远?[J].电视指南,2020(24).

[27]崔强.电影在线播放技术对比研究[J].现代电影技术,2016(8).

[28]唐芳.市场转型背景下网络大电影的发展[J].新闻研究导刊,2020(21).

[29]孙芊芊.论近年来中国网络动漫发展[J].艺术教育,2020(10).

后　记

正如本书所呈现的，在数字化时代，互联网为文化产业的发展带来了前所未有的契机，我们开始进入一个个性化、定制化、精细化的网络新时代。新的时代背景、新的消费人群、新的消费模式以及新的业态模式不断地引发我们对网络文艺的诸多思考。

本书从不同的艺术门类，对整个网络文艺做了深入的行业分析，尤其注重对疫情背景下的网络行业进行结构梳理。首先，在每个章节的第一部分对不同行业的发展概况进行了一个整体的梳理，从行业的规模数据、用户规模、市场规模等多个角度，明确网络文学、网络音乐、网络演艺、网络直播、网络综艺等行业在2020年的发展状况。同时，对于概念较为模糊的行业进行概念辨析，明晰所分析的行业的内涵。其次，在每个章节的第二部分对不同行业的发展特征进行分析，重点从国家政策、内容生产、市场环境、用户行为等方面进行特征总结，揭示不同行业在新时代的新特征，为预测行业未来发展趋势提供一定的基础。最后，在每个章节末尾，分析行业发展趋势，展望行业发展未来，从新技术、新内容、新业态、新布局等多层面描绘未来网络文艺的发展前景。后疫情时代，网络文艺将顺应时代潮流，联通线上线下，坚守创作初心，继续发展创新，重构文艺想象空间，塑造网络文艺新生态。

特别感谢王元、李雨蔚、陆昕怡、漆梓萌、钟瀚林、范家萁、郭一蝶、卢树北、高伽艾、陈逸珩、郑淳方、李君阳、代舒怡、段静宜、王少舍、郝悦秀、张思静、胡乔焜、蒲天红、王涵、赵佰慧等同学的辛勤付出。这些90后、00后的同学们本为互联网的原生代,他们不仅为本书提供了丰富的资料,更为本书所提出的网络新生态的诸多观点提供了力证。网络文艺本就属于他们的生活,早已是他们生命中不可或缺的组成,而此书也正是因之而写,代之所著。

蔡晓璐

2021 年 3 月 31 日记于中国传媒大学北院

图书在版编目(CIP)数据

中国网络文艺发展研究/蔡晓璐著. —北京:中国传媒大学出版社,2024.4
ISBN 978-7-5657-3500-4

Ⅰ.①中… Ⅱ.①蔡… Ⅲ.①文艺—网络传播—研究—中国 Ⅳ.①I0-39

中国国家版本馆 CIP 数据核字(2023)第 219966 号

中国网络文艺发展研究
ZHONGGUO WANGLUO WENYI FAZHAN YANJIU

著　　者	蔡晓璐
策划编辑	蒋　倩
责任编辑	蒋　倩　李水仙　姜颖昳
特约编辑	李明远
封面设计	拓美设计
责任印制	李志鹏

出版发行	中国传媒大学出版社			
社　　址	北京市朝阳区定福庄东街 1 号	邮　编	100024	
电　　话	86-10-65450528　65450532	传　真	65779405	
网　　址	http://cucp.cuc.edu.cn			
经　　销	全国新华书店			
印　　刷	唐山玺诚印务有限公司			
开　　本	710mm×1000mm　1/16			
印　　张	16.25			
字　　数	283 千字			
版　　次	2024 年 4 月第 1 版			
印　　次	2024 年 4 月第 1 次印刷			
书　　号	ISBN 978-7-5657-3500-4/I・3500	定　价	79.80 元	

本社法律顾问:北京嘉润律师事务所　郭建平